俺は
6
三嶋与夢
illustration
高峰ナダレ
JN131212

天城
Amagi

『まったく。
――今回だけですよ』
天城は呆れている様子だった。
ただ、少しだけ喜んでいるようにも見える。

風華
Fuka
「僕は皐月凛凰。
――正統な一閃流の
後継者だよ」
凛凰
Riho

「獅子神風華！
お前を殺して、一閃流を
受け継ぐ女だ！」
「いいことを教えてやる。
――俺はお前らよりも強い」
リアム
Liam

「歓迎してくれるのね。
それなら、
期待に応えさせてもらうわ」
チェンシー
Jiangxi

戦いも、そして機動騎士の操縦も楽しんでいた。
――いや、人殺しを楽しんでいた。
BFC-X201CS
エリキウス
Ericius

CONTENTS

I am the Villainous Lord of the Interstellar Nation

俺は星間国家の悪徳領主！

I am the Villainous Lord of the Interstellar Nation

6

三嶋与夢

illustration
高峰ナダレ

イラスト／高峰ナダレ

プロローグ

この星間国家には、時差の存在しない惑星がある。

アルグランド帝国の首都星は、金属で惑星全体を覆っている。

そのため、恒星の光が遮られていた。

これでは人は住めないが、金属の内側から光を放って惑星を人に適した温度まで暖めている。

気象は完全にコントロールされており、天気の予定は一年先まで決められている。

時間は惑星全体で統一されており、どこにいても時間が来れば同じように朝が来る。

地域によって天候は異なるが、時差は存在しない。

これを不自然に感じてしまうのは、俺【リアム・セラ・バンフィールド】が異世界に転生したからだろう。

首都星での滞在先に利用する高級老舗ホテルは、高層ビルとなっている。

最上階へ行く途中には、随分と広いバルコニーが幾つも用意されている。

首都星は人口密度が高いため、どうしても土地の価格が高い。

建物がひしめき合っているため、地上に庭を用意するのは贅沢《ぜいたく》である。

いくら高級老舗ホテルだろうと、用意できる庭園には限界があった。

少しでも緑ある景色を客に提供しようと考えると、バルコニーのような空中庭園を用意する形になる。

そんな空中庭園の一つを貸し切り、夜が明ける少し前から弟子の【エレン・タイラー】を伴って一閃《いっせん》流の修行に励んでいた。

素振りをする俺の横に立ち、同じように木刀を振っている。

エレンのために基礎的な修行を行い、型を見せながら説明していた。

「一閃流に技は一つ。他は全て基本動作のみだ」

「はい、師匠！」

エレンが木刀を振ると、汗が周囲に飛び散った。

見た目は六、七歳くらいの女の子である。

実年齢は十五を過ぎていただろうか？

人の寿命が長くなっているこの世界では、誕生日を祝うことはあっても年齢の一つや二つの違いは誤差だ。

五十歳で成人を迎えるのだが、その時になってようやく年齢が気にされるようになる。

エレンの表情は真剣そのもの。

外見は、赤い髪のショートヘアーで、元気いっぱいという感じの子だ。

自領に戻った際に弟子に取ったのだが、俺はしばらく首都星を離れられないため一緒に連れて来てしまった。

まだ甘えたい盛りだろうに、親元を離れて俺と一緒に暮らしている。

俺が素振りを袈裟《けさ》斬《ぎ》りに変更すると、エレンも慌てて真似《まね》てくる。

その動きには、まだ拙さが目立っていた。

「もっと意識を全身に向けろ。一部だけに気を注げば、他が疎《おろそ》かになる」

「は、はい、師匠」

俺を師匠と呼んで慕ってくるエレンは、初めての弟子で贔屓目《ひいきめ》もあるだろうが可愛《かわい》い奴《やつ》だ。

「このまま続けるぞ」

「はい！」

これで才能がなければ頭を抱えただろうが、教えたことを着実に吸収していくので大きな問題も感じない。

問題があるとすれば、俺の方だろう。

俺は師匠に、最低でも三人の弟子を育てろと言われている。

一閃流の剣士は、最低でも三人の弟子を育てる決まりがあった。

流派を途絶えさせぬため、次代に剣術を伝えるため。

理由は納得しているし、【安士《やすし》】師匠の言葉なら従うつもりだ。

しかし、問題は俺の実力である。

――俺は本当に、一閃流の剣士として一人前なのだろうか？　そんな疑問が頭から離れないのは、子供の頃に見た師匠の一閃が理由だ。

エレンと同じく、俺は一閃流の奥義である「一閃」――あまりにも素早い斬撃を見せられ、その技に魅せられた。

見たというより、その結果を見せられたに過ぎないが。

安士師匠が俺に見せた一閃は、そもそも刀を抜いたことすら気付かない神速の斬撃だ。

まるでその場に立っているだけで、勝手に目標の丸太が切断されたようにしか見えなかった。

これが安士師匠の一閃だ。

対して、未熟な俺が放った一閃は、エレンに刀を抜いた瞬間を見られている。

一閃流の剣士は、最初に弟子に一閃を披露する。

披露すると言っても、本来は見えない斬撃だ。

見ると言うより、技を知るというのが大事になってくる。

それなのに、俺の一閃はエレンに見破られてしまった。

――エレンは特別な目を持っている。

教育カプセルによる肉体強化で手に入れる動体視力ではなく、これは先天的に持って生まれた才能――能力だろう。

時折、この世界には特別な能力を持った人間が生まれてくる。

それは科学や魔法の力でも再現不可能なため、教育カプセルに入ってどれだけ肉体強化をしようが得られる能力ではない。

そんな能力者たちだが、多くは埋もれて世に出ない。

運悪く平民に生まれ、能力に気付かないまま歳《とし》を重ねるケースが多いと聞いた。

だが、エレンのように環境に恵まれた存在は、いずれ頭角を現してくる。

そういった特別な存在は、何かしら大きな事を成し遂げる場合が多い。

バンフィールド家で言えば、すぐに暴走をする【クリスティアナ・レタ・ローズブレイア】や【マリー・マリアン】がいい例だ。

他で言えば、【チェンシー・セラ・トウレイ】も特別な存在だろう。

暗部を任せている【ククリ】も同様だ。

星間国家――アルグランド帝国という超大国の伯爵家になれば、そういった特別な存在を複数抱えていてもおかしくない。

だが、これでは足りない。

俺がもっと凶悪な悪徳領主になるためには、優秀な人材がもっと必要だ。

せめてあと一人――今の時点で、もう一人だけ頼りになる部下が欲しい。

俺は素振りを続けているエレンを横目で見ながら、ボソリと呟《つぶや》く。

「この子が育つのを待つのもいいが、それでは面白くないな」

何事もなければ、エレンもいずれ立派な騎士に育つだろう。

エレンに基礎的な素振りを見せながら汗を流していると、徐々に夜が明けてくる。

空を覆い尽くす金属に、夜明けの景色が映像として流れ始めた。

顔を人工的な日の光に向けると、バルコニーに一人のメイドがやって来る。

片手にかごを持ったメイドの【天城《あまぎ》】は、その後ろに騎士を一人ともなっていた。

俺の護衛をしている騎士【クラウス・セラ・モント】である。

歴戦の騎士でもあり、その経験が滲《にじ》み出た顔をしている。

少々老け顔だが、それも数多くの経験を経た結果だろう。

バンフィールド家の騎士団の中では、落ち着いて冷静な判断ができる貴重な騎士だ。

幹部クラスに女性騎士の割合が多いため、男性騎士というだけでも珍しい。

そんなクラウスには、俺たちの修行中はバルコニーの出入り口を守らせていた。

天城が俺に近付いてくると、修行時間の終わりを知らせてくる。

「旦那様、次の予定が迫っております。朝の鍛錬もここまでにして下さい」

小さくため息を吐《つ》く俺は、エレンに視線を向けた。

本来であれば、弟子の修行にもっと時間を割きたいのだが――残念なことに、今の俺は忙しい。

俺が素振りを止《や》めると、エレンが少し寂しそうにしている。

俺に構ってもらえないエレンは、これから一人で修行のメニューをこなすことになる。

本来であれば見張りも置きたいが、一閃流の修行をあまり部外者に見られたくない。

結果、エレンは一人で修行をする時間が増えるわけだ。

可哀想《かわいそう》だが、こればかりは仕方がない。

「エレン、朝の修行は一時中断する。朝食にするぞ」

「……はい」

天城が俺たちにタオルと飲み物を手渡してくるので、受け取って汗を拭いつつ喉を潤す。

護衛であるクラウスは黙ったままだ。

ティアやマリーのように、俺のご機嫌取りなどしてこない。

少しばかり腹も立つが、実直に仕事をする騎士というのもいいものだ。

全ての騎士が、ティアやマリーのような連中では困る。

沈着冷静で仕事のできるクラウスは、俺の騎士団の中でも役に立つ騎士だろう。

特筆する能力など持っていないが、天城が俺に推薦した騎士である。

それに、あのチェンシーを部下に持って問題なく管理している時点で、こいつも騎士としては非凡なのだろう。

個人の強さよりも、集団で力を発揮するタイプだろうか？

「クラウス、仕事には慣れたか？」

話しかけると、クラウスが表情を変えずに答える。

「はっ」

「それはいい。今後も励めよ」

「無論です」

会話がすぐに終わってしまった。

色々と話をしたいのだが、俺が普段相手をしているティアやマリーは過剰に反応するので疲れてしまう。

愛想のないクラウスだが、普段はこれくらいがいいのかもしれないな。

バルコニーから室内へと戻ろうと歩き出すと、天城とエレンが俺の斜め後ろについてくる。クラウスは、その少し後ろを歩いていた。

天城は朝食の前に、今日の大事な予定を俺に伝えたいらしい。

「旦那様、本日は新しく派閥に加入された皆様との面会が予定されています」

「ライナスを蹴落としたら、一気にお仲間が増えたな」

「――不審な動きを見せている貴族たちもいます。十分にお気を付け下さい」

少し前に、ライナス――第二皇子との争いを制して蹴落としてやった。

第二皇子が、こんなにも早く脱落するとは誰も思っていなかったのだろう。

ライナスを倒した【クレオ・ノーア・アルバレイト】には、多くの貴族たちがすり寄ってきていた。

その中には、甘い汁を吸おうとする奴も多い。

一番厄介なのは、味方のふりをして近付いてくる敵だろう。

俺の同類――悪党が集まっている。

「面白くなってきたな」

注意しろと言われたのに、楽しそうにしている俺を見た天城は少し呆《あき》れていた。

表情には出ていないが、俺には天城の気持ちが理解できる。

実際、言葉に僅かばかりの棘《とげ》がある。

「楽しんでいる余裕はないと思われますが？」

「これが楽しまずにいられるか。悪党共がしのぎを削り合う政争だぞ。ここで勝った奴が、帝国一の悪党だ。——俺に相応《ふさわ》しいと思わないか？」

帝国一の悪党——悪徳領主である俺にとって、目指すべき目標である。

誰もが皇帝になれないと思っていた第三皇子のクレオを担ぎ、私利私欲のために皇帝に据える。

これが悪と言わず何と言う？

俺はこの戦いを制して、帝国一の悪徳領主になってやる！

◇　◆　◇　◆　◇

正義というのは、実に使い勝手のいい言葉だ。

誰しも悪と罵られるよりは、正義ともてはやされたいものだろう。

正義を語れば人がついてくるのもいい。

それが本当に正しいかなどわからないのに、正義だと思い込ませれば誰もが自分を正しいと思い込む。

実に度し難くて反吐《へど》が出るが、俺は正義を語るのに何のためらいもなかった。

「正義は我らにあり！――乾杯！」

「乾杯！」

滞在しているホテルにあるパーティー会場には、新規に派閥入りした帝国貴族たちのための歓迎会が開かれていた。

歓迎会というには少しばかり規模も大きいのだが、星間国家は何をするにもスケールが大きいので気にしていては駄目だ。

クレオ殿下の派閥に所属を決めた貴族を集めた俺は、耳に心地のいい台詞《せりふ》を並べた演説をしていた。

やれ、正義の戦いだの、これが貴族の義務だの――自分で言っていて笑いそうになる。

正義などどこにもない。

己の利益を追求しているだけの俺が、正義を語っているのだから。

この場にいる連中だって、誰も正義云々《うんぬん》など信じていないだろう。

それは何故《なぜ》か？

揃《そろ》いも揃って悪人面の貴族たちだ。

腹の中は真っ黒な連中が、パーティー会場に何百人と集まっている。

そんな悪人共は最初から理解しているはずだ。

俺がクレオ殿下を担ぎ上げた理由は、自分の利益を最優先にした結果だと。

正義など建前で、集まった貴族たちも己の利益のために派閥入りしただけだ。

演説が終わると、俺はすぐに参加者たちのもとへと向かって話しかける。

主催者はもてなす側であり、これも仕事である。

「楽しんでいただけていますか？」

話しかけた相手は、辺境に領地を持つ子爵である。

辺境には貧乏貴族が多い中、頑張っている部類の男だった。

外見は一見すると優しそうだが、腹の中ではきっと野心を持っているのだろう。

俺に対して笑顔で返事をする。

「ええ、存分に。それにしても、バンフィールド伯爵は剛毅《ごうき》ですな。首都星でこれだけの規模のパーティーを開ける貴族も少ないですよ」

滞在しているホテルで開かれたパーティーだが、当然のように金をかけている。

俺が資金に余裕があると見せるためだが、一番はパーティーには金をかけるのが悪徳領主という生き物だからだ。

しかし、相手は客だから謙遜した態度で接する。

――本当は威張り散らしたいけどな。

「少々見栄《みえ》を張りましたので、そう言っていただけて安心しました」

子爵は俺を見て感心したように頷《うなず》いている。

「見栄を張るのもクレオ殿下のためなのでしょう？　随分と身銭を切って支援しているとうかがっていますよ」

「まぁ、そんなところですかね」

俺自身の楽しみのためでもあるが、クレオ殿下への投資目的もある。

派閥の長《おさ》である俺が、羽振り良く振る舞えば集まってくる連中も増えるからな。

——まぁ、投資した分の見返りは、しっかりと回収する予定だけどな。

子爵は微笑《ほほえ》んでいた。

「バンフィールド伯爵がいれば、クレオ殿下も心強いでしょう。小身ではありますが、私も派閥のために頑張らせていただきます」

「助かります。是非とも子爵のお力をお貸し下さい」

口では協力すると言っているが、参加者の半数以上は甘い汁を吸うだけの連中だろう。

パーティーに参加している貴族は領主貴族が多い。

わざわざ俺が首都星に呼び寄せたのだが、その際の交通費やら宿泊費は俺が払っている。

何故って？

わざわざ金を払ってこんなパーティーに出たいと思うか？

遠い宇宙を旅してやって来たら、俺の中身のない演説を聞くだけ——俺が呼ばれた側なら絶対に参加しない。

だが、俺も派閥のトップとして人を集めないと面子《メンツ》が立たない。

結果、費用は全て俺が支払う形になった。

もっとも、俺には金銭問題など関係ない。

錬金箱という案内人の贈り物があり、金の問題などないに等しい。

大盤振る舞いをしても、痛くも痒《かゆ》くもない。

それに、派手な方が俺の目的を達成しやすい。

このパーティーの目的には、皇位継承権第一位のカルヴァン派閥を煽《あお》るためのパフォーマンスの意味もある。

カルヴァンが不用意な動きを見せたら、そこを徹底的に突くつもりでいた。

ただ、これが思うように進まない。

以前にライナスという第二皇子を後ろから刺すような形で葬ったが、カルヴァンは違う。

皇太子として盤石とは言わないが、大きな支持基盤を持っている。

おまけに余裕があるため、無理して俺たちを潰そうとしないのも問題だ。

しかし、こちらが隙を見せれば――確実に潰しにかかるだろう。

カルヴァン――【カルヴァン・ノーア・アルバレイト】は、皇太子だけあって本当に厄介な相手である。

厄介すぎて、俺が帝国大学を卒業したのに動きがない。

話をしていた子爵は、俺の大学卒業後の話を振ってくる。

「話は変わりますが、バンフィールド伯爵は役人として働くのですよね？」

貴族は学校を卒業すると修行と称した労働の義務が課せられる。

現場で実際に働き、見識を深めろという建前がある。

しかし、ほとんどの貴族たちは、真面目に仕事などせず遊び呆《ほう》けている。

修行と称したお遊びみたいなものだが、それを表だって言うのも馬鹿なので真面目を装う。

「えぇ、帝国のために粉骨砕身、力の限りを尽くしますよ」

過剰な物言いは、ある種の冗談だ。

ここまで言えば、相手も「白々しいことを言っているな」と気付いてくれるはずだ。

しかし、子爵は真面目な顔をしている。

「ご立派ですよ。うちの息子にも見習わせたいものです」

相手も冗談に付き合ってくれている――はずだよな？

その割には、反応が乏しくて冗談を言った俺の方が困惑してしまう。

そもそも、俺は真面目に働くつもりはない。

何が悲しくて、帝国のために頑張らないといけないのか？

これが自領のためなら適度に頑張るが、俺には大してうまみがないからな。

子爵が俺に尋ねてくる。

「それで、どこに配属されるのですか？」

「最初は役所で雑用ですね」

◇　◆　◇　◆　◇

リアム・セラ・バンフィールドは忙しい。

帝国大学に在籍中には、第三皇位継承権を持つクレオ殿下を担ぎ上げて派閥の立ち上げを行った。

卒業するまで精力的に活動し、学生生活のほとんどを授業と派閥の立ち上げに費やす。

周囲の学生たちが遊ぶ中、リアムだけは日々を忙しく過ごしていた。

「ダーリンは今日もパーティーなのね。本当なら、わたくしも参加した方がいいのだけれど」

自分も参加したかったと呟《つぶや》くロゼッタは、自室で待機させられている。

ロゼッタの部屋があるのは、リアムが貸し切っているフロアの一つ下の階だ。

普段から近くに住んでいるのだが、ロゼッタがリアムに会う機会は少ない。

リアムが忙しすぎるのも理由の一つだが、何よりパーティーにロゼッタを連れて行かないからだ。

ロゼッタも忙しいリアムを手伝いたいのだが、本人に拒まれては手が出せない。

それに、リアムからは「大学で遊んでいろ」と。

ロゼッタを気遣っての台詞なのだろうが、本人からすれば悩ましい。

「ダーリンを働かせて、わたくしが遊び回るのも気が引けるわね」

　思い悩むロゼッタを心配したのか、一人のメイドが話しかけてくる。

　修行の受け入れを早めてもらい、今回めでたくロゼッタ付きのメイドになれた【シエル・セラ・エクスナー】だった。

　銀色の長い髪に、紫色の瞳。

　同年代の女の子たちと比べると、平均的な体重やスタイルをしている。

　特徴的なのは、頭部右側の髪で作った三つ編みだ。

　エクスナー家の特徴なのか、クルトもシエルも同じ三つ編みをしている。

　そんなシエルは、リアムの話題に懐疑的だった。

「リアム様はそんなにお忙しいのでしょうか？　毎日パーティーに出かけて、楽しそうに見えるのですが？」

　あまりパーティーに参加したことのないシエルから見ると、遊んでいるようにしか見えないのだろう。

　ロゼッタは小さくため息を吐《つ》いてから、その認識を改めさせる。

「シエル、パーティーというものは楽しんでやるものばかりではないのよ。今回のパーティーも、ダーリンにしてみれば仕事と同じだわ」

　クレオ派閥の結束を高めるためにも、貴族たちをもてなしている。

　これを遊びと考えているシエルに、ロゼッタは注意した。

（もっとも、わたくしはパーティーにあまり良い思い出がありませんけどね。でも、今の厳しい状況を考えれば、ダーリンも楽しんではいられないはず）

過去、ロゼッタは自身が見世物のように蔑まれるパーティーに強制参加させられていた。

そのため、パーティーに関しては辛《つら》い思い出の方が多い。

シエルは申し訳なさそうにしている。

「差し出がましい口を挟みました。申し訳ありません、ロゼッタ様」

「いいのよ。疑問があるなら素直に聞きなさい。あなたは、我がバンフィールド家がエクスナー家から修行のために預かっているのだから」

エクスナー家から修行に来ているシエルは、一般メイドとは違う存在だ。

リアムの盟友であるエクスナー男爵や、その跡取りであるクルトの家族である。

ぞんざいになど扱えない。

また、リアムの寄子である家から預かった子供たちとも違う。

シエルの実家は爵位の差はあっても帝国の直臣同士——同格の相手だ。

他に預かっている子供たちよりも、一段上の教育が行われている。

リアムの方針で、バンフィールド家は受け入れた貴族の子弟には厳しく教育している。

中でも、シエルに関しては、ロゼッタが直々に教育するという好待遇だ。

ロゼッタの側《そば》に置かれているのは、甘やかすためではない。

直々に教育し、様々な経験をさせるためである。

「ダーリンは頑張りすぎるから、無理だけはしないで欲しいわね」

リアムを心配するロゼッタを、シエルはどこか悲しそうに見ていた。

◇　◆　◇　◆　◇

シエルにとってリアムとは、他の者たちが称《たた》えるような人物に見えなかった。

ハッキリ言って、シエルにとってリアムは敵である。

何故《なぜ》か？

それは、尊敬する兄クルトの心を乱す存在だからだ。

そのため、どうしてもリアムに対して他より見る目が厳しくなる。

（あいつ最低だ）

心配するロゼッタを見ていたシエルは、リアムに対して不満を募らせていた。

シエルの中で、ロゼッタの能力的な評価は可もなく不可もなく――無難という言葉に尽きる。

特別有能でもなければ、無能でもない。

一方で、本人の努力する姿勢には好感が持てるし、個人的にも付き合い続けたい人物だ。

能力以外ならば、パーフェクトだと思っている。

だが、致命的に男を見る目がないとも。

（この人、いい人だけど騙《だま》されているわ）

リアムがパーティーで忙しい日々を過ごしているのは事実だが、それを楽しんでいるのをシエルは知っていた。

この前など、御用商人の一人とパーティーの件で盛り上がっていた。

コソコソと盗み聞きをしたのだが、その時に「金ならいくらでもある！　盛大なパーティーを開催するぞ！」と意気込んでいた。

仕事だから仕方なく、など微塵《みじん》も感じていなかった。

皆がリアムは凄《すご》い、最高だともてはやす。

しかし、シエルだけは――愛する兄を〝姉〟にしてしまいそうなリアムを認められない。

そもそも、出会った当初からリアムという人間をどこか疑っていた。

リアムの噂《うわさ》を聞く度に、本当にそんな聖人君子がいるのだろうか、と。

そんなリアムに近付き、真実を突き止めるために修行期間を早めてロゼッタの付き人に志願した。

厳しい教育を受けても耐えたのは、大好きなクルトの目を覚まさせるため。

（優しい人を騙して、それにお兄様まで――リアム、絶対に許さないわ）

憧れだった優しいクルトは、リアムに出会ってから人が変わってしまった。

以前は凜々《りり》しく優しかったクルトは、今では何かあればリアムの話題を出してくる。

リアムとの思い出話を楽しそうにするクルトを見て、妹として許せなかった。

そもそも、シエルはリアムの言動について怪しんでいる。

どう考えても小悪党の台詞《せりふ》にしか聞こえない。

やっていることは確かに凄いし、質素倹約を心掛けて実践しているのも事実。

結果だけを見れば素晴らしいのは理解するが、シエルは納得できなかった。

シエルの勘が「こいつは何かある！」と告げている。

(皆の目を覚まさせてやる。絶対に、リアムの化けの皮を剝いでやるわ！　そして、お兄様がお姉様にならないように、私が守らないと)

シエルは、リアムの側に近付きその真実を探ろうとしていた。

そんなシエルの決意とは裏腹に、ロゼッタはリアムに尽くすつもりでいる。

ロゼッタは気落ちした気分を切り替えるため、かぶりを振ってから明るく振る舞う。

「駄目ね。ダーリンがいない間は、わたくしがしっかりしないとね。さて、今日も頑張ってダーリンのいないこの場所を切り盛りしないとね」

張り切るロゼッタに、シエルは腕輪型の端末を操作して今日の予定を確認する。

(え～と、今日の予定は――あれ？)

内容を確認していたシエルは、疑問を持ったのでロゼッタに尋ねる。

「ロゼッタ様、一つ質問をよろしいでしょうか？」

「何かしら？」

「ユリーシアさんですけど、ここしばらくはずっと遊んでいますよね？　買い物とかバカンスとか、一人だけ何もしていませんけど？　あの――余計なことかもしれませんけど、もう少し何とかした方がいいのではないかと」

名前が出た【ユリーシア・モリシル】は、リアムが軍から引き抜いた副官だ。

通例では軍から引き抜いた副官の多くが愛人や側室の立場となるため、バンフィールド家でもユリーシアを丁重にもてなしていた。

しかし、大貴族の側室や愛人が遊び呆けているのも醜聞となる。

世間に隠すような関係ならば、本人がもっと大人しくするべきだ。

今のユリーシアは、役目も果たさず遊び歩いているだけである。

ロゼッタが無表情になると、シエルは「ひっ⁉」と喉奥から声が出た。

ため息を吐くと、ロゼッタはシエルに命令する。

「ダーリンが放置しているとはいえ、いつまでも遊ばせておくわけにはいきませんね」

「そ、そうですよね！」

「シエル、ユリーシアさんの現在位置は？」

「自室です。この時間は寝ているようですね」

「――まったく」

◇　◆　◇　◆　◇

ユリーシアは、高級ホテルの一室で暮らしていた。

夜遅くまで遊び歩いており、目を覚ますのはお昼前が多い。

退役し、リアムのそばで毎日のように豪遊を繰り返していた。

目覚ましもかけずに眠り、好きな時間に目を覚ます。

「ふぁ～よく寝た」

寝癖で乱れた長い金髪に、まだ眠そうな顔。

ユリーシアは上半身を起こすと、この幸せな暮らしに精神がだらけきっていた。

「今日は何もしたくないな～。遊びもお休みしようかしら？」

このまま二度寝してしまおうかと考えていると、急に部屋のドアが開いた。

「ちょ、ちょっと誰よ！——ひっ!?」

勝手に入室してきた人物を睨《にら》み付けつつ、枕元に置いた武器を手に取って構える。

だらけきっても、訓練で学んだ動きは忘れていないようだ。

ただ、その動きは随分と錆《さ》び付いていた。

そして、入室してきた相手を見て、ユリーシアは頬を引きつらせる。

「ロゼッタ——様？」

「おはようございます、ユリーシアさん」

微笑《ほほえ》むロゼッタだが、その後ろにはバンフィールド家の騎士たちが控えている。

全員が女性騎士。

そして、ユリーシアに冷ややかな視線を向けていた。

「あ、あの、何かご用でしょうか？」

強張《こわば》った笑顔で用件を尋ねると、ロゼッタは笑顔のままユリーシアの振る舞いについて注意をしてくる。

「最近はずっと遊び歩いているようですね」

「い、いや、それはその——リアム様が相手をしてくれないので」

顔を逸《そ》らして言い訳をすると、ロゼッタが厳しい態度を取る。

「言い訳は許しません！　ダーリンが忙しい時に、のんきに遊び歩いて——わたくしも、遊ぶなとは言いません。ですが、時期を考えて行動しなさい」

バンフィールド家が忙しく動いている時に、豪遊三昧のユリーシアは家臣からひんしゅくを買っていた。

それを責められ、ユリーシアは縮こまる。

「すみません。今後は気を付けます」

「いえ、しばらく軍に戻って再教育を受けて下さい」

「——え？」

「あなたの役割は、帝国軍とダーリンの繋《つな》ぎ役《やく》でしょう？　その役割を疎《おろそ》かにするなんて許しません。一度鍛え直してきなさい！」

「そんなあぁぁぁ!!」

ロゼッタの決定に、ユリーシアは絶叫する。

ちなみに、再教育の話はリアムにも許可を取っている。

だが、その際にリアムは気にした様子がなく「勝手にすれば」という態度だったとか。

◇　◆　◇　◆　◇

シエルがリアムの真実を暴こうと動き出している頃。

リアムの真の敵である案内人は苦悩していた。

「どうすればリアムを倒せる？　どうすればいい？　どうすれば――あいつを倒すことができるのだ？」

いくら考えても答えが出ない。

これまでにも、案内人はリアムを不幸にするため色々と手を出してきた。

その度に、リアムが予想を超えてくる。

そして、仕返しでもするかのように――案内人に感謝してくる。

そのリアムの感謝の気持ちは、今ではバンフィールド家の領民たちの感謝も背負って非常に辛いものになっていた。

リアム一人の感謝なら気持ち悪い程度で済んだのに、民たち――億単位の領民たちの感謝が加わると、数の暴力で圧倒的な力を生み出す。

一部の領民たちなど、まるで神のごとくリアムを崇《あが》めていた。

そんな感謝の気持ちも上乗せされては、案内人だって苦しい。

無茶苦茶痛いし、気持ち悪い。

「こんなの許されない！　絶対にリアムを不幸にしてやる！」

しかし、何度リアムに復讐《ふくしゅう》してやると誓っても、毎回失敗してきたのが案内人だ。

リアムを不幸にしてやるため、色々と手を回した。

リアムの敵に助力してやった。

それなのに、復讐は一度も成功していない。

泣いている案内人は、既に自信を喪失している。

「私の何が駄目なんだ？　むしろ、逆をすれば成功するのか？　リアムを助力し、敵を不幸にすれば——まさか」

案内人はリアムを助けるなど絶対にしたくない。

そんなことをすれば、また感謝されて苦しめられてしまう。

案内人はリアムに感謝されて、のたうち回る自分の姿を想像して身震いする。

「——もう失敗して感謝されて、苦しむのは嫌だ」

リアムの感謝の気持ちを受け取りたくなかった。

しかし、案内人が幾ら考えても妙案が浮かんでこない。

どれだけ不幸にしようとしても、今のリアムは自力で克服してしまうからだ。

しかも強い。

強すぎる。

強すぎて、勝てる奴《やつ》がいるのか疑わしいほどだ。

「どうやったら倒せるんだ？　何なんだよ、一閃《いっせん》流って――安士《やすし》の阿呆《あほう》が。どうして詐欺師にあんな化け物が育てられるんだ」

その安士が育てたリアムを倒すための同種の怪物たちが存在する。

しかし、これは案内人にとっても切り札だ。

あの二人が、リアムに近付けるように動きたいが――それが駄目な方に傾いたら、と思うと怖くて動けない。

案内人は、リアムの感謝の気持ちにトラウマを抱えていた。

「ほ、本当にどうすればいいんだ？　私は――私は――」

色々と考えたあげく、一つの答えを導き出す。

「そうだ。物は試しに、リアムに助力して敵側を不幸にしてみよう。これで駄目なら、違う方法を考えよう！　そう、ちょっとだけリアムに助力して様子を見ればいいのだ！」

追い詰められた案内人は、とんでもない行動に出てしまう。

◇　◆　◇　◆　◇

皇位継承権第一位——皇太子カルヴァンは、自分を支援する貴族たちを前にして少し疲れた表情をする。

「そんなに危険なのかな？」

頭を悩ませる理由は、オクシス連合王国にあった。

オクシス連合王国というのは、小規模な国家が集まった星間国家である。

幾つもの国家の集合体で、代表である国王たちの議会制を採用した星間国家だ。

そんな連合王国は、死んでしまったライナスとの密約を理由に、帝国領内に侵攻してきていた。

「死んだ後もライナス殿下は厄介ですな」

「しかし、連合王国は本気です。ライナス殿下との密約を盾にしております」

「そもそも、かの国はライナス殿下の一件で帝国を恨んでいるはずだ」

「その報復と、国内への締め付けが目的でしょうね」

第二皇子ライナスだが、生前にオクシス連合王国に対して内乱を誘発させていた。

ライナスは将来的に帝国領の一部を譲り渡すと約束し、連合王国を構成する一部の国に支援を続けていた。

結果、連合王国内のパワーバランスが崩れ、内乱へと発展していく。

ライナスの支援もあって内乱の規模は大きくなり、連合王国内の被害は甚大な物になったようだ。

そんな時に、ライナスが死んで状況が一変する。

支援されていた国家は、急激に勢いをなくしてしまった。

内乱は終わりを迎えたが、帝国の干渉があったと知った連合王国はこれに激怒した。

これが帝国に侵攻した理由である。

カルヴァンを支持する貴族たちが焦っていた。

「皇太子殿下、今の情勢は少々まずいです。あのリアムが精力的に活動しております。それから、潜り込ませた貴族からの話では、継承権争いで被害を拡大させたと我らを責めています。クレオ殿下を正義と掲げ、同意する貴族たちの取り込みにかかっています」

正義を掲げる――これがその辺の貴族なら大きな口を叩《たた》いている、で済まされる。

継承権争いを拡大させ、民を巻き込む自分たちを悪と断じる輩《やから》は多い。

しかし、相手がリアムでは無視できない。

ライナスが隙を見せたとはいえ、その隙を突いて葬った男である。

クレオという駄馬を、ダークホースに仕立てた張本人の言葉は重い。

そして、海賊を許さぬ高潔さを持つ、そんな人物が現在の帝国に不満を持っていると公言している。

有象無象の一貴族ではない――力を持った強敵だ。

地方の義心にあふれる貴族たちが、そんなリアムを中心に集まっているのもまずかった。

「ここで放置すれば、ますますリアム君の名声が高まってしまうね」

これを見過ごせば、やはり今の帝国は頼りにならないと反感を持つ貴族たちがクレオ派閥に移るか力を貸してしまう。

普段なら軍に丸投げするか、いずれ取り戻せばいいと放置する。

それができない。

あと、連合王国の状況も悪い。

内乱騒ぎのみそぎもあって、本気で攻め込んできている。

ライナスに支援を受けていた国々は、帝国侵攻の際に活躍しなければ連合王国内での立場を失うだろう。

怒り、みそぎ、複雑な事情が絡み合った連合王国の勢いは侮れない。

これを退けるとなれば、大きな被害を出してしまうだろう。

カルヴァンは思案する。

「大規模な艦隊を編成して討伐に向かえば、首都星が手薄になる。その隙をリアム君は見逃してはくれないだろうね」

カルヴァン派の貴族たちも、悩ましい顔をしていた。

「あの男を敵にしたのは失敗でした」

「だが、ここで帝国の領地を取られては、こちらの信用が落ちて困る、か」

「情勢はクレオ殿下に傾いております。いえ、あのリアムに傾きました。皇太子殿下、ここは我々も動かねばなりません」

不利な状況に立たされていると言われるが、カルヴァンも熾烈《しれつ》な後継者争いを生き抜いてきた男だ。

この程度で慌てるなどしない。

「――いや、我々は動かない」

「皇太子殿下!?」

「動くのはクレオだ。クレオに花を持たせてやろうじゃないか」

それを聞いて、派閥の貴族たちは察した顔をする。

「クレオ殿下に――いえ、リアムに大きな被害を出させるのですね？」

カルヴァンは大きく頷《うなず》く。

「そうだ。リアム君が失敗すればそれもいい。成功しても、きっと戦力を大きく失うだろう。そのようにこちらが動くからね」

つまり、リアムを潰すために、攻め込んできた連合王国軍と手を組む――ということだ。

あちらは帝国に大打撃を与えられればいい。

カルヴァンにしてみれば、邪魔なリアムの戦力を削れる。

それに、リアムの軍が戦場に出れば、首都星での活動も鈍くなるだろう。

カルヴァンは次の手を打つ。

「手薄になった首都星で、リアム君の派閥は削らせてもらう」

貴族たちはカルヴァンの指示を受けて、迅速に動き出す。

第一話 裏切り

オクシス連合王国動く。

その知らせに、首都星は大騒ぎになった。

国境で小競り合いは続いているが、本格的な侵攻となると規模が違う。

数万隻ではなく、数百万隻の艦隊同士がぶつかることになる。

そして、今回は連合王国も本気を出してきたようだ。

「三百万隻？」

「は、はい！　連合王国は、内乱に加担した国や貴族たちを中心に大規模な艦隊を編成しています。リアム様、これは大変なことですよ！」

星間国家同士の本気のぶつかり合いは、下手をすると何百年と続く。

俺はホテルの自室で優雅にコーヒーを飲んでいた。

「そうか」

「そ、そうか!?　リアム様、ちゃんと考えているのですか？」

俺にこの話を持ち込んだのは、連合王国にいる悪徳貴族と繫《つな》がりを持たせた御用商人のトーマスだ。

連合王国の悪徳貴族が、早速仕事をしてくれた。

トーマスを通じて、俺にいち早く情報を持ち込んだのである。

「俺には関係ない。軍の仕事だ。そして今の俺は役人だ」

出勤前に優雅に過ごしていたところに、血相を変えたトーマスが駆け込んできた。

今も俺の様子を見て信じられないという顔をしている。

「そ、それはそうですが、軍だけでは対処しきれません。帝国貴族の方々に参戦を依頼してくるはずです」

貴族のみんな、帝国の危機に一緒に立ち上がってくれ！　と呼びかけるわけだ。

俺は少しも興味がわかない。

「なら辞退する。俺は現在修行中の身だ。軍人としても予備役だからな」

三百万の敵が攻めてくる——これは確かに一大事だが、帝国だって巨大な星間国家だ。

その気になれば倍の戦力を用意できる。

だが、余裕があると、どうしても味方の足を引っ張り合うものだ。

俺のように、自分は参加せずに眺めているだけの貴族たちも大量に出てくる。

それに、悪徳領主たるもの、危険は冒さない。

戦争自体には勝てるかもしれないが、三百万の敵がいるのだ。

帝国にだって被害は出る。

その被害を受けるのが、俺ではないと言えるだろうか？

「今回は資金と物資の提供でやり過ごすさ」

「それは――正しいのかもしれませんね」

俺の話を聞いて、トーマスが落ち着きを取り戻す。

俺が戦争に参加するとでも思っていたのだろうか？

コーヒーを飲んでいると、クラウスから緊急の通信が入ってきた。

『リアム様、緊急につき失礼いたします』

アポもなく俺に連絡を入れてきたクラウスの表情は、かなり焦っていた。

クラウスが焦っているとなれば、何か大変なことが起きたのだろう。

「どうした？」

これが使えない部下――ティアやマリーからの通信なら、即切りしてやったところだ。

だが、あいつらに対して冷たい態度を取っても、興奮して喜ぶだろう。

どうにも俺が負けた気分になるので、あいつらの相手をするのが面倒になってきた。

そう思うと、クラウスって丁度いいな。

『宮殿からの要請です。連合王国との戦争に参加せよ、と』

「辞退する。俺は忙しい」

『それが、今回の総大将はクレオ殿下に決定しました』

「何だと!?」

◇　◆　◇　◆　◇

連合王国にリアムと繋がっている貴族がいる。

パーシング伯爵だ。

トーマスを介して、リアムから援助を受けている男だった。

惑星一つを領地に持つ伯爵だが、この男が仕えている王が以前に反乱軍に加担してしまった。

おかげで、みそぎの意味合いで帝国戦に参加させられる。

帝国のリアムと繋がりを持ち、甘い汁を吸ってきた男だ。

彼は最初から、連合王国のために動くつもりはない。

そして――リアムのために動くつもりもない。

全ては己のために動く。

「つまり、リアムを戦場に引っ張り出す手助けをせよ、と？」

帝国からやって来た商人が笑顔で頷く。

「帝国内で騒ぎ立てている貴族たちがいます。その者たちが、貴国の相手となるのです」

商人の言葉を聞いて、帝国内でもこの戦争を権力争いに利用する者たちがいることにパーシング伯爵は気付いた。

「敵対派閥を連合王国に処分させたいとは、帝国の貴族は怖いですな」

「その見返りとして、クレオ殿下が率いる艦隊の情報は常にそちらに届くようにしておきます」

パーシング伯爵は笑みを浮かべる。

（それはいい。敵の位置情報が常に届くならば、私にも手柄を立てるチャンスが巡ってくるだろうからな）

何より、敵艦隊は本国に負けるように望まれているのだ。

自分たち連合王国だけではなく、味方であるはずの帝国からも様々な嫌がらせを受けることになる。

そんな帝国軍が、まともに機能するはずがない。

戦場ではかっこうの獲物となるだろう。

ただ、パーシングはこの話をすぐには受けない。

「しかしですな〜。私もリアム殿にはお世話になっております。裏切るのも簡単ではありませんぞ」

もっと対価を出せと強請《ゆす》るパーシング伯爵に、帝国の商人がニヤリと悪い笑みを見せる。

「もちろんです。成功した暁には、望む限りの報酬をご用意いたしましょう。こちらは前金です」

用意されたのは、莫大《ばくだい》な金額と、大量の資源のリストだった。

パーシング伯爵は内心で笑いが止まらなかった。

（バンフィールド伯爵、貴殿は帝国内に敵を作りすぎたようだ。精々、私のためにその命

を散らしてくれ）

◇　◆　◇　◆　◇

後宮。

クレオが暮らしているビルでは、朝から大騒ぎになっていた。

「数百万の艦隊を率いろだと!?　クレオは軍人として教育を受けていないんだぞ！」

憤りを隠せないのは、クレオの姉であるリシテアだ。

彼女は皇族でありながら騎士を目指し、今は弟になってしまった元妹であるクレオの護衛をしている。

荒れている姉の姿を見て落ち着いたクレオは、冷静に話をする。

「姉上、落ち着いて下さい。教育カプセルで基本は学んでいます」

「教育カプセルは確かに優秀だが、それは知識がインストールされただけだ。使いこなさなければ意味がない。カプセルで十分なら、教育など不要だ！」

教育カプセルに入れば、知識はインストールされる。

だが、インストールされても使いこなすのは本人だ。

知識だけあっても駄目だと言われたクレオは、僅かに拗《す》ねるとリシテアから顔を背ける。

「――どうせ、俺ではなくバンフィールド伯爵が艦隊を率いますよ」

そんなクレオの考えをリシテアは否定する。

「バンフィールド伯爵が率いられる数は、精々十万隻だ」

「え？」

「百万を超える規模の艦隊を動かすとなれば、個人の力量だけではどうにもならない。百万の規模を運用するには、それだけの指揮官が必要になってくる。それだけの人材をバンフィールド伯爵が保有していると思うのか？」

海賊貴族と呼ばれたバークリー家との戦争でも、リアムが率いたのは二十万隻に届かなかった。

「い、いえ」

リアム個人は優秀だが、一個人でどうにかなるレベルの話ではない。

リシテアは頭を抱える。

「それに、伯爵には経験が足りなさすぎる。数百万を率いるような提督は、才能だけではなく経験が必須だ。そして、手足となって動く部下が何万人も必要になる」

その何万人――何十万人という数字は、しっかりと教育を受けた士官たちを意味する。

ただの兵士でなく、優秀な艦隊を率いる指揮官たちでないと駄目だ。

一伯爵にはとても用意できない。

「これで数年の時間があれば話も違ったさ。だが、今回は時間がないんだ。まとまりのない軍隊で勝てるほど、戦争は甘くない」

集められた艦隊をまとめるためには、時間が足りなかった。

姉の様子を見て、クレオは諦めてしまう。

（バンフィールド伯爵、どうやら俺たちはここまでのようだよ）

これだけの大役、普通なら皇帝や皇太子が出て来る場面だ。

成功させれば、継承権が動いてもおかしくない。

普通ならカルヴァンが出るべきところだが、本人はクレオを推薦した。

失敗することを望まれている展開に、リシテアは涙目になっている。

「最悪だ。この帝国の危機に、クレオが総大将を辞退すれば貴族たちに見放される。だからといって、総大将になっても勝ち目がない」

たとえ、勝ったとしても――疲弊したクレオの派閥では、カルヴァンの派閥とは戦えない。

「カルヴァン兄上は、本当に厄介な方ですね」

クレオの呟《つぶや》いた感想には、リシテアも同意している。

「長年皇太子の地位を死守しているだけはある。伊達《だて》ではないということか」

手が届きそうで、届かない。

皇帝の椅子というのは、クレオにはとても遠いものに思えていた。

ただ、クレオはこの時に思った。

（バンフィールド伯爵も万能ではないか。経験不足の若者――そうか、俺と同じだな）

完全無欠に思えたリアムにも弱点があると知り、クレオは少しだけ安堵《あんど》――いや、喜んでいる自分がいることに気付いていなかった。

◇　◆　◇　◆　◇

帝国大学を卒業した貴族たちに待っているのは、二年間の研修期間だ。

士官学校を卒業後も、同じように二年間の研修期間があった。

それと同じで、文官にも研修期間が存在する。

そして、俺の研修先は――宮殿から遠く離れた僻地《へきち》のような場所にある小さな建物だった。

前世の日本的な感覚で説明するならば、田舎にある役場みたいなものだろう。

どうして俺がこんな場所で研修を行うのか？

単純に、出世コースから外されたからだ。

本来ならば、伯爵家の当主である俺は宮殿で優雅に働いているはずだった。

しかし、現実には地方に飛ばされている。

近場に滞在先を用意するのが普通なのだが――俺は、滞在先のホテルから毎日車で通っていた。

この世界にある車の性能が凄《すご》い。

小型ジェット機以上の性能を持っており、高級車になれば惑星の反対側であろうと通うことができる。

地方に飛ばされても安心というわけだ。

そんなわけで、地方の役場で研修を受けているのだが――これまた反吐《へど》が出るような奴《やつ》が上司だった。

自分の机で帰り支度をしていると、ニヤニヤしながら白々しく俺の名前を呼ぶ。

「リアムく～ん、君はわざわざ首都からこんな田舎に通っているよね？　お金持ちなんだから、近所に部屋でも借りたらどうだい？」

俺の教育係でもある上司は、大貴族の三十男だったか？

大貴族に生まれたのはいいが、子沢山の家庭出身で本人は地方の役人に収まっている。

もっとうまく立ち回れば、宮殿でそれなりの役職を得ていたはずだ。

この場にいるのは、こいつの無能さを物語る証拠みたいなものだろう。

本人はプライドだけは高い癖に、仕事もせずに勤務中はゲームをして遊んでいる。

周囲も諦めているのか、上司が遊んでいるのを見ても何も言わない。

普段は無視をしているのだが、今日は終業間際に余計な仕事を持ってきたようだ。

「あ、それと、この資料を今日中にまとめておきなさい。明日には必要になる資料だから」

用意された大量のファイル――電子書類が俺の前に展開される。

時計をチラリと見れば、定時まで残り数分。

どう考えても、時間内に終わらせるのは無理な仕事量だ。

わかりやすいいじめである。

上司は俺の肩に手を置いてくる。

「研修期間中は私の指示に従ってもらうぞ。いくら伯爵家の当主だからと言っても、甘えは許さないからな」

どの口で言っているのだろうか？

俺は肩に置かれた手を払いのけてから、上司の頭を摑《つか》んで机に叩《たた》き付けてやる。

「ふ、ふごっ!?」

俺の行動に理解が及ばないのか、上司は目を白黒させていた。

そんな上司を片腕で押さえつけながら、頭を机にめり込ませていく。

机にひびが入るが、関係ない。――この程度、いくらでも弁償してやる。

「誰に命令している？　研修期間中の教育係風情が、俺に命令をするな」

研修期間中の奴が言う台詞《せりふ》ではないだろうが、俺は伯爵だ。

地方の役人風情が、命令していい存在ではない。

上司が押さえつけられたまま、俺に指先を向けてくる。

「き、貴様、上司に向かって何て口の利き方だ！　減点だ！　評価をマイナスにしてやるぞ！」

教育係は研修生の評価が行えるのだが、俺にはマイナスだろうと関係ない。

たかが腰掛け程度の職場だ。

そこで何と評価されようが、俺には痛くも痒《かゆ》くもない。

そもそも、こいつが下す評価などいくらでも握り潰せる。

「無能が上司になるとは、本当に度し難いな。自分の立場を少しは理解したらどうだ？」

そう言って、俺は上司の頭を押さえつける力を強めていく。

メキメキと聞こえてはいけない音がするが、俺は痛くないので関係ない。

あと、俺は無能な上司というものには肯定派だ。

俺自身が悪徳領主であり、無能上司の筆頭である。

しかし、俺の上に無能がいるのは許さない。

身勝手な言い分だろうと、悪党である俺は許される。

「終業間際に仕事を割り振るとはどういうつもりだ？　お前は管理職だ。仕事を割り振るのも仕事だ。こんな時間に仕事を持って来るとは、何を考えている？」

「へ、へぎょ」

机がバキバキと音を立て割れると、上司の顔は半分ほど埋もれていた。

もう喋《しゃべ》れないらしい。

「お前のミスだ。お前で処理しろ」

解放してやると、その男は震えていた。

「き、貴様！　こんなことをしてただで済むと――」

――思っていない。

ただで済ませるつもりはない。

無能上司の頭を摑んで握りしめてやると、ギチギチと音がする。

周囲は俺たちを見て震えていたが、関係ないので続ける。

「――お前が一人でやれ。お前のミスだから、当然だろう？」

逆らえばこのまま握り潰すという気迫を見せれば、無能も自分の命が危ないと気付いたのか血の気の引いた顔で大人しくなる。

「ひゃ、ひゃい」

裏返った声で返事をした無能上司に、俺は微笑《ほほえ》みかける。

「確か、明日までに終わらせろと言っていたな？　お前はできるからそう言ったんだよな？」

見るからに一人では終わらない量だ。

無能上司が震えている。

「む、無理です」

「できるよな！」

蹴飛ばしてやると、床を転がり壁にぶつかっていった。

そのまま震え上がって起き上がってこないので、念を押しておく。

「明日までだ。自分で言ったんだから責任は持てよ」

無能上司に近付いて顔を覗《のぞ》き込んでやると、もう恐怖で涙や鼻水を流していた。

だから優しく言ってやる。

「明日までにお前一人で終わらせろ。――できなかったら潰すぞ」

「は、はい」

すると、終業のチャイムが鳴り、俺は片付けをして帰ることにした。

残業？　そんなものは悪徳領主がするものではない。

俺以外の人間がすればいい。

俺は絶対にしない。

「では、お疲れ様。――お前は明日までに終わらせておけよ」

無能上司への態度は無礼そのものだが、俺はそもそも伯爵だ。

帝国では貴族が絶対である。

それを無視して、家督も継げない男が俺に横柄な態度を取るなど許されない。

何しろ、俺は本物の貴族だからな。

本物と言っても心根の話ではなく、社会的な地位の話だ。

ノブレスオブリージュ――貴族の義務など幻想だ。

それよりも、無能上司のおかげでストレスがたまる。

いっそ、職場の改善作業に取りかかるべきだろうか？

◇　◆　◇　◆　◇

翌日、俺は無能上司の上司に呼び出されていた。

無能上司の血縁者で、大貴族の関係者であるようだ。

上司の上司は、俺に対して上から目線で接してくる。

「軍ではえらく暴れ回ったそうだが、ここは役所だ。軍人のように野蛮な行動は控えて欲しいものだな」

上司の後ろで震える無能上司――この野郎は、俺を見て少し勝ち誇った顔をしていた。

俺は二人を無視して、ソファーに座って電子書類を眺めていた。

俺の態度が気に入らないのか、上司が声を荒げてくる。

「誰もがお前にひれ伏すと思っているのか？　私の実家はカルヴァン殿下の派閥に所属している。お前など怖くないんだぞ！」

貴族というのは俺も含め度し難い連中の集まりだ。

日頃からその地位のためにチヤホヤされるのが当たり前の生活をすれば、善人だって腐って悪人になる。

頭の良い連中は沢山いるし、こいつらのような無能ばかりではない。

だが、無能も多いのが現状だ。

俺は書類を見ながら、その上司に言ってやった。

「俺を怒鳴りつけて気は済んだか？」

応えていないと見ると、上司は鼻を鳴らす。

「強気だな。知っているぞ。お前は近い内に戦場送りだ。カルヴァン殿下を怒らせたことを悔いるんだな！」

――カルヴァンに同情するとしたら、派閥が大きすぎてこんな無能の面倒まで見なければならないことだろう。

少しばかり、俺がその面倒を減らしてやろう。

「それについては今も苛々《いらいら》していたところだ。それはそうと――この書類を見てくれ。お前らの汚職に関する証拠が揃《そろ》っている」

集めた電子書類が部屋中に展開されると、上司も無能も驚いていたが、すぐに笑みを浮かべていた。

汚職を知られても悪いとすら思っていない顔をしていた。

「それがどうした？　今更この程度の汚職など――」

「みんなやっている、だろ？　そんなことはどうでもいいんだよ。お前たちを蹴落とす材料がここにあり、俺はそれを実行して憂さ晴らしをさせてもらう。職場の環境が悪かったところだ。お前らを綺麗《きれい》に掃除して、俺好みの職場に改善してやろう」

そもそも、俺程度に汚職を知られるようでは無能の証拠だ。

消えたところで、何の問題もない。

指を鳴らすと、武装した兵士たちが次々に部屋に入り込んでくる。

パワードスーツに身を包んだ兵士たちの登場に、上司も無能も困惑していた。

そんな二人に兵士が大声を出す。

「動くな！　頭の後ろで手を組んで、床に伏せろ！」

「お、お前らいったい！」

上司と無能が兵士たちに蹴飛ばされ、そして拘束されていく。

無事に二人を連れ出すと、隊長が俺の側《そば》に来て敬礼してくる。

「通報、感謝いたします」

「仕事が早いな」

二人の汚職を調べて通報したのは俺だ。

昔、天城《あまぎ》と一緒に頑張っていた頃から、この手の汚職を見つけるのは得意だった。

もちろん、その後の後始末も得意だ。

「宰相より伝言です。仕事が早くて助かる、と」

こいつらを褒めたら、逆に褒められてしまった。

それがおかしくて笑う。

「なんだ、お前ら宰相に命令されていたのか」

「はっ！」

「宰相には世話になっている。お礼もしたいところだな」

仕事の早い兵士たちにも、後で賄賂――じゃなかった贈り物を届けさせよう。

俺は自分の役に立つ人間への配慮は忘れない男だ。

それにしても――最近、妙に運が悪い。

地方に飛ばされるし、上司は無能だし、職場は汚職まみれ――おまけに面倒な戦争にまで巻き込まれている。

面倒事が次々に舞い込んでくる。

巻き込まれた戦争に至っては、星間国家同士のぶつかり合いでかなりの規模だ。

正直、俺の手には余る内容だ。

いったいどうなっているんだ？

案内人は信じられなかった。

――あのリアムが困っている。

この事実に、案内人は手が震えていた。

恐れではない。これは――歓喜。

今までに感じたことのない喜びが、体中を駆け巡っていた。

「リアムが苦労しているだと!?」

苦労自体は珍しくもないが、自分が間接的に関わっていたら別の話だ。

これまで、何をやってもリアムにとって利する結果に終わってきた。

どれだけ不幸にしてやろうと願ってきたことだろう。

全て失敗してきた案内人だが、今回の結果には震えが止まらなかった。

「リアムに助力して、カルヴァンを不幸にした――だ、だが、カルヴァンがこれを逆手に取り、逆にリアムが苦しんでいる。私が助力しているのに、リアムは苦労の連続――これはいったいどういうことなのだ!?」

頭を抱えながらも、案内人の口元は笑っていた。

この状況に、笑いが止まらなかった。

自分は支援しているだけなのに、リアムが追い込まれている状況がたまらなく嬉《うれ》しい。もう快感だった。

今もリアムへの感謝で身を焼くような痛みに苛《さいな》まれているが、それを忘れるほどの快楽が案内人を駆け巡っている。

今まで苦労してきた分だけ、快感も増していた。

「まるで北風と太陽！　私はリアムを不幸にするのではなく、幸福にしてやれば全てうまくいくのだ！　そうだ、そうに決まっている！」

ここまで失敗し続けた案内人には、もう目の前の結果が全てだった。

深く考えている余裕もなく、ただ目の前の結果を追い求めるのみ。

「そうと決まれば今後もリアムには最大限の支援をしてやる！　う～ん、楽しくなってきましたね～」

口を大きく開けて笑い転げている案内人を、物陰から一匹の犬が睨《にら》み付けていた。

◇　◆　◇　◆　◇

バンフィールド家の領地には、人が居住可能な惑星が増えつつあった。

しかし、その割に人口は少なかった。

急激に領地を拡大している影響もあり、領土から見て人口は不足気味である。

これ以上は時間をかけて増加するのを待つ必要があるのだが、現在マンパワーを欲しているリアムには手っ取り早い解決方法が必要だった。

その方法とは——移民の受け入れである。

この世界には、宇宙をさまよっている流浪の民たちが大勢存在する。

かつて母星が滅び、宇宙船に乗り込み居住可能な惑星を求める旅を続けて数十年——など、ありふれた話である。

中には、さまよい続けて数千年という民たちもいる。

そういった民たちは、独自の文化を持っているため受け入れる側も大変だった。

受け入れるにしても、双方の理解が必要で時間もかかる。

そのため、バンフィールド家が目を付けたのは、帝国周辺に存在する星間国家だ。

ライナスの一件で内乱が起きた際に、多くの流浪の民たちが大勢出だ。

これを受け入れることで、人口を増加させている。

——ただ、この移民政策には大きな欠点があった。

バンフィールド家の領地は比較的落ち着き、治安も良い。

周辺国の状況もあって大量の移民が手に入ったのだが——。

「貴族の独裁を許すなぁぁぁ！」

「貴族政治は独裁主義すぎる。ここは民主主義を取り入れるべきだ！」

「そうだ。統合政府ではそれが普通だったんだ！」

――リアムは多くの領民を獲得したが、同時に多くの惑星で統一政府から流れてきた移民たちのデモが行われていた。

そんなデモが行われている惑星の一つ。

人気のない路地で、デモを指揮する男が何者かと相談していた。

「あんたらのおかげで俺たちの仲間が増えた。このまま貴族政治を倒してやる」

意気込むのは、統一政府から移住してきた青年だった。

彼はリアムが統治する領内で、民主化運動を行っていた。

打倒貴族を掲げて、移民として移住してきた人々に民主主義の素晴らしさを説いている。

彼の名前は【アレックス・レブホーン】。

茶髪で青い瞳の青年は、見た目だけなら好青年に見える。

しかし、アルグランド帝国は貴族制の国だ。

そんな国で民主化運動を行うくらいに、血気盛んな男だった。

アレックスに助力をしているのは、カルヴァン派閥の工作員だった。

「何、俺たちはあんたらを支援したいんだ。一緒にこんな貴族政治を終わらせてやろうぜ」

工作員が手を差し出すと、アレックスが力強く握る。

「もちろんだ！　この星を民主主義国家にしてやるさ！」

工作員の男は内心で笑っていた。

（精々、我々のために踊れ。そもそも、これがリアムでなければ惑星ごと燃やして綺麗さっぱり――というのが、帝国だと理解していないのだろうな）

統一政府のもとで暮らしていた頃は、弾圧など受けたことがなかったのだろう。

帝国ではありふれた話なのだが、知識では知っていても実感がないようだ。

工作員から見て、アレックスは随分と平和ぼけをしているように見えた。

（精々、頑張って騒ぎを大きくしてくれ。そうしたら、我々がお前たちを星ごと滅ぼしてやるさ）

リアムを倒した後――カルヴァン派閥は、この惑星を滅ぼす予定だった。

（帝国に民主主義など不要だ）

◇　◆　◇　◆　◇

「糞共《くそども》がぁぁぁ!!」

『お、落ち着いて下さい、リアム様！』

滞在先の高級老舗ホテルの自室で、激怒した俺は大声を出していた。

ようやく職場を綺麗に掃除したというのに、今度は領地から緊急の報告が届いた。

嫌な報告を届けてきたのは――ブライアンだ。

『リアム様、いかがいたしましょう？　受け入れた民たちが、いきなりこのような大規模なデモをするとは考えておりませんでした』

「俺の領地で民主化運動だと？　統一政府から受け入れた連中が騒いだか」

『まぁ、あちらは民主主義国家で暮らしておりましたから、帝国の貴族主義に馴染《なじ》むのは時間がかかるでしょうね』

受け入れてすぐに民主化運動などあり得ない。

明らかに誰かが裏で動いている。

現状では最有力候補はカルヴァンだが、証拠がないので責められない。

「ククリ！」

暗部の部下を呼び出すと、俺の影からククリが姿を現した。

ヌルリと俺の影から出現する大男は、膝をついた姿で頭を垂れている。

「ここに」

「工作員の類いが動いているはずだ。どうして見つけ出せない？　それとも、奴《やつ》らは本気で自分たちでデモを計画して実行したのか？」

移り住んですぐにデモ――これが、待遇が悪いのなら理解できるが、俺は相応の準備をして移民を受け入れている。

支援だって欠かしていない。

すぐに人的資源として利用するためにも、手など抜いていなかった。

住居、教育、職業訓練――手厚いサポートをさせたのは、すぐにこき使うためだ。

無一文だろうと、俺の領地に来れば家も仕事も手に入る。

子供だったら無料で教育だって受けられる。

そんな環境で、すぐにデモを起こすだろうか？

政治体制への不満程度で？……誰かが裏で動いている可能性が高いな。

糞！　統一政府からの移民の受け入れは、見送るべきだったと今になって後悔する。

「調査を開始しておりますが、バンフィールド家の捜査官たちが何人も行方不明になっております」

この件を調べていた捜査官たちは、ククリたち暗部とは無関係だ。

「何があった？」

ククリたちは優秀だが、その人数の少なさから全てをカバーできない。

だから、バンフィールド家でも前世の日本に存在した公安的な組織は用意してある。

そこの捜査官たちが、何人も消えているなどただ事ではない。

ブライアンも捜査官たちの件を思い出したのか、慌てて付け加えてくる。

『そ、そういえば、そのような報告も上がってきております』

「うちの連中は無能ばかりか？」

ガッカリしていると、ククリが俺の考えを訂正してくる。

「いえ、無能ではありません。特別秀でているとは言えませんが、それでもこの程度が見破れないとも思えません。――リアム様、我らのような者たちが領内で暗躍しているかと」

「お前らと同じ連中か？」

「はい。帝国には我々のような一族や、組織が存在しております。私共が活躍した時代でも、百を越える集団が暗躍しておりました。その内、我らと長年争っていた一族がおります」

二千年前の暗部か――まだ残っていてもおかしくなく、きっと優秀なのだろう。

ククリたちと競い合っていたとなれば、相当な手練《てだ》れだろう。

そいつらが暗躍しているとなれば、色々と面倒になってくる。

「領内に紛れ込んだか」

「現在、我々はリアム様の護衛と、首都星での活動で手一杯でございます。残念ながら、領内には少数しか配置しておりません」

ククリたちは優秀ではあるが、その数は多くない。

この糞忙しい時に、領内まで荒らされるとか本当に許せない。

――領内に保管してある錬金箱は、盗まれる前に俺自身が確保しておく必要がある。

さて、いったいどこにしまっておくべきだろうか？

苛立《いらだ》っている俺に、ククリが進言してくる。

「領内へ我々を派遣しますか？」

「どこもかしこも問題だらけだが、お前らを簡単に動かせない。現状維持だ。領内にいるお前の部下たちには、今の任務を最優先にするように伝えろ」

「はっ」

ククリはそのまま床に沈み込み消えていく。

本当に苛々《いらいら》してくる。

俺を廃して民主主義だと？

今すぐ処分してやりたいが、忙しくて身動きが取れない。

これは、敵がかなり深くまで潜り込んでいると見た方がいいな。

「――終わったら騒いだ馬鹿共を全員処刑してやる！」

俺の言葉を聞いていたブライアンが驚いていた。

『な、なりませんぞ、リアム様！　ここは辛抱どころです！』

「俺に耐えろだと？　お前は馬鹿か？　本音を言えば、今すぐに領地に戻って馬鹿共をこの手で斬り伏せてやりたいくらいだ。ブライアン、俺は俺に従う領民が好きだ。俺の手を離れる奴らは――ゴミ屑《くず》と同じだ」

『リ、リアム様』

ブライアンがショックを受けて落ち込んでいるが、俺は元からこんな性格だ。

本当に苛々――と、思っていると部屋に天城《あまぎ》が入ってきた。

ブライアンとの通信を切る。

天城の手を握って一緒に部屋に入ってきたのは、弟子のエレンだった。

木刀を持って天城の後ろに隠れているのを見て、腹が立って仕方がない。

「エレン、一閃《いっせん》流の弟子が天城の後ろに隠れるとは何事だ？」

俺を怖がっているエレンを見て、天城が手を伸ばして頭を撫《な》でてやっていた。

だが、俺に向ける視線は険しい。

普段通りの無表情ながら、目を細めている。

これは怒っている。

かなり怒っている。

そんな天城の姿を見て、俺はたじろいでしまう。

「あ、天城？」

俺が急に弱腰になると、エレンを庇《かば》うように天城が前に出る。

「旦那様、八つ当たりはみっともないですよ」

「ち、ちがっ！　これは、アレだ。領民たちがデモを起こしたんだ。貴族として、これは武力をもって――」

緊急事態で俺も焦っていると伝えるも、天城は冷静だった。

「皆がデモを起こしたという報告は聞いておりません。現地に残した戦力で対処可能なら、任せておけばいいのです」

「い、いや、でも腹が立つし」

俺の手で成敗してやりたいと言うと、天城が目を半ばまで開いた状態……ジト目になる。

「それよりも、旦那様にはやるべき事があります。――さぁ、エレン様」

天城に背中を押されたエレンが、俺の前で俯《うつむ》いていた。

「し、師匠、修行のお約束――もう、三日も見てくれてないです」

泣きそうなエレンの顔を見て、俺はハッとした。

ここ数日は忙しくて、エレンの修行を見てやれなかった。

基礎を繰り返す時期なので大丈夫だろうと思っていたが、俺としたことが一閃流の後継者を育てることを忘れるとは最低である。

これでは、安士《やすし》師匠に顔向けできない。

安士師匠は、俺を教えてくれる際はいつも側《そば》で修行を見てくれていた。

天城の責めるような視線が俺に突き刺さる。

「旦那様が面倒を見ると拾ってきたのですよ」

「う、うん」

確かに一閃流の継承者として育てると言ったな。

天城に言われては、俺も無理矢理領地に戻って暴れ回ることができない。

そもそも、そんな暇もない。

役所で仕事。

戦争の準備。

おまけに領地では大規模デモ。

エレンも育てなければならず、俺はこれまでになく忙しかった。

天城が俺を諭すように慰めてくる。

「今が大変な時期であると理解しておりますが、もう少しだけ周囲に目を向けて下さい。私は、旦那様が心配です」

「うっ！」

天城に心配をかけてしまった。

こ、心が痛い。

俺がフラフラと膝をつくと、エレンが駆け寄ってくる。

「師匠！　だ、大丈夫ですか、師匠!?」

「へ、平気だ、エレン。とにかく、修行をするぞ。お前を育てるのは——師匠との約束だからな」

俺が師匠と呼ぶと、エレンが首をかしげている。

「師匠の師匠ですか？」

「あぁ、俺の尊敬する安士師匠は、剣神と呼ばれている男だ。凄《すご》い人だぞ」

剣神と呼ばせるようにしたのは俺だが、そこは安士師匠に相応《ふさわ》しい称号なので問題ないだろう。

師匠、喜んでくれるだろうか？

俺は立ち上がってエレンを連れて修行場へと向かう。

「行くぞ」

「はい！」

天城も俺たちについてくる。

俺はエレンと会話をする。

「ところでエレン、基礎はちゃんと練習しているだろうな？」

「は、はい！　いっぱい頑張りました！」

俺が修行を見ていない間、天城が様子を見ていてくれたらしい。

「旦那様が不在中は、この天城が基本動作の確認をしておりました。エレン様は努力されていましたよ」

それを聞いてショックを受ける。

「エレン、お前は天城と二人っきりだったのか!?　俺なんか忙しくて、最近は相手もしてもらえていないのに！」

「ご、ごめんなさい」

謝罪するエレンを見て、天城が本当に呆《あき》れかえっている。

周囲には無表情にしか見えないが、俺にはわかる!!

「――旦那様、子供に何を言っておられるのですか？」

◇　◆　◇　◆　◇

「来ている。私に風が吹いている！」

伝わってくるリアムの苦悩が、案内人を幸せにしていた。

力が湧いてくる。

理由はわからない。だが、案内人がリアムを幸福にしようとする度に、邪魔が入ってリアムが苦しむのだ。

リアムがマンパワーを求めていたので、案内人も手助けのために移民を大勢送り込むよう手助けした。

結果はどうだ？

人的資源を大量に確保したリアムだが、統一政府から受け入れた領民たちは貴族制に馴《な》染《じ》めず不満を溜《た》め込んでいた。

そして、カルヴァン派閥の暗躍により、領内ではデモが起きている。

手を貸す度に、リアムが苦しむ。

案内人は感動していた。

「簡単なことだったのだ。私が勝利するために必要だったのは、リアムを手助けすることと！　今まではやり方を間違えていた！」

今までの間違いにようやく気付いた案内人は、今後もリアムの手助けをするために活動しようと決意する。

もはや、迷いはない。

「リアム、お前が苦しむために、私はお前の幸福の手助けをしてやろう」

矛盾している台詞《せりふ》を呟《つぶや》く案内人だが、そこにまったく疑問を感じていない。

事実、案内人がリアムに力を貸すだけで、事態は悪い方へ流れていく。

「全力支援！　私の持つ最大限の力で、お前を幸福にしてやるぅぅぅ！」

案内人が全力でリアムを支援した。

◇　◆　◇　◆　◇

バンフィールド家の領内。

デモをしている人たちが街中を練り歩いている光景を眺めるのは、元から暮らしていた領民たちだった。

デモをしている人たちを珍しそうに見ている。

民主主義だの自由だの、貴族制で暮らしてきた人々には馴染みが薄かったのだろう。

「あの人たち、統一政府ってところから来た人たちだよな？」

「元気だよな」

「民主主義、ってそんなにいいものなのかしらね？」

「参加者は増えているとは聞いているな。若い連中も参加しているそうだよ」

のんきに眺めている領民たちの中には、昔を知る人たちもいた。

見た目は周囲と変わらないが、リアムの統治前を知っているため呆れている。

「昔を知らない子も増えたな。今がどれだけ幸せかわからないらしい」

「デモとか数十年ぶりじゃないか？　前は確か――そうだ！　竜巻へアーで領主様と揉《も》めた時だ！」

「あ～、あの時は頑張ったわよね。今は竜巻へアーなんて誰もしないけど」

「お祭りみたいだったわよね。実際、屋台も並んでいたし」

「そうなると、彼らもお祭り気分なのか」

「そういうことか！　理解した」

デモを遠巻きに見て話し込む領民たち。

そんな彼らに、統合政府から移住してきた若者たちが近付いてくる。

「皆さん、このまま貴族政治が続いていいと思いますか？」

問われた元からの領民たちは、首をかしげて顔を見合わせている。

「え？　いいんじゃない」

貴族制を受け入れた領民たちに、若者たちが激怒する。

「駄目に決まっているだろ！」

若者たちは興奮しながら、貴族政治がいかに駄目かを熱く語り出す。

「領主の気持ち一つで税が決まり、領主が法に縛られず裁かれないなんておかしいでしょ！　たった一人に全てを握られているというのは、大変危険なことなんです！　ですから、一人一人が選挙権を持ち、我々で自分たちの代表を選ぶんです！」

「そ、そうですか」

話を聞いていた夫婦が、昔を懐かしむ。

「そう言えば、領主様が代替わりをする前は本当に酷《ひど》かったな」

「そうですね」

夫婦の会話を聞いて、若者たちは笑みを浮かべる。

「そうでしょう！　このまま貴族政治が続けば、いつその時に逆戻りするか――」

若者たちが熱弁を振るっている横で、夫婦の周囲にはデモを眺めていた若者たちが集まって当時の話を聞いてくる。

「うちの両親も子供の頃は辛《つら》かったと言いますよ。そんなに酷かったんですか？」

「酷いなんてものじゃないよ。今でこそ豊かに暮らしていけるけど、リアム様が当主になるまでは本当に貧しかった。電気だって使えない家が多かったんだよ」

「あ〜、それも聞きますね」

「本当にリアム様が当主になられて良かった。このまま、何事もなく新しい当主様もリアム様の政治を引き継いで――引き継いで――」

話の途中で何かに気付いた夫婦が、ハッとした顔をする。

「おい、リアム様に跡取りはいたかな？」

「き、聞きませんね」

夫婦が焦り始めると、若者たちも危機感を持ち始める。

「これ、ヤバくね？」

「今、リアム様が死んだら、うちの領地ってどうなるのかな？」

夫婦は過去の事例を思い出しながら話して聞かせる。

「そういう時は帝国から代官が派遣されるか、身内から——み、身内から——」

夫婦が揃《そろ》って両手で顔を覆うのを見て、周囲にいた領民たちも察した。

リアムの身内と言えば、両親や曽祖父と親族——彼らは、お世辞にも素晴らしい貴族とは言えない人たちだ。

ざわつく領民たち。

「リアム様、ロゼッタ様と婚約したよな!?」

「妊娠の発表とかないよね!?」

「——おい、リアム様、一人で前線に突っ込む人だよな？」

領民たちの不安が大きく膨れ上がっていく。

戦場でリアムが死んでしまったら？　跡継ぎもいない今のバンフィールド家に、当主になる人間がいるとすれば——領内を悪くしたリアムの両親だろうか？

また、辛い時代が戻ってくると、領民たちが危機感を募らせていく。

熱弁を振るうデモに参加した若者たちが、周囲の様子がおかしいことに気が付いた。

「あ、あの、俺たちの話を聞いていますか？」

領民たちは、そんな彼らを睨《にら》み付ける。

「こっちは真剣な話をしているんだから、黙ってろ！」

「おい、俺たちもデモをした方がいいんじゃないか？」

「そうだな！　急いだ方がいい。俺も知り合いに声をかけてくる！」

「じゃあ、俺も！」

「私も！」

デモをすると言い出した彼らを見て、民主主義を広めたい若者たちは気持ちが通じたのだと思い笑顔でこの場を離れていく。

——バンフィールド家の領地では、これまでにない規模でデモが広がっていく。

幕間 エイラ調査官

帝国首都星の掃き溜めと呼ばれる地下街。

そこに、研修期間中の【エイラ・セラ・ベルマン】が訪れていた。

スーツ姿で堂々と現れたエイラの姿を見て、地下街の人々は戦々恐々としている。

細身の黒のスーツはパンツスタイルだ。

いかにも仕事ができそうな女性という雰囲気ながら、研修中であることを示す腕章を付けていた。

地下街にお役人が見回りに来たのだろう――普段の住人たちは、そう思って気にも留めない。

しかし、エイラは別だった。

鋭い眼光で周囲を威圧するエイラに、地下街の住民たちは目も合わせない。

そんなエイラの後ろをついて回るのは、青髪を伸ばした【ウォーレス・ノーア・アルバレイト】だった。

こちらはスーツ姿ながら、どこかだらしなさが目立っている。

「エイラ、待ってくれ！」

ウォーレスが待って欲しいと言うも、エイラは聞く耳を持たず足早に前を歩いて行く。

「あんたが速く歩きなさいよ」

その眼光は鋭く、地下街で違法な品が売られていないかと注視していた。

二人が通り過ぎると、屈強な男二人組がヒソヒソと話をする。

「あいつら役人か？」

「知らないのか!? あの女がベルマンだ。研修期間で見回りをさせられているらしいが、検挙率は現役の連中を差し置いてトップらしいぞ」

「凄《すご》い奴《やつ》がいるな」

「あの女に睨まれたら、どんな奴でも逃げられない。怖い女もいたものさ」

◇　◆　◇　◆　◇

「――見つけた」

地下街にある路地の奥。

そこでエイラは、占い師風の女性を見つけると口角を上げて笑う。

占い師風の女性は、自分を見て意味ありげに笑っているエイラを見て震えていた。

エイラのまとっている雰囲気は、地下街の住人たちとは違う。

すぐに貴族だと見抜いた占い師風の女性は、袖の下から宝飾品を取り出した。

「これはお役人様。いつもご苦労様ですね。これは、私からの心ばかりの品です。どうぞ、お受け取り下さい」

差し出されたのは希少金属の装飾品だった。

売り払えば結構な値段がする品を差し出す理由は、見逃してもらう対価である。

だが、エイラは宝飾品など気にも留めない。

占い師風の女性が持っている薬を取り上げると、すぐに左腕の端末で成分を確認する。

黙って仕事を行うエイラを見て、占い師風の女性がすがりつく。

「待って下さい！　決められた額を払えば、見逃してくれるとお役人さんのお仲間に言われているんです。どうか、見逃して下さい！」

お前の仲間は見逃してくれているぞ、と言われてもエイラは気にも留めない。

むしろ、成分を確認して眉間に皺《しわ》を作っている。

「地下街で違法薬物を売っていたのはお前ね？　許可なくこの薬物を取り扱ったお前は罪人よ。連行するわ」

「だ、出しますから！　もっと価値のある財宝を出しますから、許して下さい！」

袖の下からミスリルの延べ棒を取り出す占い師風の女性だが、エイラは小揺るぎもしなかった。

「あなたが稼いだ金額も、全て押収するわ。私はね――絶対に違法行為を許さない」

不正を許さないエイラに、占い師風の女性も諦めてその場に崩れ落ちるように座り込む。

両手で顔を覆って泣き出した。

「毎月、一定額を払っていたのに」

　エイラは端末で報告を終えると、淡々と告げる。

　「それについても取り調べを行うわ。素直に全て白状すれば、減刑されるから洗いざらい話すのね」

　占い師風の女性は、何もかも諦めた顔をしていた。

◇　◆　◇　◆　◇

　エイラが研修先の建物に戻ると、困り顔をした上司が駆け寄ってくる。

　だが、その態度はどこか腰が退《ひ》けていた。

「ベルマンく〜ん、聞いたよ。また検挙したんだって？　毎日地下街に通って、違法薬物を取り締まる熱意は感心するよ〜」

「ありがとうございます」

　上司を気にせず自分の席に戻ると、エイラは報告書の作成を始める。

　だが、上司はエイラの側《そば》から離れない。

　手を揉みながら、エイラに相談する。

「君の頑張りは皆が認めているよ。これだけの大活躍なら、宮殿から特別賞も用意されるんじゃないかな？」

「興味がありません」

素早く報告書を作成していくエイラに、上司がウォーレスの方を見ながら話す。

「でも〜、頑張りすぎは良くないと思うな〜。ほら、ウォーレス君のように、力を抜くのも大事だと思うよ」

エイラが手を止めてウォーレスの方を見ると、机に突っ伏して昼寝をしていた。

本来ならば、ウォーレスはリアムと一緒に地方送りだったはずだ。

しかし、何故《なぜ》かエイラが強く希望した職場に配属されている。

電子書類に視線を戻したエイラは、ウォーレスなど無視して仕事を再開する。

「ウォーレスはもっと頑張るべきですね」

「う、うん。そうだね」

上司も反論できずに苦笑していると、報告書を書き終えたエイラが小さくため息を吐《つ》く。

「何か私に言いたいのではありませんか？」

エイラに鋭い視線を向けられた上司は、しどろもどろになりながらも答える。

「そ、その、実は君がやり過ぎているという声が出ている。確かに地下街での取り締まりは我々の仕事だが、やり過ぎるのは良くないぞ。小遣い稼ぎをしている連中にしてみれば、面白い話じゃないからね」

その話を聞いて、エイラは心の中で罵る。

（取り締まる側が、見逃しているからクルト君が道を踏み外したのよ！　お前らがもっと

真面目に仕事をしていれば、不幸は減らせたのに）

――そう、エイラは研修先で真面目に働いているのではない。

エイラが真に取り締まっていたのは、クルトを一時的とは言え女性に変えた性転換薬だ。

クルトが女性になるのを認められないエイラは、これを阻止しようと必死である。

私利私欲を突き詰めた結果、真面目に働いているように見えているだけだ。

（許せない。クルト君に性転換を勧めたあの女、何も理解していないわ。同性同士だから最高なのよ！　片方が女の子になったら、それは違うでしょうが！）

――クルトが一時的に女の子になって、リアムに接触していた。

これを知ったエイラは、研修先は必ずこの部署にすると決めていたほどだ。

（リアクルを守るためにも、私が地下街を綺麗《きれい》に掃除してやるわ。そのためなら、どんな手段だろうと使ってやる）

クルトを女の子にさせないために、エイラは地下街クリーン化計画を一人で実行していた。

（そのためにも、まずは不良役人共を一掃しないとね）

◇　◆　◇　◆　◇

休憩時間。

エイラはウォーレスを強引に外に連れ出すと、作戦会議を始める。

「ウォーレス、私は今の職場を改革するつもりよ」

「何でさ？」

カフェのテラス席で、二人は丸テーブルを挟んで向かい合っている。

エイラはコーヒーを飲み、ウォーレスはパフェを食べていた。

職場の改革を行うというエイラの言葉に、ウォーレスは首をかしげている。

「研修期間だけお世話になる職場だよ。真面目に働くのも馬鹿らしいよ」

パフェを一口食べ、幸せそうにしているウォーレスを見るエイラの視線は冷たい。

「取り締まる側が、賄賂を受け取って見逃しているなんて許されないでしょ？　私たちが担当している地下街だけでも、徹底的に掃除するわ。そのためには、最初に職場の大掃除が必要になるのよ」

言わんとしていることは、ウォーレスも理解しているようだ。

「汚職まみれの職場を健全化したいのかい？　まるでリアムだな。知っているか？　あいつ、地方の役所を徹底的に掃除して、貴族連中を全員処分したらしいよ」

地方に飛ばされたリアムは、そこに巣くう汚職まみれの貴族たちを一掃していた。

徹底的に調べ上げ、汚職に関与した職員も全員クビにしている。

ウォーレスもこの話をリアムから直接聞いた時は、「またか」とため息を吐いたそうだ。

「流石《さすが》はリアム君だね」

エイラが何度も頷《うなず》いて、リアムの行動に感心していた。

だが、ウォーレスは逆だ。

「リアムにしてみれば、首都星の小さな地域が改善したところで何のうまみもないだろうに。私のパトロンは、本当に真面目な奴だよ」

ウォーレスの口振りから、エイラは早速何かしら効果が出ているのだと察した。

「その様子だと、その地方で何かあったの？」

「そりゃあ、汚職役人共が消えたからね。その地域はリアムに感謝しているそうだよ。宰相も喜んでいるだろうね」

研修期間中ながら、地方の健全化を成し遂げたリアムの手腕は素晴らしかった。

「まぁ、この時期に新しい職員を派遣しないといけない人事の関係者たちは、リアムを恨んでいると聞いているけどさ」

汚職役人を処罰しても終わりではない。

新しい人員を送り込み、通常業務を回さなければならない。

その間、リアムはバンフィールド家から人を出して仕事を回していた。

「汚職役人が減ったんだし、悪い話じゃないわよ。うちもこの際だから減らそうか」

「何がこの際だよ。そもそも、リアムは多忙だぞ。この時期に、余計な仕事を増やして何をしているんだか」

ウォーレスがパフェを突いていると、エイラが言う。

「それで、ウォーレスにも手伝って欲しいのよ。あんた、一応は元皇子だから、宮殿に知り合いいくらいいるでしょう？」

「棘《とげ》のある言い方だな」

「クレオ殿下と話せる？」

「流石に私では難しいな。護衛のリシテア姉さんなら、連絡を取れないことはないが――

まさか、本気なのか？」

ウォーレスが頬を引きつらせると、エイラが微笑《ほほえ》む。

「じゃあ、私たちも掃除に取りかかりましょうか」

「えぇぇぇ」

◇　◆　◇　◆　◇

数週間後。

地下街では兵士を派遣して、一斉検挙が行われていた。

「一人も逃がすんじゃないわよ！」

黒いスーツを着て先頭を歩くエイラは、違法な品を取り扱っている者たちを一人残らず捕らえていく。

また、その過程で犯罪者たちも捕らえていく。

兵士ではない部下の一人が、エイラに問い掛ける。

「あ、あの、〝課長〟」

「何？」

「軍を動かす必要がありますかね？　ここまでする必要性はないかと」

すると、エイラはその部下をキッと睨《にら》み付ける。

「私たちの仕事は何？」

「ち、地下街の監視と取り締まりです！」

睨まれた部下が背筋を伸ばして答えると、エイラは両手を腰において頷く。

「そうよ。そんな私たちが、舐《な》められたままでいたら仕事に支障が出るわ。いい、私たちは恐ろしいと、地下街の住人たちに教えてやるの。――わかったら、返事！」

「は、はい!!」

部下たちがエイラを前に震え上がっていると、兵士――バンフィールド家から借りてきた陸戦隊の隊員が近付いてくる。

「エイラ様、こちらの建物は全て調べました。ただ、あちらで――」

報告が終わる前に、建物の中から銃撃戦の音が聞こえてくる。

徒党を組んだ住人が根城にしていた建物に、兵士たちが突入したのだろう。

エイラは事情を察して頷き、命令を出す。

「予定通りよ。抵抗するようなら、全員捕らえなさい。パワードスーツを着ているあなたたちなら、問題ないでしょ？」

　完全武装の陸戦隊と、地下街の徒党を組んだチンピラたちでは勝負にならない。

　隊員が再度確認する。

「貴族様との繋《つな》がりを口にしていますが？」

　自分たちは貴族の知り合いがいると、叫んでいるそうだ。

　繋がりがあるのかは不明だが、エイラは気にしない。

「捕らえて尋問しなさい」

　エイラの返事を聞いて、隊員が僅かに嬉《うれ》しそうにしているように見える。

「リアム様のご友人らしい反応ですね。それでは、全員取り押さえます」

　隊員が持ち場に戻ると、エイラは混沌《こんとん》とした地下街を見る。

　地上とはまた違う独自の発展を遂げた地下街は、帝国の手もあまり及ばない空白地帯になりやすい場所だ。

　エイラは、ここならば自分たちの理想郷が作れるのではないか？　と思案する。

（リアクルの邪魔をした街は、私が浄化して再利用してあげるわ。そう、ここに私の同士たちを集めてアンダーグラウンドを生まれ変わらせてあげる。私たちが支配する健全な淑女の街になるのよ）

　違法薬物が蔓延《まんえん》する街を浄化して、今度は趣味関連の品を取り扱うアンダーグラウンドに改造する計画を立てていた。

第三話　ピンチ

カルヴァン派の貴族たちが集う会議室は、扇形の階段状になっていた。

参加者も多く、部屋の前面には資料の映像などが投影されている。

現在の議題は、バンフィールド家のデモについてだ。

バンフィールド家に派遣した工作員からの、詳細な報告が届いていた。

それをもとに話し合いを続けている。

そして、派遣した工作員の一人と通信回線が開いていた。

映像には大規模なデモの光景が映し出されている。

カルヴァン派の貴族たちにとっては嬉しい光景だが、工作員の顔色は優れない。

随分と焦っていた。

『民主化運動ですが、こちらの想定よりも大きな広がりを見せています。工作は成功と言えますが、もう我々ではコントロールしきれません』

統一政府からの移住者たちを中心に煽《あお》って、リアムの領地を機能不全にする計画は大成功を収めていた。

ただ、予想以上に成功してしまい、会議に参加した貴族たちは困惑していた。

カルヴァンも驚きを隠せずにいる。

「想像以上だね。正直、リアム君の領地でこれだけの規模のデモが起きるとは予想外だよ」

善政を敷いているリアムの領地で、これだけの〝民主化運動〟が起きるとは誰も予想していなかった。

不安になった貴族たちが、近くの者と顔を合わせる。

「やはり、領民に余計な知恵は必要ないな」

「増長して権利を寄越《よこ》せなど、虫唾《むしず》が走る」

「リアムの小僧も、これで懲りるだろう」

結果だけを見れば大成功であるため、カルヴァンは工作員を褒めてやる。

「ご苦労だったね。これ以上、こちらが手を出す必要もないだろう。君たちは監視を続けて何か動きがあれば知らせてくれ」

『はっ！』

通信が切れると、カルヴァンは自派閥の貴族たちを前に笑みを浮かべる。

これだけの大規模なデモだ。

リアムを非難するには十分すぎる材料になる。

この時点で、カルヴァンたちの目的は達成されていた。

「これで、リアム君の統治能力に疑問符がつくようになる。ここで締め上げてもいいと思うが、彼には武力がある。どうするべきかな？」

領地もまともに統治できないと、リアムを責め立ててやることもできる。

だが、今は連合王国との戦争が控えている。

リアムに疲弊して欲しいカルヴァン派の貴族たちは、民主化運動で責める時期について話を進める。

「連合王国との戦争をさせ、敗北、または辛勝した際に追い詰める材料にするべきです。リアムの軍事力は侮れません」

「我々で倒せぬとは言いませんが、まともにやり合うのは危険です。奴《やつ》自身、剣聖を倒す強者《つわもの》。何かあってからでは遅いので、皇太子殿下の護衛も増やすべきです」

「剣聖たちを呼び出せればいいのだが――少し難しいか？」

貴族たちもリアムとの直接対決は愚策と考えており、バンフィールド家との直接の戦争は避けようとしていた。

リアムは、たった一人であの海賊貴族を潰した男である。

劣勢の状況を何度も覆してきた男であるため、カルヴァン派の貴族たちは最大限の警戒をしていた。

リアムを徹底的に叩《たた》くためにも、連合王国との戦場に送るのは決定事項である。

生き残って戻ってきた際には、デモを理由につるし上げればいい。

リアムが自棄《やけ》になって凶行に及ぶ場合も考え、カルヴァンにも護衛を用意することに。

カルヴァンも自分の護衛については考えていた。

暗部もいるが、やはり剣聖を倒したリアムは怖い。

実力で剣聖の位を得た男を倒しており、純粋な力を持つリアムは脅威だ。

カルヴァンは剣豪たちの招集を決める。

「アーレン流剣術と、クルダン流総合武術から実力者である剣豪たちを集めよう。剣聖である当主の二人には、腕の立つ護衛を用意するように伝えておくから、君たちも護衛を側《そば》に置きなさい」

貴族たちにも気を配るのを忘れないのは、カルヴァンの処世術だった。

招集する二つの流派は、帝国を中心に広く知られていた。

アーレン流剣術は、剣術を主体とした流派である。

対して、クルダン流総合武術は様々な武器を使う流派で剣に固執していない。

帝国騎士の多くが、このどちらかを学んでいる。

帝国に広く知れ渡る二大流派ということもあり、剣聖を決める際には両者の枠が用意されていた。

二大流派のトップに立った時点で、剣聖の称号を与えられる。

言ってしまえば、その二つの流派は政治的な意味合いで剣聖の称号を与えられている。

やや頼りなさを感じるだろうが、剣術のみで剣聖になるような人物は多かれ少なかれ問題を抱えている事例が多い。

つまり、強くても信用できないため大事な仕事を任せられない事が多い。

そのため、二大流派のトップに剣聖の名を与え、それを汚さぬようにする処置でもあった。

剣聖が素行不良を起こせば、任命した帝国の権威に傷がつく。

そういった事情もあって、二大流派からまともな剣士を剣聖に任命するのは帝国としても都合がいい。

ただ、二大流派のトップに立てるような者たちが、弱いわけもない。

当然だが、彼らは実力も兼ね備えている。

指導力もあり、その弟子たちは剣豪揃《ぞろ》いだ。

「剣聖二人にはしっかり説明するように。一閃《いっせん》流という新興流派を放置すれば、その地位が危うくなるのもそれとなく伝えておくんだよ」

新興流派に二大流派が立場を奪われかねない――このように煽れば、二大流派の関係者が一閃流を無視できなくなるとカルヴァンは知っていた。

カルヴァンは、リアムを徹底的に追い詰めるつもりだった。

二大流派も、最近話題の一閃流を潰すために、本気で動くだろう。

リアムだけではなく、一閃流の名も貶《おとし》めてくれるはず――そのカルヴァンの読みは的中し、二大流派の関係者たちがすぐに動き出した。

◇　◆　◇　◆　◇

帝国は大手メディアを使い、それこそ外国にも届くようにあるニュースを報道した。

それは、話題の新興流派――一閃流についてだ。

モニターには、一閃流について語る男の姿がある。

その男は、かつてリアムに安士《やすし》を紹介した男――本来は、この男がリアムの剣術指南役になるはずだった。

現在は取材を受けて、一閃流――安士について語っている。

『そもそも安士という男は剣士としては三流ですよ。素人に毛の生えた程度の男で、香具《や》師《し》って言うんですかね？　大道芸で飯を食っていた男です』

安士を大道芸人だという男に、キャスターが質問する。

『それでは、一閃流という剣術の正体は何なのでしょうか？』

『デタラメな大道芸ではありませんかね？　そもそも、刀を抜かずに相手を斬るなどあり得ませんよ。種も仕掛けもあるはずです』

違う番組に切り替えると、一閃流について解説がされていた。

どうやって調べたのか、一閃流の基本動作について語られている。

一閃流という剣術の基本動作は、安士流が他流派から取り入れて真似《まね》ただけの偽物だ、と解説者が語っていた。

『一閃流の動きですが、これはクルダン流の動きですね。こちらはアーレン剣術のものです。言ってしまえば、継《つ》ぎ接《は》ぎだらけなんですよ』

『それはつまり？』

『一閃流は他流派の真似をしているだけ、ということです。独自の流派を名乗る資格すらありません』

どの番組も、徹底的に一閃流をこき下ろしていた。

そんなモニターにしがみつくのは――安士だ。

安士や一閃流が虚仮にされているのに、本人は大喜びだった。

「いいぞ！　もっとだ。もっと言ってくれ！　一閃流など偽物だと知らしめてくれ！」

自分が吐いた嘘《うそ》により、安士は剣神などと呼ばれるようになってしまった。

一閃流など、安士の出任せだ。

安士自身は、一閃など放つこともできない三流剣士である。

それなのに、リアムと関わったせいで剣神と騒がれ追い回される日々を過ごすことになってしまった。

そんな嘘から解放されると思った安士は、晴れ晴れとした顔をしていた。

「ようやく！　ようやく――肩の荷が下りる」

涙を流して感動していた。

自分の嘘から始まった剣術が、ようやくこの世から消える。

安士は全てから解放されたような、晴れやかな気分だった。

◇　◆　◇　◆　◇

場所は変わり、帝国領内にある大衆食堂。

そこで二人の人物が麺料理を食べていた。

モニターから聞こえてくるのは——「一閃流は偽物!?」と題した、報道番組だ。

最近では、毎日のように流れている。

『最近話題の一閃流ですが、これがとんでもないデタラメ剣術だったと判明しました』

『それはそうですよ。伯爵の言っていることが本当なら、今まで表に出てこなかったことが不思議です。嘘ですよ、嘘』

コメンテーターたちの会話を聞いていた周囲の客たちも、一閃流の話題で盛り上がっている。

扱き下ろされている一閃流に対して、悪い印象を持ったらしい。

「お貴族様は見栄《みえ》を張りたがるからな」

「一閃流なんて偽物剣術だろ」

「本物はアーレン剣術とクルダン流総合武術だよ。やっぱり、二大流派が強いのさ」

番組では、その二大流派の当主や師範代たちが、一閃流を悪く言っていた。

一閃流など存在しない。きっと何か仕掛けがあるはずだ——と。

食事をしていた二人は、その場にお金を置いて店を出た。

店の外に出た二人は、三度笠《さんどがさ》をかぶって顔を隠していた。

和装のデザインを取り入れた衣装に身を包む二人は、腰に刀を差している。

二人の剣士は店先で、顔を見合わせた。

「どっちにする?」

一人が尋ねると、もう一人は興味がなさそうに振る舞っていた。

だが、態度や言葉には出さないが、二人とも怒りを感じていた。

「どっちでもいいかな。どうせ、どっちも潰すからね」

「違いない」

二人はそのまま店先で別れると、そのまま歩き始める。

◇◆◇◆◇

——ぶっ殺してやる。

俺は腸が煮えくりかえる思いで、連日報道されているニュース番組を見ていた。

剣聖の称号を持つメジャーな流派の当主たち。それから、その他多くの流派の関係者が一閃流を貶めていた。

やれ、デタラメだ、パクりだ、偽物だと騒ぎ立てている。

いずれ、こいつらは全て斬り伏せてやる。

だが、今はタイミングが悪すぎる。

激怒している俺を前にしているのは、エレンだった。

「――師匠」

不安そうにしている弟子を見て、つい苛々《いらいら》した俺は当たってしまう。

「なんだ？　お前も一閃流を疑うのか？」

俺の大人げない振る舞いに対して、エレンは全力で首を横に振っていた。

その後、俺の顔を見据えながら。

「私は師匠の剣を信じます！　複雑なことはわかりませんけど、師匠の剣は本物です。私にとって師匠は、宇宙一の剣士ですから！」

目に涙を溜《た》めて俺を見ている弟子を前に、俺は心を握られたような痛みを感じた。

幼子の言葉に恥ずかしさを感じると同時に、エレンの後ろに――安士師匠が見える。

もちろん幻想だろう。

俺の妄想かもしれないが、師匠が俺に微笑《ほほえ》みながら語りかけてくる気がした。

『リアム殿、心乱される時こそ自分を省みるのです。心は熱く、頭は冷静に――そして、大事なことを見失ってはなりませんぞ』

幼い頃、一閃流の修行に明け暮れていた俺に、安士師匠がかけてくれた言葉だった。

頭を振った俺は、右手で顔を押さえてクックッと笑う。

弟子を持ってから、気付かされてばかりだ。

俺は弟子を育てることに関しても、安士師匠には遠く及ばない。

「そうだよな。師匠の剣に嘘はなかった。俺がこの目で見たものが真実だ。他人がどう言おうと、真実は変わらない」

あの日見た光景を思い出す。

安士師匠の「一閃」は本物だった。

それは、俺がよく知っていることじゃないか。

他人の言葉などに惑わされていた自分が、馬鹿みたいだ。

「師匠？」

エレンが俺を見て不思議そうに、そして不安そうにしていた。

俺は師としても未熟だな。

何よりも、大事なことをエレンに思い出させてもらった。

「先に片付けるべき事があった。他流派は後で潰すとして、俺には俺のやるべき事がある」

この糞《くそ》みたいな状況を打開する。

領内は大規模デモが発生して問題を抱えている。

クレオ派閥は星間国家間の戦争を前に大忙しだ。

俺の軍隊も大部分を連れていくため、領内の治安維持すら危うい。

手が足りない。圧倒的な人手不足だ。

「エレン。むしゃくしゃする時は修行だ。汗を流して――」

俺の言葉にエレンが笑顔を見せるが、直後に緊急通信が入る。

領内で留守番をしているブライアンからだった。

『た、大変ですぞ、リアム様！』

◇　◆　◇　◆　◇

バンフィールド家の屋敷。

そこでブライアンは、冷や汗をかいていた。

「デモがここまで広がるとは」

大規模なデモが発生した領内は、もう少しで機能不全に陥りそうな状況だった。

ギリギリ――本当にギリギリのところで、耐えている状況だ。

何か少しでも問題が発生すれば、即座に領内は制御を失い領民たちの暴走で荒れ果ててしまいそうな――そんな状況である。

「ブライアン、屋敷内で働く使用人たちの嘆願書だよ。屋敷で働く人間の八割以上がサイン済みだ」

侍女長のセリーナが、更に追加で爆弾を持ってきた。

「ノォォォォォォ!!」

ブライアンは頭を振り乱し、叫ぶ。

この異常事態に胃が締め付けられるため、右手で腹を押さえていた。

「は、八割以上ですと!?」

「日頃の不満は馬鹿にできないね。領内の雰囲気にのまれて、これを機に要望を押し通すみたいだ」

屋敷で働く使用人たちまでもが、嘆願書を出すほどに不満を抱えていた。

この事実にブライアンの胃は更に痛みが増していく。

「さ、先程、リアム様に現状をお伝えしたばかりだというのに——どうして。どうして、こんなことばかり続くのか」

ブライアンが膝から崩れ落ちてしまった。

◇　◆　◇　◆　◇

案内人はスキップをしていた。

鼻歌まで歌い、幸せを全身で表している。

「むほほほ、こんなにも効果が絶大だとは思わなかった」

リアムの領内は機能不全を起こしかけ、おまけに一閃流《いっせんりゅう》が偽物だと言いふらされてリアムは大激怒だ。

バンフィールド家を取り巻く状況は、悪い方に転げ落ちているようである。

案内人は、この状況が嬉《うれ》しくて仕方がない。

この数十年は苦しい日々を過ごしてきただけに、嬉しさもひとしおだ。

案内人は今、過去最高の幸せを感じている。

「私がリアムを支援すると、何故《なぜ》かリアムは困る。素晴らしいことです。それに、間接的に干渉して相手を不幸にするというのがいい。私好みのやり方じゃないですか」

案内人がリアムを支援したおかげで、バンフィールド領に大勢の移住者が続々と集まった。

人手不足と開発中の領地が余っているバンフィールド家には朗報であるが、同時に移住者たちが多くの問題を持ち込んでいる。

それがリアムを苦しめる結果に繋《つな》がり、案内人は自然とにやけ顔になる。

直接手を下すのは、案内人の好むところではない。

間接的に手を回して、相手を不幸にするのが大好きだ。

本当に糞野郎である。

だから――大事なことを見落としていた。

「今後もリアムを大プッシュ！　まだまだ、私の支援は終わらな～い！　だから、リアムの不幸も終わらな～い!!」

◇　◆　◇　◆　◇

――裏切り者が出た。

「屋敷にいる使用人たちまで裏切るとは思わなかったぞ」

俺の屋敷で働く使用人たちは、領民たちの中から選び抜いた精鋭だ。

能力は当然ながら、忠誠心という点も評価して雇った連中である。

そいつらが俺を裏切った。

この俺に嘆願書などとは、ふざけている。

苛々している俺を慰めてくるのは、心配そうな顔をしているロゼッタだ。

「ダーリン落ち着いて」

「これ以上なく落ち着いている。領地に戻ったら、俺を裏切った連中をどう処罰してやるか楽しみで仕方ない」

今から拷問方法を考えておくべきだろう。

悪徳領主の俺を舐《な》めたらどうなるか、絶対に思い知らせてやる。

きっと悪い顔をしていたのだろう――ロゼッタは、悲しそうに俺を見ている。

「――ダーリン」

ロゼッタから逃げるように視線を逸《そ》らした俺は、側《そば》にいたシエルに話しかける。

「シエル、エクスナー男爵からは何か言ってきたか？」

すると、シエルは無表情で淡々と答えながらも、俺に対して敵意を向けてきている。

隠しているのだろうが、俺には手に取るようにシエルの気持ちがわかる。

こいつは俺を嫌っているな。

「伯爵様をしっかり支えろ、と父と兄からきつく言われております。特に兄からは、心配しているのか毎日――毎日、毎日、連絡が来ております」

毎日、という部分を強く協調してくるな。

内心では悔しさを滲《にじ》ませているが、表情は変わらない。

――こいつ面白いな、何だか気に入ったぞ。

好意云々《うんぬん》ではなく、俺の側にいながら嫌っているのがいい。

「クルトの奴《やつ》は軍人として忙しいだろうに。後で俺から連絡しておこう。ところで、困っていることはないか？」

優しく尋ねてやるも、シエルの表情は変わらなかった。

少しもなびく様子がない。

「――ありません。皆さんによくしていただいております。色々と学ばせていただき、感謝しております」

会話だけを聞けば、周囲からは俺がシエルを案じているように見えるだろう。

実家を離れ、バンフィールド家で修行中のお嬢様を気遣っている、と。

だが、俺とシエルとの間にあるのは、そんな微笑ましい関係ではない。

こいつは、俺に敵意を隠さない――いや、隠せないだけか？

とにかく、全て丸わかりだ。

エクスナー男爵という悪徳領主を父に持ちながら、こいつ自身は清廉潔白に育ってしまった異端者なのだろう。

そんなシエルだが、残念なことに俺を倒せる実力がない。

個人的な武力もなければ、俺を上回る頭脳もない。

優秀ではあるが、シエルでは俺を倒す事は不可能だ。

つまり、俺にとっては楽しい玩具《おもちゃ》だ。

ロゼッタというチョロインではなく、本物の鋼の精神を持つ少女である。

ちょっと優しくされたから、となびくような女ではない。

俺に話しかけられると、嫌悪感を出してくるから面白い。

残念なのは、エクスナー男爵の娘であることだ。

クルトの妹に対して、手荒なまねはできない。

からかって遊ぶにしても、バランス感覚が必要になってくる。

「そうか。最近慌ただしいから、修行中のお前に迷惑をかけていると心配していたんだ」

「そんなことはありません。日々、学ばせていただいております」

「何かあったら、すぐに俺に知らせてくれよ。お前のためなら、時間を作ってやるからな」

「――ありがとうございます」

俺たちの楽しい会話に割り込んでくるのは、空気の読めないロゼッタだ。

「安心して、ダーリン！　シエルのことは私がしっかり面倒を見るわ！」

大きな胸を張るものだから、少し揺れているじゃないか。

お前はもっと慎みを持てよ。

シエルが少し羨ましそうにロゼッタの胸を見た後、自分の胸を見て苦々しい顔をしたのはちょっと面白かった。

だが、楽しい時間を邪魔されたので、俺はロゼッタに冷たく振る舞う。

「あ、そう」

ロゼッタ、お前は空気を読め！

シエルをいじって遊んでいたのに邪魔しやがって。

まぁ、遊ぶのもここまでにしておこう。

それにしても、俺の領地にある屋敷で裏切り者が出たとなると、他にもいるだろうな。

よく考えなくても、カルヴァン派はこれを機に俺たちの勢力を削るはずだ。

きっと色んな工作をしているはず。

いや、工作の最中だろう。

裏切りそうな連中は、みんな裏切っていると見て間違いない。
糞っ！　今回は案内人が助けてくれていないのだろうか？
そうなると、俺一人の力で切り抜けなければ――ん？
俺はそこで一つ一つ、ゆっくりと考える。
この現状から脱出し、勝てる可能性を考えて気が付いた。
「あれ？　この状況、そんなに悪くないな」

第四話 慢心

職場である地方の役所で、俺は今後について思案していた。

現在俺がいるのは、無能上司の上司が使っていた個室である。

研修中の身であるが、上司連中を一掃したので俺がこの地位にいる。

これに対して文句を言う連中もいたが、多くは俺を受け入れて通常通りの業務を行っていた。

研修とはいったい何なのだろうか？　まぁ、どうせ腰掛けなので、深く考えても意味はないだろう。

現在の職場環境だが、掃除を行ったおかげで非常に快適だ。

煩わしい上司や、そいつらと繋がっていた地元の悪い連中は一掃したから多くの問題が解決している。

元上司たちと繋がって甘い汁を吸っていた一部の役人や、地元の連中は抗議してきたけどな。

文句があるなら相手をすると言ってやったら、全員黙った。

繋がりのあった役人たちも徹底的に調べ上げ、僅かな横領だろうとそれを理由にクビにしてやった。

おかげで快適な職場環境が手に入り、誰も俺の邪魔をしない。

今は仕事を終え、後は帰るだけの状態だ。

終業時間まで、残り時間は十五分。

この時間を使って、俺はこれからのことを考えていた。

第一に、星間国家間の戦争に勝たなければならない。

第二に、領内の沈静化。

第三に、一閃流《いっせんりゅう》を馬鹿にした連中を叩《たた》き潰す。

第一と第二は必須で時間的な余裕はない。

第三に関しては、時間をかけてもいいのでとりあえず後回しだ。

本当はすぐにでも第三の問題を片付けたいのだが、一閃流が最高の剣術である事実は揺るがない。

ただ、戦争は待ってくれない。

星間国家同士の戦争は規模が大きすぎて、戦争準備にも時間がかかる。

動き出すまでに相応の時間がかかるわけだが、その前に配置を決めなければならない。

「さて、誰をどこに配置するべきか」

戦場のどこに誰を配置するか？　それに加えて、首都星に誰を残すかも重要だ。

カルヴァンとの政争も行われているため、全戦力を戦場に投入できなかった。

「問題なのは首都星だな」

首都星に戦力を配置しなければ、カルヴァンたちに好き勝手にされるので戦場で安心して戦えない。

思案していると、影からククリが姿を現す。

「リアム様、少しよろしいでしょうか？」

「どうした？」

「最近、首都星でテロが起きております」

「よくある話だな」

「それが怪しいのです。主義主張はありふれているのですが、手際が良すぎます。また、帝国の機関が本気で捕らえようとしていません」

テロ行為が起きているのに、帝国の機関が手を抜いている――これだけ聞けば、嫌でも気が付いてしまう。

テロを騙《かた》った暗殺集団だ。

ククリが報告してきたとなれば、ターゲットは俺たちだな。

そいつらが俺たちを殺しても、テロに巻き込まれただけと言い訳するのだろう。

回りくどいやり方だが――俺も参考にしよう。

「お前らで処理できるか？」

「多少の無茶をすれば」

ククリたちが無茶をすれば解決できるらしい。

「なら放置だ。お前らには別にやってもらうことがある。——裏切り者共を調べ上げろ。だが、手は出すな。利用する」

「はい。しかし、裏切り者となりますと——連合王国の伯爵が怪しいのですが、派遣するには時間もかかります。統一政府には、既にこちらの手の者を向かわせているのですが」

以前に統一政府と接触した際に、ククリたち暗部が潜り込んでいた。

本当によく働いてくれる。

「伯爵か？　あいつは裏切るから問題ない。わざわざお前たちを派遣する必要はない」

「処分しますか？」

「暇ができたら消す。今は気にするな」

トーマスから聞いているパーシング伯爵の人となりや、支援している俺に対する態度を考えると間違いなく裏切るだろう。

同じ悪人同士仲良くしたかったが、俺の状況を知れば裏切るのも仕方がない。

逆の立場なら、俺も絶対に裏切るからな。

「パーシング伯爵から流れてくる情報には気を付けろ。こちらから流す情報には必ずフェイクを入れるのを忘れるなよ」

「そのパーシング伯爵ですが、戦場に出てくるという情報を摑《つか》みました」

トーマスから聞く限り、戦場で活躍するタイプではないらしいが——どうしたものかな。

「余裕があれば消してもいいが、それよりも今の問題は首都星だ」

ご丁寧にテロ集団を用意して、俺たちにぶつけるつもりだろうか？

ククリたちと張り合うような暗部も投入されると思うと、誰を残しても不安が残ってしまう。

ティアやマリーは、戦場で指揮を執らせたい。

どちらか一方を首都星に残してもいいが、それでは戦場が危うくなる。

チェンシーは――まぁ、戦場の方がいいだろう。

ククリは当然だが、首都星に残すとして――もう一人くらい、任せられる人材が欲しいものだな。

――待てよ？　俺が戦場に出る前提が間違っているのではないか？

わざわざ俺が戦場に出なくてもいいはずだ。

俺は自分を首都星に配置し、そこから人員の配置を頭の中で再構築していく。

「――いけるな。ククリ、戻ったら主立った連中を集めろ」

「はっ」

◇　◆　◇　◆　◇

クラウスは内心で焦っていた。

表面上は落ち着いた様子を周囲に見せているが、心の中では叫んでいた。

バンフィールド家が滞在している高級老舗ホテルの会議室には、主立った面子《メンツ》が集められていた。

（嘘《うそ》でしょぉぉぉ!!）

それ自体はいい。

クラウスはリアムの護衛を任されているため、この場にいても不思議ではない。

だが、リアムが発表した人事案を前に、内心で絶叫せずにはいられなかった。

この場に集められた全員が、困惑していた。

配置を決定したリアムは、満足した様子で椅子に座っている。

「クレオ殿下の遠征軍だが、総大将はクラウスに任せることにした」

普段から突飛な言動が目立つリアムだが、今回に限っては家臣たちが信じられないという顔をしている。

数百万の艦艇を指揮する総大将に、何の実績もないクラウスが指名されたからだ。

本当の総大将はクレオになるのだが、本当に指揮を執らせるわけにはいかない。

何しろ、クレオにとってはこれが初陣となる。

総大将代理——実質的な総大将は別で用意される。

それがクラウスだったのだが、本人は普段と変わらぬ様子でリアムの決定に異を唱える。

その姿は、周りから見れば落ち着いているように見えただろう。

「リアム様、私には数百万隻の大艦隊を動かした経験がありません。この大役に耐えられないでしょう。他の方に任せるべきです」

「問題ない」

リアムが即座にクラウスの提案を退けてしまった。

何が問題ないというのか？　クラウスには問題にしか感じられなかった。

今回の規模の総大将ともなれば、帝国の正規艦隊だけではなく、参加する貴族たちの艦隊もまとめて指揮を執る立場だ。

バンフィールド家からは、六万隻の大艦隊を預けられる。

これはつまり、リアムの信任を得ている証《あかし》でもあった。

リアムの決定が告げられたと同時にクラウスは、ティアやマリーからは嫉妬のこもった視線を向けられていた。

この二人、騎士団の中でも一二を争う有能な騎士で――問題児でもある。

マリーが頬を引きつらせながら、クラウスに話しかけてくる。

「いい立場じゃないか、クラウス殿」

ティアも微笑《ほほえ》んではいるが、目だけは笑っていなかった。

「荷が重いなら代わってあげてもよろしくてよ」

二人の視線にクラウスは胃が痛み始める。

(うぉぉぉ！　苦しい!!　二人に睨《にら》まれて生きた心地がしないぞ!?)

クラウスの騎士としての実力――単純な個人の武力で言えば、ティアやマリーの足下に

も及ばない。

実力差を感じてクラウスが苦しんでいると、リアムが不機嫌になる。

自分の決定に不服を示したティアとマリーに、鋭い視線を向けていた。

「俺の人選に文句でもあるのか？」

それを聞いたティアとマリーが、慌てて膝をついて謝罪する。

騎士として一握りの実力者である二人が、リアムの前では震えていた。

「そ、そのようなことはありません！　このクリスティアナは、リアム様の決定に従います！」

ただ、マリーは違った。

リアムの命令に反対したいというよりも、クラウスの実力を疑っている。

「リアム様に文句などありません。で、ですが、本当にクラウス殿でよろしいのですか？

これだけの規模の艦隊を運用した実績がないと聞いておりますが？」

数百万の大艦隊同士の戦争経験者となると、バンフィールド家には二人しかいない。

ティアとマリーの二人だけだ。

姫騎士として活躍していた頃のティアは、他国と協力してそれだけの規模の艦隊がぶつかる戦争に参加していた。

二千年も前の帝国で三騎士と呼ばれていたマリーは、その頃に何度も星間国家同士の戦争に参加して、大艦隊の一翼を担っていた。

総大将を経験した回数だけなら、ティアを凌《しの》いで三度ほどになる。

二人とも、クラウスよりも経験豊富な騎士である。

それはクラウス本人も自覚していた。

「私では荷が勝ちすぎております。リアム様、ご再考をお願いいたします」

だが、リアムは決定を変えるつもりはないらしい。

「お前ならできると俺は確信している。お前の下にティアをつけてやるから、こき使ってやれ。それから、チェンシー」

先程から会議の内容に興味を示さず、会議室の壁際に立って髪を弄《いじ》っていたチェンシーに皆の視線が集まった。

かつて、リアムを本気で殺しにかかったぶっ飛んだ騎士である。だが、リアム本人の許しを得て、まだバンフィールド家に在籍している。

そんなチェンシーが、リアムに呼ばれると無表情で首をかしげる。

「何か？」

チェンシーのその仕草には、人間味を感じなかった。

まるで人形のように見えるチェンシーに対して、ティアとマリーは不快感を隠さない顔を向けている。

リアムは、そんな不気味なチェンシーを気にした様子がない。

「うちで一番強いのはお前だ。クラウスの下についてクレオ殿下を護衛しろ」

リアムの命令を聞いても、チェンシーは無表情のままだ。

「私を信用するのですか？」

その問い掛けに、リアムはチェンシーがやる気を出す餌を用意する。

「与えられた仕事を全うすれば、また遊んでやる」

それを聞いたチェンシーが、頬を染めて身震いしていた。

人形のように振る舞っていたのが嘘のように、今は生気に満ちている。

先程とはまるで別人のようだった。

ここでクラウスは気付いてしまった。

(待ってリアム様！　それって、問題児二人を私に押しつけるという意味では!?)

内心で焦るクラウスとは別に、まだ名前を呼ばれていないマリーが小さく手を上げた。

自分の名前が出て来ず、寂しく思っている顔をしている。

「リアム様、このマリーの配置は？」

マリーの不安を払うように、リアムは命令を出す。

「お前は三千隻を率いて海賊退治だ。領内の防衛を任せる。数は用意できないが、代わりに精鋭を用意してやる。俺の領地を守りきってみせろ」

「は、はい！」

リアム不在の領地を守るということは、それだけ信用されている証でもある。

何しろ、リアム本人は首都星に残るのだから。

クラウスは、リアムの戦力について確認する。

「リアム様、首都星にはどれだけの戦力を残すおつもりですか？」

「三千もあれば十分だろ」

その数を聞いて、慌てるのはティアだった。

「それでは少なすぎます！　カルヴァン派の貴族たちは、この好機を見逃すはずがありません。せめて、一万隻は残していただかないと」

ティアの心配を余所《よそ》に、リアムは余裕すら見せていた。

「お前らは自分たちが勝つことだけ考えていればいい。俺は首都星でノンビリとお前たちの活躍を見物させてもらう」

ノンビリなどと言ってはいるが、首都星だって戦場になるのがわかりきっていた。

そんな首都星にリアムを残して、ほとんどの戦力をその他の戦場に向かわせるのは危険すぎるだろう。

カルヴァン派への餌として考えても、リアムの負担が大きい。

ティアは納得できないのか、まだ食い下がろうとする。

「し、しかし」

「くどい！」

「っ！　失礼いたしました」

リアムに一喝され、誰もが反論を許されず従うしかなくなった。

この話を終えたと思ったリアムは、他の話題を出してくる。

「それよりも、ユリーシアはどうした？　あいつにも働いてもらうつもりなんだが？」

リアムがこの場にいないユリーシアを気にかけると、クラウスが首をかしげる。

「あの、ユリーシア様なら一度軍に復帰させるとロゼッタ様が仰《おっしゃ》っていましたが？　何でも、最近たるんでいるとか何とか」

リアムが慌てて呼び戻すように言う。

「この忙しい時に何をしているんだ？　さっさと呼び戻せ！　騒がしい領内で仕事をさせてやる」

もしかすると今の今まで、リアムはユリーシアのことを忘れていたのではないか？

クラウスは自分の主人を疑いつつ、ユリーシアが異性として意識されていないのを察してしまう。

（ユリーシア殿の側室コースはないのか？――はぁ、お世継ぎ問題は解決しないままか）

◇　◆　◇　◆　◇

会議室を出た俺は、すぐに試着室に来ていた。

呼び出したのは、ニューランズ商会のパトリスだ。

俺の御用商人の一人であり、ニューランズ商会という大商家の幹部という女性である。

褐色の肌でグラマラスな体形をした色っぽい女性で、胸元を開いたスーツ姿である。

そんなパトリスだが、今はロゼッタの相手をしている。

「お似合いでございますよ、ロゼッタ様」

ドレスの試着をしているロゼッタを褒めては、次々に試着をさせていた。

「え、えっと、こんなにドレスを用意してどうするの？　もう、三十着目よ」

何着もドレスを着替えさせられたロゼッタは、少々疲れた顔をしている。

パトリスは淡々とロゼッタの質問に答える。

「パーティー用でございます」

「パーティーに出るの？　これだけあれば、何十年と苦労しないわね」

用意されたドレスの数を見て、ロゼッタは苦笑していた。

その認識をパトリスが改める。

「いえ、一度使用したドレスは着用しませんので、一ヶ月で使い終わるかと」

「え!?　あ、もしかして、どれも安いとか？　使い捨てのドレスなのね。何だ、どれも高いと思って驚いちゃった」

勝手に自分で納得しているロゼッタに、パトリスは微笑みながら事実を告げる。

「はい、お安くなっております。お値段にしてこれくらいですね」

パトリスが手の平を上に向けると、空中に金額が投影された。

その数字を見てロゼッタが目をむいてしまう。

「た、高っ！　でも、三十着もあればこれくらいするのかしら？」

「あ、それ一着分です」

「――え？」

ロゼッタが驚いて固まっている。

その横では、ロゼッタの側付《そばづき》であるシエルまで固まっていた。

シエルにもパーティーに参加させるため、同じようにドレスを用意させている。

ロゼッタよりも数は少ないが、それでも何着も用意させた。

真面目なシエルちゃんは、お高いドレスを着てパーティーなどきっと嫌いだろう。

――俺はパーティーが大好きだけどね。

無駄な浪費こそ悪徳領主の醍醐味《だいごみ》だ！

さて、どうしてこんなことをしているのかと言えば――首都星では連日パーティーを開催するからだ。

首都星に残る俺は遊び呆《ほう》けるつもりだった。

当然のように、敵に狙われるだろうが――コソコソと敵を捜し回るのは性に合わない。

それならば、相手を待ち構える方がいい。

それから、今回は俺もパーティーを楽しむつもりだ。

暇そうなウォーレスに連日のパーティーを取り仕切らせ、俺は参加だけして遊び回る予定である。

パトリスが俺に近付いてくる。

「リアム様、統一政府の高官たちからの伝言です。デモに絡んではいないそうです。むしろ、驚いていましたよ。彼らがすぐにデモなどを起こすなど信じられないそうです」

手厚い歓迎をしてやったのに、手ひどい裏切りにあってしまったよ。

まぁ、勘違いをした連中が、カルヴァン派の工作員に煽《あお》られただけの話だ。

そちらはどうでもいいし、統一政府が絡んでいるとは考えていない。

スパイくらい潜り込ませているだろうが、そんなのどこもやっていることだ。

「統一政府を疑っていないさ」

パトリスは真剣な表情を俺に向けてくる。

「――デモの首謀者たちはどうします？　帝国流でいくなら、星ごと焼くことになりますね。むしろ、そちらを懸念していましたよ」

統一政府の連中は、移民した元国民たちを心配しているようだ。

「元国民にお優しいことだな。焼いたりするものか。何しろ、大事な俺の領地と領民――人的資源だ。だが、首謀者たちには報いは受けてもらう」

俺の領地で騒いだ罰は受けてもらう。

「それよりも、連合王国との戦争は勝てるのですか？　勝てたとしても、派閥の力は大きく下がると思いますが？　それに、人が足りないのでは？」

優秀な人材が足りていないのではないか？

心配してくれるパトリスに、俺は笑みを浮かべた。

「世の中、投資は大事だよな」

「何か伝でも？」

「――回収するべき時が来た。それだけだ」

今まで何となく領内の若者たちを留学させてきたが、そろそろ俺のために働いてもらうとしよう。

軍関係者、役人――俺の支援を受けた人間は沢山いる。

散財のために支援していただけで、俺も今まで忘れていたのは内緒だ。

「人数の問題はない。戦争の方は、裏切り者を利用させてもらうさ」

ロゼッタとシエルが、次々に用意されるドレスを着用している姿を見ながら、俺はこれから先の出来事を楽しみにする。

「パトリス、この戦いは俺の勝ちだ」

勝利宣言をすると、大きな胸の下で腕を組むパトリスが小さくため息を吐《つ》いた。

「負けてもらっては困ります。とにかく、今は連合王国に勝たなければなりません。カルヴァン派が残っていますから、できるだけ戦力を温存して勝利したいところですね」

こいつは何も理解していないな。

俺が勝ったと言った相手は――カルヴァンだ。

カルヴァンの奴《やつ》は、絶対に勝てると考えて不用意に動いた。

俺は、こんなに早くカルヴァンが動くとは思わなかった。

この幸運には感謝しかない。

◇　◆　◇　◆　◇

帝国軍第七兵器工場は――過去に例を見ないほどの好景気を迎えていた。

「あははは、笑いが止まらないわ！」

クレオ派閥が国家間戦争に引きずり出されることになり、その兵器を生産するのが第三、第六、第九の兵器工場である。

第七は省かれていたのだが、ここでリアムからの大量注文が舞い込んできた。

ゲラゲラと笑っているニアスの横で、工場がフル稼働している光景を見る後輩も笑顔である。

ニコニコしながら、ニアスに話しかけてくる。

「エクスナー男爵家の兵器も総入れ替えするみたいですよ。いや～、バンフィールド伯爵は気前が良いですね」

自派閥の貴族たちの中で、艦隊に不安の残る領主たちへ大盤振る舞いをしていた。

最新鋭の戦艦や機動騎士――その他諸々《もろもろ》の装備を提供するためだ。

クレオが国家間戦争に参加するため、帝国は〝表向き〟には最大支援を約束している。

第七兵器工場からすれば、クレオを全面的に支援してカルヴァン派の不興を買うこともない。

誰に気兼ねすることなく、戦艦を建造して売り払える。

しかも、建造すればするほど売れる。

在庫も買い取ってもらい、笑いが止まらない状況だった。

「戦争特需って凄《すご》いわね」

「戦争自体はまだ始まっていませんけどね。まぁ――でも」

ただし、第七兵器工場が生産しているのは――新型でもバンフィールド家からの苦情を受けて改良した代物ばかりだ。

デザインが気に入らない。

内装が気に入らない。

性能は変わらないが、余計な機能が追加された第七兵器工場らしくない兵器ばかりだ。

本当は建造したくないが、第七兵器工場の純正モデルは売れない。

まったく人気がない。

バンフィールド家仕様に変更された物以外は、まったく注文が入らなかった。

「うちの純正モデルは数隻しか売れていませんし、プライドがボロボロですね」

後輩が深いため息を吐くも、ニアスは全く気にしない。

「私が設計してないから問題ないわ」

クレオ派閥だが、リアムが無理をして戦力を用意していた。

また、リアムが領主たちに金を貸している。

リアムは派閥内で影響力を更に高めつつ、派閥の強化を行っているのだろう。

戦争を理由に、クレオ派閥は派手に動き回って軍事力を増強していた。

ニアスは両手で頬に触れ、だらしない顔をして目の前の戦艦を見ている。

「そ、れ、よ、り、も――私の最新鋭の戦艦の方が大事なの。見て、この素晴らしい性能を！」

リアムのために建造された三千メートル級の旗艦は、レアメタルをふんだんに使った究極の戦艦だった。

「動力、エンジンにだってレアメタルを使ったのよ。出力が違うの、出力が！　砲身はアロンダイトで、熱伝導には――」

これをやれば確実に最強！　という構想自体は昔からあった。

ニアス以外にも同じ事を考えている開発者たちは大勢いたが、全員が現実的な問題を前に尻込みしている。

言ってしまえば、予算と希少金属の確保だ。

莫大《ばくだい》な予算がかかってしまうため、実現できなかった理論上は最強の巨大戦艦。

そんな夢が、リアムの支援を受けて実現してしまった。

支援するリアムもリアムだが、それを完成させてしまうニアスもまた傑物なのだろう。

ニアスはだらしのない顔をしている。

「ぐふ、ぐふふふ――」

ニアスがしばらく現実世界に戻ってきそうにもないので、後輩は仕事に戻る。

「ま、こっちは大儲《おおもう》けできていいですけどね。それにしても、クレオ派閥の貴族の皆さんは、良いタイミングで兵器の世代交代をしましたね」

新兵器が出たタイミングもあり、現行の主流である兵器は旧式となっている。

クレオ派閥の関係者が、一番に兵器の世代交代を行う形になっていた。

第五話 ウォーレスの覚醒

ウォーレスを評価すると、毒にも薬にもならない男となる。

皇帝陛下の子息として生まれたが、皇位継承権は百番目以降。

皇族としての価値で言うと、何とも微妙な男だ。

能力は平均的に低く、全てにおいて四十点台という赤点ではないが優秀でもない。

そんなウォーレスだが、皇族を子分としてこき使いたいという理由でバンフィールド家が支援している。

つまり、パトロンだ。

だが、何時《いつ》までも無駄飯食らいでは困るため、俺はウォーレスに命令する。

「ウォーレス、首都星で毎日のようにパーティーを開きたい。ついては、その采配をお前に任せようと考えている」

貴族とはパーティーを開くもの、という勝手なイメージを実行する時が来た。

だが、開催しても俺が取り仕切っていては楽しめない。

そのために、ウォーレスを使うことにしたのだが――本人が難色を示す。

「私にパーティーを取り仕切れだって？　そんな面倒な仕事は無理に決まっている」

前髪を手で払いのけるウォーレスに命令を拒否された俺は、無言で拳骨《げんこつ》を見舞った。

ウォーレスが両手で頭部を押さえながら。

「痛いじゃないか！」

「いいか、ウォーレス。俺は大変忙しい。毎日遊び歩いていたユリーシアまで駆り出して、このチャンスを摑《つか》もうとしている」

遊び呆《ほう》けて、ロゼッタの怒りを買って軍に放り込まれた女がユリーシアだ。

そんな奴まで駆り出している状況が、バンフィールド家がギリギリであるのを物語っている。

現状、バンフィールド家の処理能力は限界に近い。

それなのに、ウォーレスは何も理解していなかった。

「チャンス？　ピンチの間違いだろ？」

首をかしげているウォーレスを見ていると、何もかもが馬鹿らしくなってくる。

「いいや、チャンスだ。俺は幸運を摑みかけている」

何を言っているんだ？　そんな顔をするウォーレスは、意地でも面倒を避けたいようだ。

「リアムが取り仕切ればいいだろ」

「俺が取り仕切れば、楽しみが減るだろうが。言っておくが、毎回趣向は凝らせよ。それから、同じパーティーが続くと飽きるから注意しろ」

無茶ぶりをすると、ウォーレスが困った顔をしていた。

「毎日のようにパーティーを開くのに、趣向を凝らせとか無理だよ。やるにしても、無難に終わらせようよ」

無難に済ませるつもりでいるウォーレスに、俺はパーティーへの思いを語る。

「俺はパーティーにはこだわりを持っているんだ。手を抜くことは許さない。人も金も用意してやるから頑張れ」

「せめてパーティーの方針とか、アイデアとか出してくれよ！」

「少しでも関わったら、俺の楽しみが減るだろうが！」

怒鳴りつけると、ウォーレスは抵抗を諦め渋々ながら受け入れる。

「拒否しても無駄のようだね。引き受けるが、あまり期待しないでくれよ。というか、そんなにパーティーが好きなら自分で趣向を凝らせばいいだろうに」

「俺は気楽に楽しみたい」

「本当にリアムはわがままだよ」

自分が色々と工夫したところで、最初から知っていれば驚きなどない。

むしろ、周りが楽しんでいるか気になるから嫌だ。

さて――ウォーレスはどんなパーティーを開くのだろうか？

面白みがなかったら、後でストレス発散がてら説教をしてやろう。

◇　◆　◇　◆　◇

カルヴァン派の会議場。

そこでは、バンフィールド家の動向について話し合いが行われていた。

最新の情報を手にした面々は、驚いて声が大きくなっている。

「リアムが遠征軍には参加しないだと!?」

「逃げたのか?」

「いや、腹心の騎士たちを派遣している。クレオ殿下の周囲は、自身の精鋭で固めている
ようだ。確か――首都星でもよく連れ回しているクラウスという騎士を派遣している」

「聞いたことのない名だが、リアムの腹心か?」

「手を抜いたとは思えないが、本人は首都星に残るのか」

総大将はクレオだが、実質的な総司令官はリアムになる――と誰もが考えていた。

しかし、リアムは首都星に残ると発表されている。

カルヴァンが笑みを浮かべた。

「――勝ったね」

勝利宣言に、貴族たちの視線がカルヴァンに集まった。

「皇太子殿下?」

「この事実でリアム君は敵を恐れて引き下がったと噂《うわさ》が立つ。いや、そう触れ回る。遠征
軍が勝ったとしても、彼の評判は地に落ちる」

「それは――まぁ、そうなるでしょうね」

貴族たちもカルヴァンの意見に同意しているようだが、気になることもあるようだ。

「皇太子殿下、リアムは何も考えずに残ったのでしょうか？　陣容が発表されてからというもの、毎日のようにパーティーに参加して余裕を見せているようですが？」

毎日のようにパーティーに出かけるリアムについては、カルヴァンも気になっていた。

「私も気にはなるが、彼は選択を間違えただけだろう。ここからどうやっても、彼の信用は地に落ちるだろうからね。何しろ、クレオを戦場に送って自分は首都星に残ったんだ。今更動き回っても機を逃している」

今回はクレオが総大将として出陣している。

そのような戦いに、派閥の長《おさ》が参加しないなど外聞が悪すぎる。

まして、リアムは武功で成り上がってきたような男だ。

そんなリアムが戦場に出ないと聞けば――他の人間にはどう見えるか？

リアムが恐れをなして、戦場から逃げたと思うだろう。

リアム自身が戦場に出る必要性がなかったとしても、外聞が悪すぎる。

加えて、部下たちが戦場で戦っている最中に、パーティー三昧などこれまでのリアムの名君としての評価は地に落ちるだろう。

戦争から逃げてクレオに押しつけたのは、カルヴァンも同じだ。

しかし、それは総大将発表前のこと。

いくらでも言い訳ができるし、派閥の貴族たちがリアムだけを叩《たた》くように動いてくれる。

下手を打ったリアムに、貴族たちも拍子抜けだったようだ。

「少々、手を加えすぎましたな。呆気《あっけ》ない終わり方です」

カルヴァンは皆の気を引き締める。

「まだ終わりではないから、気を抜くことはできないよ。しかし、リアム君は終わりでも、生きていると厄介だね」

評判が落ちたところで、リアムはいるだけで厄介だった。

最近では、研修で飛ばされた汚職が蔓延《まんえん》する地方で活躍している。

研修中でありながら、改革を断行して汚職役人たちを一掃した。

高い能力と、高潔すぎる精神——きっと、今後も自分たちを悩ませるだろう。

カルヴァンは決断を下す。

「——用意した手駒をぶつけるとしよう」

その命令に貴族たちは黙って頷《うなず》く。

カルヴァンは勝利を確信していたが、リアムはライナスを倒した男だ。

自分のライバルを倒した男であるため、潰せる時に潰しておきたかった。

「リアム君、君は強すぎる故に油断したね」

カルヴァンから見て、リアムの行動は強すぎるが故に増長して油断したように見えていた。

◇　◆　◇　◆　◇

バンフィールド家が主催したパーティー会場は、大盛り上がりだった。

参加した貴族たちが、会場内で感嘆の声を上げている。

芸術品――主に石像などを展示しているのだが、その中での立食パーティーだ。

新進気鋭の芸術家たちを集め、制作された新作発表会でもある。

制作者や関係者が作品の側《そば》にいて、説明までしている。

芸術を好む貴族や、投資目的で購入する貴族たちが興味を示している。

「ほぉ、これは見事ですな」

「この作品は欲しいですね。我が屋敷に飾りたい」

「私はあちらをすでに予約しましたよ。それにしても、パーティーも久しぶりですが、こういう趣向も楽しいものですね。以前参加したパーティーは、奇抜すぎて楽しめませんでしたから」

招待した客たちだが、そのほとんどは自派閥の貴族とその家族である。

身内ばかりを招待しているのは、首都星で俺の財力を見せつけるため――後は単純に、自派閥の貴族とその家族へのご機嫌取りだ。

俺がロゼッタを伴い周囲の貴族たちと談笑していると、エクスナー男爵の名代として軍服で参加したクルトが近付いてくる。

周囲が気を利かせて離れてくれると、クルトが手を振ってくる。

「リアム！」

「来てくれたのか。歓迎するぞ」

クルトの隣には、婚約したばかりのセシリア殿下の姿があった。

セシリア殿下は、クレオ殿下とは同腹の皇女だ。

仲睦《なかむつ》まじい姿を見せているが、俺がクルトと話を始めたのでロゼッタがセシリア殿下に声をかけて話をする。

俺に気を遣ったのか？——ふんっ、気が利くじゃないか。

ロゼッタが意外と使えることに驚きつつ、俺はクルトと世間話をする。

「ようやく会えたな。軍隊の方はどうだ？」

クルトは以前に顔を合わせた時よりも身長が伸び、体付きも筋肉量が増えていた。

より軍人らしい体型になっているが、美形はたくましくなっても美形のままだ。

性格も変わっていないのか、出会った頃のままだった。

「正直に言えばきついけどね。でも、悪くないかな？　無骨な暮らしは首都星での役人生活より馴染《なじ》めるよ」

軍隊生活の方が性に合っていると言うクルトに、配属先について話を振る。

「今は首都星の防衛部隊配属だって？」

「そうだよ。だけど、今は事務処理の雑用だね。正式に配属になったとしても、このままだとパトロール艦隊勤務かな？」

「正規艦隊に行くなら紹介してやろうか？　セドリックを中将に昇進させたから、あいつの艦隊なら融通が利くぞ」

ウォーレスの兄であるセドリック――彼も皇子だが、今は軍人として生きている。

俺はそんな彼の後ろ盾になり、昇進させた。

本人は急な昇進に驚いていたが、これから頑張ってもらうため報酬の先払いみたいなものだと言うと俺を恐れていた。

一体何をさせられるのか？　と震えていたな。

クルトが苦笑している。

「リアムは相変わらずだね。なら、お願いしてみようかな？」

「任せろよ」

この手の話に嬉《うれ》しそうにしているクルトを見れば、やはりこいつは悪徳領主仲間だと実感できる。

エクスナー男爵の血をしっかり受け継いだようだ。

対して、ロゼッタの側にいるシエルは別だ。

嬉しそうにしている兄を見て、その瞳を曇らせていた。

今は付き人としてロゼッタの側にいるため、仕事中である。

そのため、実の兄だろうと客であるクルトに話しかけることはできない。

だが、悪徳領主の二代目として順調に育っている兄を見て、随分と悲しそうな――いや、複雑な目を向けていた。

俺はシエルをからかうために、クルトに話を振る。

「クルト、シエルが話したがっているぞ」

「いいのかい？　ロゼッタの付き人で仕事中だろう？」

「俺とお前の仲じゃないか。そんな小さな事は気にするなよ」

真面目なクルトの胸を拳で軽く叩いてやると、本人は妹と会話をするのが少し恥ずかしいのか照れて頬を赤くしていた。

「そ、それなら、お言葉に甘えて――シエル、元気にしていたかい？　リアムたちに迷惑はかけていないよね？」

クルトは笑顔でシエルに話しかけていた。

だが、シエルの表情はどこかぎこちない。

兄妹の会話だというのに、社交辞令を述べる。

「はい。伯爵やロゼッタ様には大事にしてもらっています」

「それは良かった。あれ？　そのドレス、もしかしてリアムが？」

クルトはシエルの新しいドレスに気が付いたようだ。

シエルが嫌がると思って用意したドレスだが、結構似合っている。

高価なドレスをプレゼントしたが、それをシエルが不満に思っているのは知っていた。

だから、クルトの前で自慢してやる。

「首都星で人気のデザイナーを集めて作らせたドレスだ。確か――今回は六十着くらい作らせたかな？　どれもシエルのために作らせた特注品だよ」

パーティーが続く限り、ドレスも毎日のように変わる。

一度着たドレスは、二度と着ない。

この無駄がいい。

俺が悪であると実感できる。

ただ、このような無駄を嫌うシエルにしてみれば、ドレスを用意されても嬉しくないのだろう。

「わ、私は必要ないと申したのですが――は、伯爵様がどうしても、と」

シエルは僅かに悔しさが出た表情をしていた。

少しも俺に感謝の念を抱いていないが――そこがいい！　最高である!!

ロゼッタに欠如していた「くっ殺」要素を備えるシエルは、俺のお気に入りだ。

こいつが嫌がるためなら、ドレスくらい何百着でも用意してやれる。

ただ、そんなシエルの態度にクルトが腹を立てていた。

「――リアムからのプレゼントが、シエルは嬉しくないみたいだね」

クルトは普段と変わらない笑顔を見せているが、正義感から俺を嫌うシエルに対して苛《いら》立《だ》ちを持ったようだ。

まぁ、言っても兄妹だ。

俺に対する失礼な態度を、ちょっと叱りたい気持ちになったのだろう。

シエルもクルトの苛立ちを感じ取ったのか、下を向いて謝罪する。

「失礼しました。高価なドレスを何着ももらったことがなく、困惑していました。伯爵様には、大変感謝しております」

クルトに睨《にら》まれ、俺に感謝するシエルは見ていて面白い。

「謝る必要はない。今後も何かあったら、何でも俺に言うんだぞ」

「は、はい」

作った笑顔で返事をするシエルを見て、クルトが小さくため息を吐《つ》く。

「リアムは優しいね」

「俺は優しくなんかないさ」

会話が一段落すると、セシリア殿下と談笑していたロゼッタが、俺たちの話に割り込んでくる。

「ダーリンは本当に豪快よね。ドレスを使い捨てにするなんて、わたくしには想像すらできないわ。せめて、気に入ったドレスは残しておきたいんだけど」

――ロゼッタだが、実家が貧乏だったために節約癖が抜けていない。

物を大事にするとか、悪徳領主である俺の婚約者として自覚があるのか？

お気に入りのドレスは手元に残したいとか、何を考えているのか？

「いくらでも用意してやる」

「ドレスを残すだけでいいのだけれど」

そんな会話をしていると、貴族の子供たちがやって来た。

子供たちだが、父親はパーティーに参加していない。

母親か、親族の誰か、もしくは使用人と一緒に参加している。

その理由は、父親が戦場に出ているため首都星にいないからだ。

戦場に出た貴族たちの子供たちだが、俺の方で面倒を見ていた。

人質に見えるだろうが、貴族たちへのご機嫌取りの意味合いが強い。

家族を大事に預からせてもらっている。

俺たちの方に来た子供たちが、挨拶をしてくる。

「ロゼッタ様、今日のドレスもお綺麗《きれい》ですね」

女の子たちはドレスの話題で盛り上がるというか、社交界に出て来て着飾ることに興味を持っているようだった。

「あら、ありがとう」

返事をするロゼッタに、興味を持った女の子たちが質問をする。

「どこで買われたのですか？」

「オーダーなのよ」

「そ、そうだったんですか」

すると、どこで買ったのかを聞いた少女に、周りの子供たちが呆《あき》れた視線を向けていた。

「ドレスなんてオーダーメイドが当たり前じゃない」

「貴女《あなた》、どこの田舎から出て来たの？」

「既製品なんて全然おしゃれじゃないわよ。やっぱり、人気のあるデザイナーに作らせないとね」

――女の子は子供でも怖いな。

話を聞いていたクルトは苦笑しており、シエルは僅かに頬を引きつらせていた。

シエルもドレスはオーダーが当たり前と聞いて、驚いたのだろう。

セシリア殿下の方は、頬に手を当てて困った顔をしている。

落ち込む女の子に、ロゼッタが優しく声をかけて慰める。

「気にしなくていいわよ」

泣きそうな女の子を見て異変に気付いたのか、関係者が慌てて俺の方へ駆け寄ってきた。

俺の前で女の子を田舎者扱いした子供たちの関係者で、かなり焦っている様子だ。

「も、申し訳ありません、リアム殿。――お前たち、すぐにご家族のところに戻りなさい」

「は～い」

子供たちが去っていくと、関係者の男性が深々と頭を下げてくる。

「申し訳ありませんでした。伯爵の前であのような物言いは許されません。後で、きつく言い聞かせておきますので」

まぁ、俺が辺境の田舎者だからな。

あと、ロゼッタも貧乏でドレスなど満足に買えなかった。

子供たちの無邪気な言葉で、俺たちの不興を買うのを恐れたのだろう。

本当なら激怒ものだが、俺は気持ちを抑え込む。

「気にしていませんよ」

ここにいるのはクレオ派閥の関係者たちだ。

怒りに任せて、下手な対応は許されない。

俺は、一人残された女の子──田舎者扱いを受けて、泣いている女の子に話しかける。

「そう泣くんじゃない。よければドレスを一つ仕立てさせよう。今後のパーティーには、それで参加してくれるね？」

俺の提案に驚いた女の子だが、すぐに喜んで泣き止《や》む。

「よろしいのですか！」

「あぁ、俺の名で約束しよう」

よし！　これで傷ついたからパーティーに参加しない！　と言い出さないだろう。

その後、家族が来て、俺にお礼を言って離れていく。

その様子を見ていたクルトは、セシリア殿下と俺の話題で盛り上がっている。

「リアムは昔から優しいんですよ」

「そうなのでしょうね」

こいつ——セシリア殿下に、しっかり俺が善人であるとすり込んでいる。

やはり、悪徳領主としてできる男は違うな。

シエルが俺を胡散臭《うさんくさ》そうに見ているので、笑みを向けてやると顔を背けやがった。

何て面白い反応をする子だろう。

一日中構い倒してやりたくなる。

一人喜んでいると、ロゼッタが俺に礼を言ってくる。

「ダーリン、ありがとう」

「礼を言われるようなことはしていない」

何でありがとう？　俺、お前に何もしてないよ。

ロゼッタは頭を振る。

「いいえ、あの子に対する態度が嬉しかったの。昔の自分を見ているようだったから」

「——そうか」

俺があの女の子に優しい言葉をかけたのを見て、自分もこんな風に誰かに助けられたかった～などと想像でもしていたのだろう。

本当にチョロい女だ——ドレスの一着くらい、俺の稼ぎからすれば駄菓子を買うような感覚に過ぎないというのに。

嬉しそうに微笑《ほほえ》むロゼッタの顔を直視できない俺は、顔を背けて頭をかく。

「まぁ、いいか」

それにしても、連日パーティーを開催しているが――ウォーレスの奴《やつ》に、意外な才能があったな。

毎回参加しているが、これが飽きずに楽しめている。

それに、今回招待した貴族たちの趣味趣向に合わせたパーティーだ。

あいつ、意外とこっちの才能はあるんじゃないか？

◇　◆　◇　◆　◇

パーティー会場の外。

路地裏の様な場所では、ククリが姿を晒《さら》していた。

薄暗い場所で仮面をした黒装束の大男であるククリは、異様な雰囲気と――殺気を放っている。

異様に発達した大きな両腕を広げながら、ククリはクツクツと笑っている。

「――ようやく姿を現してくれましたね」

ククリが声を発した直後に、手裏剣が飛んで来る。

それらを弾《はじ》くと、全て炎になり消えてしまった。

先程まで実体を持っていた手裏剣が、炎となって幻のように消えていく。

ククリの周囲からは、仮面をつけた黒装束の暗部が次々に出現した。

対して、敵も姿を見せる。

ククリたちを囲むように黒い炎が出現し、炎が姿を変えて人の形を取る。

そのまま炎が鮮明な姿になると、そこにいたのは武器を構えた忍者たちだった。

「──殺」

短く呟《つぶや》くと、彼らは斬りかかってきた。

狭い路地で戦闘が始まる。

ククリは、自分に向かってくる忍者二人を両手で払って斬り裂いた。

ただ、感触がない。

払った腕は空を切り、忍者二人の姿が揺らめく。

二人は炎になり消えてしまうが、ククリは慌てず──その火の中心にあるコアを摑《つか》んで握り潰した。

その瞬間、コア──小さなガラス玉が砕けると、炎が暴れるように一瞬大きく膨らんでから消える。

「キヒヒヒッ！　まずは二人」

仲間が簡単に殺されるのを見た忍者たちが、一斉にククリたちから距離を取る。

自分たちの秘密を知っているククリを前に、焦りが感じられた。

ククリは彼らに話しかける。

「懐かしいですね。あなたたちには随分と苦労させられてきました。ですが、この程度で焦っているというのはいただけない。あなたたちの先祖は、この程度では焦りを見せませんでしたよ」

そんなククリに、忍者の一人が口を開いた。

「――貴様は誰だ？」

ククリは大きな腕を広げて、自己紹介を始める。

「初めまして。そして、お久しぶりです。昔は、帝国暗部の影の一族と呼ばれていました。もっとも、影の一族というのは勝手に呼ばれていただけですが」

忍者たちがそれを聞き、分が悪いと思ったのか逃げようとする。

それを逃がさず、ククリは自身の影から伸びた黒い棘《とげ》で彼らのコアを突き刺して倒した。

一瞬で忍者たち十数人が消えるとククリの部下たちも影の中に消える。

ククリだけはその場に残り、この場を監視している者に向かって告げる。

「二千年だ。我らはこの時を二千年も待っていた。必ず復讐《ふくしゅう》してやる。それをお前らの主人に伝えなさい。――お前たちの先祖が悪いのだとね」

それだけ言って、ククリも影の中に消えていく。

◇　◆　◇　◆　◇

「ウォーレス！」

「リアム、私は——自分の才能が恐ろしい」

パーティー用のスーツを着崩したリアムは、ウォーレスをねぎらいに来ていた。

ロゼッタもパーティーから戻ると、連日の疲れもあって椅子に座って休んでいた。

休憩をしているロゼッタに飲み物を用意するシエルは、リアムとウォーレスの茶番を呆れながら横目で見ている。

「俺はお前を無駄飯食らいだと思っていたが、今は本当に感謝しているぞ！　連日のパーティーは大盛り上がりだ！」

「凄《すご》く貶《けな》されたけど、ありがとう。私も自分にこんな才能があるとは思わなかった」

リアムはウォーレスが好きな酒を持ってきて、一緒に飲み始める。

連日のパーティーを企画したウォーレスだが、意外にも好評を博していた。

リアムも失敗を覚悟していたようで、駄目ならすぐに別の人間に任せる手はずを整えていた。

しかし、ウォーレスが予想外の働きを見せ、リアムすら驚かせている。

意外な才能である。

(でも、これって普通だったら必要のない才能よね)

無駄にお金をかけて毎日のようにパーティーを開き遊んでいるようにしか見えない。

実際、リアムは楽しんでいた。

対して、ロゼッタは毎日のように関係者に気を遣い疲れていた。

シエルはロゼッタを心配する。

「ロゼッタ様、明日は休まれてはいかがですか？　毎日のようにパーティーが続いていますし、お疲れが出ていますよ」

シエルの申し出に、ロゼッタは首を横に振った。

「それはできないわ。わたくしが休めば、不安に思う人たちも多いのよ。家族が戦争に出ている人たちも多いから、少しでも安心させてあげないとね」

「それはそうですけど」

戦争に参加した貴族たちが恐れているのは何か？

それは敵である連合王国もそうだが、クレオ派閥の貴族たちにとってはカルヴァン派閥も気を抜けない相手だ。

自分たちが戦場に出ている間に、家族を人質に取られたら？

戦場で全力を出すためにも、多くの貴族たちが家族を首都星に残ったリアムに預けている。

これは家族を人質として差し出す意味合いも強い。

味方を裏切らない。裏切った場合は、家族を殺して構わない、と。

同時に、リアムに自分たちの家族を守ってもらうためでもあった。

戦場に出た貴族たちは、カルヴァン派閥の動きも警戒していた。

シエルが小さくため息を吐《つ》く。

「伯爵様は戦争に参加した方がよかったのでは？　その方が、皆さん安心すると思いますけど？」

ロゼッタもシエルの意見を否定はできないらしく、困った顔をしていた。

「そうね。本来なら、バンフィールド家の領地で家族を預かって、ダーリンには戦場に出てもらうべきだったわね。でも――今の領内は騒がしいから」

バンフィールド領では、大規模なデモが行われている。

そんな状況で、自派閥の貴族たちから家族を受け入れることはできない。

シエルはデモの話を思い出して、大きなため息を吐く。

「まさかあんなくだらない理由でデモが起きるなんて――うちの領地より酷いですね」

現在、バンフィールド家で起きている大規模デモだが、民主化運動のデモではない。民主化を騒いでいるのは一握りで、今では話題にもならないレベルだ。

では、何のデモが起きているのか？

――リアムの跡継ぎ問題でデモが起きている。

バンフィールド家の領民たちが、リアムに対して「さっさとお世継ぎを用意して！」と大規模なデモを行っていた。

前代未聞である。

シエルはこの騒ぎに頭を痛めている。

（うちでは父上のヌード写真集はいつ出るのか、って騒ぎがあったけど――それより酷いわ）

バンフィールド家の屋敷の使用人たちからの嘆願書も、一向に手を出してこないリアムに「こちらはいつでもＯＫですから、カモン！」というアピールだった。

屋敷で働くメイドたちが、自分に手を出せと嘆願している。

屋敷で働く男性や、その他の女性たちも「お世継ぎは急いだ方がいいと思います」という嘆願書を出していた。

シエルは馬鹿みたいな問題に頭痛がしてくる。

（貴族ってろくでもないわね。まぁ、私もその貴族だけどさ。こんなことで騒げるんだから、意外と平和なのかしら？）

リアムとウォーレスは、パーティーの成功を祝して乾杯をしていた。

「次のパーティーが楽しみだ！」

「期待していてくれ！　次も自信がある！」

「それは楽しみだ。あ、それならバケツパーティーを企画してくれ！　一度でいいから、バンフィールド家もバケツパーティーをやってみたいんだ」

興奮しながらバケツパーティーを要望するリアムに、ウォーレスは真顔になっていた。

「ごめん、それはハードルが高すぎて、私では無理だ」

「そ、そうか」

バケツパーティーは流石《さすが》に無理と言われ、リアムは意気消沈する。

すると、何かを思い出したのか、話題を変えた。

「バケツパーティーについては今後の課題として、それよりも最近はエイラの顔を見ないな。パーティーには誘っているのか？」

友人の一人がパーティーに参加して来ないのを心配しているようだ、ウォーレスは何とも言えない顔をしていた。

「――エイラなら地下街で暴れ回っているよ」

「は？　この前、浄化作戦とか言ってうちの兵隊を貸したはずだが？」

エイラの名前が出ると、シエルは体が強張《こわば》ってしまう。

思い出すのは、エイラに相談したあの日の出来事だ。

お兄ちゃんがお姉ちゃんになると不安になるシエルに、エイラは酷く濁った瞳で「やっぱり男の子同士がいいよね！」と言ったあの日だ。

シエルにとって、エイラは苦手な女性だった。

一応エイラの動向も気になるため、二人の会話に聞き耳を立てる。

ウォーレスは、首都星の地下街で活躍するエイラについてリアムに教える。

「何でも自分が担当している地区以外に手を伸ばしているようでね。今では、アンダーグラウンドの女王と呼ばれているよ」

エイラの異名を聞いて、リアムも困惑していた。

「仕事に対して真面目すぎないか？　あまり無理をするなと言っておくか」

頑張りすぎるエイラを心配しているようだが、ウォーレスが必要ないと頭を振る。

「本人は楽しんでいるから問題ないよ。問題があるとすれば──地下街の住人たちだね」

二人の会話を聞いたシエルは、エイラが地下街で暴れ回っている話を聞いて思い出す。

（そういえば、この前にもらったメッセージに──元凶を根絶やしにするとか書いていたけど、まさかよね？）

◇　◆　◇　◆　◇

その頃の地下街では、黒いスーツに身を包んだ役人たちが睨《にら》み合っていた。

部外者から見れば、それはまるでマフィア同士の睨み合いに見える光景だろう。

黒いスーツの女を前に、強面《こわもて》の男たちが威圧するように怒鳴っている。

「ここは八課の担当地区だ！　どうして四課の課長が出張ってくる!?」

強面の男たちが睨む相手は、エイラだった。

エイラの後ろには黒いスーツを着た役人たちがいるのだが、ほとんどが強面である。

そして、その後ろには武装した兵士たちの姿もあった。

　エイラは棒付きの飴《あめ》を舐《な》めており、舐め終わると棒を口から抜いて縄張りに入るなと騒ぐ役人たちに笑顔を向けた。

「――お前らだろ？　ここの連中から賄賂を受け取って犯罪を見逃しているのは？」

「な、何を証拠に!?」

「証拠も掴《つか》んだけど、面倒な手続きとか嫌いだから捕まえてから取り調べるわ」

　随分と荒々しい口調にも慣れてきたエイラは、笑顔を消して無表情になると部下たちに命令を出す。

「この汚職役人共を捕らえなさい」

　エイラの命令に強面の男たちと、リアムから借りたバンフィールド家の兵士たちが汚職役人たちに襲いかかった。

　男たちが地下街の大通りで喧嘩《けんか》を始めると、野次馬たちがそれを見て口々に言う。

「あれが噂《うわさ》のベルマンかよ」

「あいつが今のアンダーグラウンドの主だ」

「汚職役人共を一掃とか、可愛《かわい》い顔をしてよくやるぜ」

　地下街の住人たちに恐れられているエイラだが、中には詳しい事情を知る者もいるようだ。

「知らないのか？　あの女はバンフィールド伯爵の友人だ」

「バンフィールド？　道理で正義感が強いわけだ。清く正しい貴族様のお友達かよ」

バンフィールド家と言えば、不正を許さない品行方正な貴族として地下街でも知られていた。

そんなバンフィールド家の当主と関わりがあるとすれば、仕事に対して生真面目なのも納得できるのだろう。

八課の男たちが捕らえられると、部下がエイラに報告する。

「課長、終わりました」

エイラはその報告に頬を緩めていた。

「見ればわかるわ。さて、次は十二課の担当地区に向かいましょうか。今日中に残り二つの課も潰さないとね」

性転換の違法薬など、汚職役人の巣窟と一緒に全て排除してやる！　そんな気迫に満ちたエイラは、研修期間でありながら仕事に邁進《まいしん》していた。

第六話 ▼ 遠征軍

戦場となる帝国領の宙域には、六百万を超える艦艇が集結していた。

なんとも壮大な光景ではあるが、これだけの規模を動かすとなると莫大《ばくだい》な予算が必要となる。

星間国家として巨大な帝国を以《もっ》てしても、この莫大な予算を捻出するのは厳しい。

しかし、オクシス連合王国を帝国領から退けるための戦いだ。

帝国がそれだけの出費を決定したのは、敵を退けて勝利するためである。

つまり、勝たなければならない戦いだ。

総旗艦となった三千メートル級の超弩級《ちょうどきゅう》戦艦のブリッジでは、実質的に総司令官にさせられたクラウスが胃の痛みに耐えながらクレオ殿下の隣に立っている。

（数だけ揃《そろ》えても、ここまでの大規模戦闘では意味がない。本当に勝てるのだろうか？）

数だけならば、敵の二倍の戦力を用意できた。

ただ、これだけの戦力を一箇所で運用はしない。

宇宙は広い。

敵も分散するため、帝国側も分散して戦うことになる。

そうなると、いくつもの戦場を抱えることになる。

二つや三つではない。

何百、何千の戦場で戦うことになる。

小競り合いも合わせれば万単位の戦場が作り出される。

局所的に負けても大局で勝てばいいが、ここまで数が膨れ上がると一人の人間が全てを把握するのは不可能だ。

オペレーターたちが悲鳴を上げている。

「クラウス総大将代理！　パトロール艦隊から補給物資が届かないと苦情が来ています！」

「クラウス総大将代理！　参加した貴族たちから、いつになったら晩餐会《ばんさんかい》をするのかと苦情が！」

「クラウス総大将代理！　一部の部隊が、揉《も》めています！　味方同士で交戦を開始しました！」

苦情が来ているのは、寄せ集めのパトロール艦隊からだった。

クレオ派閥の足を引っ張るために、カルヴァン派が送り込んできた役に立たないお荷物の貴族たちが率いている。

クレオ派閥とは関係ない貴族たちのほとんどが、足を引っ張るために行動している。

カルヴァン派閥との間で取引があったのだろう。

騒ぎを起こして、自軍の足を引っ張る行動を繰り返している。

彼らは戦争に勝とうが負けようがどうでもよく、負けそうになれば理由を付けて逃げるつもりだろう。

敵前逃亡は貴族だろうと銃殺刑だが、クレオを徹底的に貶《おとし》めるためにカルヴァン派閥はクレオ――リアムの責任とするだろう。

負ければ、バンフィールド家が終わってしまう。

それを知るクラウスは、責任感に押し潰されそうだった。

(胃が痛い。――まともなのは半分の三百万で、残りは敵じゃないか)

オクシス連合王国軍三百万。

アルグランド帝国軍六百万――だが、その半数は敵だ。

六百万対三百万の有利な戦いではなく、実は三百万対六百万の劣勢という状況である。

せめてもの救いは、それでもまだ半数の三百万が味方であることだろう。

リアムのおかげでもあった。

首都星で自派閥の貴族たちに働きかけている。また、御用商人や伝をフル稼働させて万全の態勢を用意していた。

後方にいながら、支援という意味でリアムはしっかり働いている。

(リアム様が後方支援に回ったおかげか。そう思えば、悪くない配置ではある。悪くはないんだが、どうして私はこの場にいる?)

クレオの近くには、クレオの騎士となったリシテアの姿がある。

少し離れて椅子に座っているのは、護衛のチェンシーだ。

爪の手入れをしていて緊張感がない。

（クレオ殿下は艦隊を指揮した経験もなく、リシテア殿下もこの規模の戦いは初めてか。私だって初めてだ。チェンシーはそもそも興味がない態度だし）

リアムがいれば、クラウスだって何も考えずに従っていれば良かった。

ただ、リアムは後方支援に徹している。

これだけの艦隊を動かせたのも、リアムが後方にいるからだ。

補給の手配から様々なことまで、リアムがいるから後方が安定している。

リアムが首都星にいなければ、カルヴァン派の妨害工作を受けていただろう。

そう思えば、リアムの采配は間違っていない。

間違いがあるとすれば、自分を実質的な総大将に任命したことだけだ。

胃の痛いクラウスが視線を向けるのは、目を輝かせているティアだった。

「馬鹿共が騒がしいな。オペレーター諸君、騒いだ連中はリストに加えておけ。我らには不要な存在だ」

ただ、リアムも馬鹿ではない。

クラウスにこれだけの規模の艦隊が運用できるとは考えておらず、ティアを派遣していた。

クラウスは、自分の立場をティアのお目付役だと思うことにする。

（クリスティアナ殿は経験があると言っていたな。ならば、私は彼女のフォローに徹するとしよう。そもそも、他にできることはないからな）

ティアは雑事を全て無視するため、苦労性のクラウスがそれを引き受けることに。

ティアもそれを感じ取ったのか、クラウスに余計なことは何も言わなかった。

だから、ティアがブリッジで総大将のように振る舞っている。

「ティア殿、連合王国と戦う策はあるのか？」

緊張した様子のクレオが、顔見知りのティアに尋ねた。

クラウスも事前に打ち合わせはしていたが、作戦らしい作戦はなかった。

ティアは微笑《ほほえ》みながらクレオに言う。

「臨機応変を心掛けます。そもそも、これだけの規模の戦闘になりますと、予想通りにはいきませんからね」

それを聞いたリシテアは、不安になったらしい。

「勝てるのか？　実質、敵はこちらの二倍だぞ」

リシテアも味方が全てこちらの指示に従うとは思ってはいなかった。

そんなリシテアに、ティアは首をかしげて笑っている。

「二倍？　リシテア殿下、正しい認識をお持ち下さい。これは言わば三《み》つ巴《どもえ》の状況ですよ。

連合王国軍は帝国軍を見て敵味方などと判断はつきませんからね」

六百万もの艦隊が動く光景がデフォルメされ、クラウスたちの前に表示された。

戦場に到着するのを前にして、こちらの命令を無視して動いている艦隊がある。

パトロール艦隊をはじめとした非協力的な連中の混成艦隊だ。

半数の艦隊が予定されていた配置場所に向かっている中、他は命令を無視して動いている。

ティアは、その光景を面白そうに眺めていた。

「おや、早速裏切り者が出ましたね。――では、まずはこいつらから消していきましょう」

ティアが目の前の画面を操作して艦隊に指示を出していく。

「我らが目指すのは、リアム様の勝利！――裏切り者にも働いてもらうとしましょう」

最後の一言は周囲が驚くほど冷たい声だった。

「パーシング――リアム様を裏切ったことを悔いるがいい」

◇　◆　◇　◆　◇

連合王国軍。

パーシング伯爵が率いる六千隻の艦艇は、他の貴族たちと一緒に艦隊を組んでいた。

十万隻近い艦隊で、帝国領内にある惑星の一つを占拠している。

この艦隊は、連合王国に加盟する国の一つ――パーシング伯爵が仕えている国の貴族たちが集まっている。

内乱騒ぎの時に、連合王国軍に牙をむいた国だ。

本来であれば、最前線で戦わなければならないが——帝国との裏取引を行っていた。

制圧した惑星だが、帝国軍はパーシング伯爵たちが来た時には退《ひ》いていた。

被害を出すことなく、一定の活躍を果たした。

戦艦のブリッジで葉巻を吹かしているパーシング伯爵は、帝国軍から届いた通信を受け取っていた。

「伯爵様、帝国軍より定時連絡です。次の作戦が発表されました」

部下からの報告書を受け取り、内容を確認する。

「ふむ、クレオ殿下の乗る総旗艦は少数で行動だと？　本隊に偽物を置いてダミーにする計画か？　帝国軍は戦を知らないようだな」

本体に偽物の総旗艦を置いて、囮《おとり》にでもするつもりなのだろう。

ただ、この作戦が過去の大戦で成功した事例がある。

総旗艦が少数の艦隊で動くわけがない！　そう思い込み、負けた星間国家も存在する。

意表を突く作戦だが、それも知られてしまえば意味がない。

パーシング伯爵は、これを上司へと報告することにした。

「我が君にご報告しろ。それにしても、戦争を見物しているだけでいいのは楽だな。本気で殺し合っている連中が憐《あわ》れでならないよ」

このまま前線に出ずに、パーシング伯爵はやり過ごそうと考えていた。

艦隊を率いて参加した周囲の貴族たちも同様だ。

彼らは本気で戦うつもりがない。

「悪く思わないでくれよ」

それがリアムに対してなのか、味方に対してなのか——周囲は判断がつかなかった。

◇　◆　◇　◆　◇

一方、帝国軍の総旗艦には新しい情報が届く。

「連合王国軍が三十万隻で、混成艦隊を撃破！　我が方は六万隻の被害が出ています！」

その報告を聞いたティアは、胸を痛めている演技をする。

胸を手で押さえ、反対側の手で笑顔を隠していた。

「なんと悲しいことだろう。急いで配置に戻れと指示を出したというのに——混成艦隊には最後まで聞き入れてもらえなかったか」

邪魔な不良軍人たちと、邪魔な貴族の子弟たちが情報一つで消えてしまった。

貴族の中には、カルヴァン派の関係者も大勢いた。

言ってしまえばリアムの敵たちだ。

だが、同じ帝国軍でもある。

それを、情報操作で消してしまったのに、ティア自身は演技をする余裕すらあった。

口では悲しそうに振る舞うが、リアムの敵が消えたことに喜びを感じているのか暗い笑みを浮かべている。

ティアの表情を見たクラウスは、背筋が寒くなる。

(この女──やりやがった!?)

いきなり味方を六万隻も失ったが、ティアの悲壮感はゼロである。

何しろ、減ったのは敵だ。

クレオがティアを見る目は、どこか怯《おび》えを含んでいた。

「──味方同士で足を引っ張り合うなどと」

敵を前に味方同士の争いが理解できないクレオは、嬉々《きき》として味方を殲滅《せんめつ》したティアに不快感を覚えたようだ。

自分を嫌悪するクレオに対して、ティアはむしろ微笑ましく思った。

「かつては私もそう考えていましたよ。しかし、殿下──これだけの規模での戦闘では、足を引っ張り合うものです。事実、一つでも間違えば、混成艦隊のように消えていたのは我々なのですから」

敵を出し抜かなければ、宇宙の塵《ちり》になっていたのは自分たちだった──言われたクレオは、口をつぐむしかない。

側《そば》にいたリシテアも、ティアの雰囲気に飲まれて口を挟めないでいる。

そんな中、椅子に座ったチェンシーはニヤニヤしている。

ティアの采配が自分好みだったのか、興味をそそられていた。

頬を少しだけ赤く染めて、戦場の雰囲気を感じて興奮していた。

「これぞ戦争。いえ、人間の正しい姿だわ。戦場でこそ、人が一番醜く、そして美しく輝く場所ね。あぁ、本当に素晴らしき我らの故郷よ」

高揚するチェンシーを見るティアの目は、酷《ひど》く冷たいものだ。

味方に向ける視線ではなく、憎い敵に向けるものだった。

その理由は、過去にチェンシーがリアムの命を狙ったためだ。

その後にリアム本人がチェンシーに興味を持ち、罪を許している。

だが、バンフィールド家の騎士たちは納得していなかった。

ティアはチャンスさえあれば、いつでもチェンシーを殺すつもりでいるらしい。

殺気を放ちながら、冷淡な口調で接している。

「それなら、戦場で死んだらどうかしら？　大好きな故郷に骨を埋《うず》めるといいわ」

ティアの冷たい言葉を聞いて、チェンシーは唇に指先を当てて目を細める。

本気の殺意を前にしても、嬉《うれ》しそうに微笑んでいた。

「ここでお前を殺せないのが残念だわ。あまり遊びすぎると、リアムが私の相手をしてくれなくなるものね」

リアムがいなければ、チェンシーはこの場でティアを殺していたと言い出した。

周囲の騎士たちが殺気立ち、ティアは眉根を寄せて鬼の形相になった。

「リアム様の温情で生かされているだけのバーサーカーが」

二人の間に剣呑《けんのん》な雰囲気が漂い始めると、クラウスが仲裁に動き出す。

「双方、そこまでだ。クリスティアナ殿、今は味方同士で争っている場合ではありません」

クラウスに戦闘中であると指摘され、ティアがチェンシーから顔を背ける。

「──そうだったわね」

チェンシーに対して怒りを隠さず、いつか殺してやるという雰囲気を放っていた。

クラウスはチェンシーにも釘《くぎ》を刺す。

「チェンシー、退屈ならば出撃の機会を用意してやる。出撃準備を済ませておくように」

クレオの護衛であるチェンシーだが、クラウスは自分の権限で出撃させることにした。

それを聞いて、チェンシーが魅力的だが妖しい微笑みを浮かべていた。

「新しい玩具《おもちゃ》を試すのも楽しそうね」

チェンシーの言う玩具とは、専用機である機動騎士だ。

機体の出撃準備を行うため、チェンシーがブリッジを出て行くと張り詰めた空気が緩むのを感じた。

周囲が安堵《あんど》する中、クラウスは胃の痛みに耐えている。

（どうしてうちの騎士団には、まともな騎士が少ないのか？　はぁ、クレオ殿下の護衛を

勝手に動かしたから、後で報告書も用意しなければ）

クラウスが胃を痛めている間に、ティアは次の命令を出す。

連合王国軍に更なる損害を出させるために、ティアはパーシング伯爵へ情報を流すようだ。

「さて、パーシング伯爵にはもっと滑稽に踊ってもらおうかしら」

自分の手の平の上でパーシング伯爵を転がし、戦場を支配するティアの采配を近くで見ていたクラウスは思う。

（これなら、最初からクリスティアナ殿が総大将の代理で良かったと思うのだが？）

◇　◆　◇　◆　◇

連合王国軍の総旗艦は、要塞級と呼ばれる移動する小惑星だった。

小惑星にエンジンノズルを取り付けた移動する要塞には、超弩級《ちようど きゆう》戦艦よりも広い司令部が用意されている。

総司令官に加えて、何十人という将官が揃《そろ》っている。

参謀たちも多く、オペレーターをはじめとする軍人たちも何百人と揃っている。

各地で起きた戦闘の情報が集まっている場所だ。

そして、帝国軍――カルヴァン派からの情報も届いていた。

そんな司令部だが、各地の戦争の状況がおかしいことに気付いていた。

司令部のオペレーターたちが、次々に舞い込む味方の活躍に興奮を隠しきれずにいる。

「第二惑星にて、味方地上軍が敵基地の制圧に成功しました！」

戦域となる宙域では、惑星に番号を振って呼んでいた。

居住可能惑星である第二惑星では、連合王国軍の地上部隊が投入されて帝国軍の基地を制圧した。

これにより、第二惑星の支配権は連合王国軍に移る。

大きな勝利に間違いない。

オペレーターの勝利報告は終わらない。

「第八遊撃艦隊、敵艦隊と遭遇してこれを撃破したとのことです！」

「第二艦隊、十万隻以上の大艦隊との戦闘に勝利しました！」

「第三十九艦隊より報告！　敵要塞が降伏！　要塞の制圧に成功しました！」

士気の高い連合王国軍は、破竹の勢いで帝国領内を突き進んでいた。

将官や参謀たち以外は、この勝利の報告に浮かれている。

彼らは味方が、帝国軍――カルヴァン派と繋《つな》がっているなど知らない。

この勝利も、自分たちの実力によるものだと思い込んでいる。

だが、冷静な参謀たちは怪しんでいた。

「――勝ちすぎている」

戦場が幾つも発生するこの手の戦争で、全てに勝つなど奇跡に近い。

局地的に負けることもあるのが普通であり、参謀たちは不安を覚えていた。

だが、連合王国軍の総司令官――大将である女性将官が、この勝利を喜んでいる。

「いいことじゃないか」

「総司令？」

「裏切り者がいれば、帝国軍も思うように戦えまいよ。このまま勝利を摑《つか》もうじゃないか。初戦で敵の総大将を取り逃がした時は悔しかったが、今にして思えば帝国が我らに勝利を献上してくれている。このまま勝利を積み重ねればいい」

総司令だが、この戦争に勝利すれば元帥への昇進が決まっていた。

昇進すれば、彼女は最年少で元帥に昇進した人物になる。

目の前にある栄光が、彼女の判断を鈍らせていた。

参謀が総司令に忠告する。

「あまりに不自然です。一度下がって、様子を見るべきはありませんか？」

だが、総司令官は聞き入れない。

「ここで下がれば、勢いを失う。それに、部下たちにも功績を積ませたい。私一人が昇進しては、妬まれてしまうだろ」

他の者たちにも功績を稼がせ、これを機会に昇進させたいという欲が出ていた。

参謀が僅かに眉間に皺《しわ》を作る。

総司令官は、デフォルメされた戦場の様子を見ながら微笑していた。

「帝国の領地を大きく削れば、私の名前は連合王国の歴史に刻まれるだろうな」

連合王国を勝利に導いた名将として、後世まで語り継がれる――そんな妄想をしていた。

◇　◆　◇　◆　◇

パーシング伯爵は、嬉しい誤算に頭を悩まされていた。

それは、一緒に艦隊を組んでいる貴族たちからの要望が原因だ。

『パーシング伯爵、考えていただけませんか？』

「そう言われてもね」

ブリッジには、貴族たちの顔が投影されていた。

囲まれた形になっているパーシング伯爵は、仲間内からの催促に困っている。

『何も大きな勝利が欲しいとは言っていません。帝国軍と戦い、勝利したという実績が欲しいのですよ。周囲が勝利を重ねては、我々の活躍が見劣りします』

味方が勝利を重ね続けているため、日和見を決め込んでいた味方が武勲欲しさに参加したいと言ってきた。

「この艦隊を指揮するのは陛下だ。陛下を戦場に出すのはまずいだろ？　いくら優勢だろうと、危険には変わりない」

『その陛下が興味を示しているのだ。パーシング伯爵、貴殿の情報網なら手頃な敵を探せるだろう？』

「まぁ――そうだな」

パーシング伯爵は、このような展開を予想していなかった。

（クレオ派の連中も不甲斐《ふがい》ない。バンフィールド伯爵は武闘派と聞いていたが、ここまで弱いとは思わなかった。噂《うわさ》も当てにならないな）

海賊狩りとして武闘派のイメージが強いバンフィールド家が、思ったよりも不甲斐ないと知り呆《あき》れていた。

だが、同時にパーシング伯爵の功名心が刺激される。

（ここで私も活躍しなければ、戻ったら何をしていたのかと言われるか――まぁ、数の少ない艦隊を狙って包囲すれば問題ないだろう）

味方が快進撃を続けており、ならば自分たちもと浮き足立つ連合王国の貴族たち。

パーシング伯爵は決断する。

「わかった。陛下のためにも、手頃な敵を探すとしよう」

『期待しておりますよ、パーシング伯爵』

◇　◆　◇　◆　◇

帝国軍総旗艦のブリッジ。

腕を組んで仁王立ちするティアは、次々に舞い込む帝国軍の劣勢や敗北を聞いても無表情だった。

クレオやリシテアは、今は休憩のため部屋に戻っている。

ブリッジにいるのは、ティアの副官である女性騎士の二人だ。

ティアはクラウスの所在を副官に尋ねる。

「総大将代理はどこかしら？」

「仮眠を取っています。クリスティアナ様も休憩を取られてはいかがですか？」

「今は休んでいられないわ」

休むように言う部下の言葉を聞き入れず、ティアはブリッジの様子を見ている。

各地で帝国軍が押され、敗北を重ねていた。

オペレーターたちも淡々と報告をしてくるが、顔色が悪い。

味方の被害を知って、血の気が引いた顔をしていた。

ティアは動くべきタイミングを計っていた。

（そろそろ動き出す頃ね）

すると、ブリッジのドアが開き、そこから仮眠を終えたクラウスが入ってくる。

「状況は？」

戻ってくるなり状況を確認するクラウスに、ティアの副官が素っ気なく答える。

「変化はない」

「そうか」

総大将代理に対して無礼な口の利き方だが、クラウスは責めることはなかった。

ティアの副官は、現状に苛立《いらだ》っているようだ。

「どうしてリアム様は、クリスティアナ様ではなくクラウス殿を総大将代理に任命したのでしょうか？　理解できません」

自分の上司の方が優れているのに、という不満が態度に出ていた。

しかし、ティアは気にせず動くべき時が来るのを待っている。

そして、一人のオペレーターが報告してくる。

「新たな敵艦隊が出撃してきました。その数、およそ十万！」

その報告にティアは微笑する。

「――これより攻勢をかけます。待機していた艦隊を出撃させなさい」

オペレーターたちが慌ただしく他の艦隊と連絡を取り合うと、副官が小さくため息を吐《つ》いていた。

「随分と餌をまきましたね」

「おかげで、帝国軍の裏切り者たちを減らせたわ。連合王国軍に感謝しましょう」

ティアが取った作戦だが、誤情報をばらまいてカルヴァン派の艦隊と連合王国軍をぶつけるというものだった。

最初こそ気を遣ったが、連合王国軍とぶつかったカルヴァン派の艦隊は裏切られたと思ったのだろう。

その後は普通に連合王国軍と戦っていたが、パーシング伯爵にティアが情報を流したので追い詰められていった。

パーシング伯爵は気付かぬままだ。

ティアたちをカルヴァン派だと思い込み、本物のカルヴァン派を追い詰めていた。

ティアは敵同士をぶつけて疲弊させ、自分たちは戦力を温存していたわけだ。

クラウスがティアに言う。

「カルヴァン派に率いられた兵士たちが憐《あわ》れだな」

自分たちと敵対した貴族や軍人たちはともかく、率いられた兵士たちの中には派閥に関わっている者たちも少ないだろう。

ティアの取った作戦では、そんな彼らが犠牲になっている。

「それでは、我々の部下たちに死ねと？　私は自分に従う兵士たちを一人でも多く守るため、この作戦を選びました。――〝クラウス殿〟は不満なのですか？」

総大将代理を外したティアに、クラウスは身の危険を感じた。

作戦に口出しをされたと感じたティアが、クラウスに対して険しい視線を向けている。

クラウスは肩をすくめ、不満などないと伝える。

「その作戦を採用したのは私だ。私にも責任がある。それでも――救援要請には、派閥関係なく応じるつもりだ」

クラウスが言いたいのは「作戦は認めるが、終了後の救援は派閥関係なく行う」だ。

つまり、カルヴァン派だろうと助けると言っている。

ティアもクラウスの考えを否定するつもりはない。

「もちろんですよ、〝総大将代理殿〟」

◇　◆　◇　◆　◇

総旗艦の機動騎士用の格納庫。

そこには、特別な機体が用意されていた。

赤を基調としたカラーリングの機体は、パーソナルカラーが許されたチェンシーの専用機だった。

騎士として規格外の強さを持つ彼女のために、バンフィールド家が第七兵器工場に建造を依頼した機体である。

機体名【エリキウス】――チェンシーのために開発されたワンオフ機だ。

細身の機体で、ショルダー部分が円錐《えんすい》状になっている。

各所に光学兵器の発射口が取り付けられて武装しているため、機体には武器が満載だ。

だが、そんなエリキウスには他の機動騎士のように手に持つ武器がない。

周囲にエリキウス用の武器は見当たらなかった。

それもそのはずで、エリキウスの長く細い指は武器を持つのに適さない。

指先は爪のように伸びており、武器を扱うことを放棄していた。

体中に発射口があるため、オプションパーツを装着するのも難しい機体だ。

それを不審に思う整備兵たちは多く、首をかしげている姿が見られる。

だが、これがエリキウスの正しい姿だ。

「出番が来たわよ、私の可愛《かわい》いハリネズミちゃん」

赤と白のパイロットスーツに身を包むチェンシーは、ヘルメットを左手に持って無重力状態の格納庫で自分の機体に近付く。

受領した時より何度も試運転をしてきたが、実戦はこれが初めてだ。

チェンシーは、ハリネズミちゃんと呼ぶ機体に乗り込む。

ハッチを開いて中に入ると、コックピット内はチェンシー好みに装飾されていた。

伝統的なデザインを取り入れているのは、完全にチェンシーの趣味だ。

吊《つる》してもいないのに、提灯《ちょうちん》が視界を邪魔しない場所に浮いて明りをともしていた。

シートに座ると、操縦《そうじゅうかん》桿やペダルがチェンシーの体にピッタリの位置に来る。

指を組んで背伸びをするチェンシーは、エリキウスの状態をチェックする。

このエリキウスという機体だが、武器を満載した機動騎士だ。

ライフルやら近接戦闘用の武器を持たない代わりに、機体の方に仕込まれている。

代わりに装甲はほとんど取り除かれ、むき出しのフレームは直撃を受ければすぐに壊れてしまいそうだ。

チェンシーは防御など無視している。

本来は防御に回すエネルギーも、全て攻撃に回している。

攻撃力の高い、紙装甲の機動騎士である。

ただ、使用されているフレームは希少金属だ。

動かしているだけで壊れることはないが、装甲が薄いため戦闘では役に立つか怪しい機体に仕上がっていた。

そんな機体をオーダーしたのは、チェンシー本人である。

「これなら、いくらでも戦えそうだわ」

目を弓なりに細めてチェンシーは、出撃の時を待つ。

◇　◆　◇　◆　◇

帝国軍総旗艦のブリッジでは、混乱する敵と味方の情報が次々に舞い込んでいた。

オペレーターたちが困惑しつつも、淡々と報告を続けている。

「第二惑星にて、敵地上軍を退け基地を奪還しました」

「敵の遊撃艦隊を撤退させたと、味方艦隊より報告がありました」

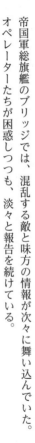

「敵の残存艦隊が集結し、再編成を行っています。味方が攻撃の許可を求めています」

劣勢だった状況が一変し、味方が優勢に戦いを進めている報告が届いていた。

報告を聞きながら、クラウスはティアの作戦に感心する。

（敵を領内に誘い込み、疲弊したところで戦力の投入か）

連合王国軍だが、快進撃を続けながら味方であるはずのカルヴァン派の艦隊とも戦っていた。

勝利を重ねようとも被害は出る。

数を減らし、弾薬やエネルギーを減らし、物資が少なくなってきたタイミングを狙ってクレオ派の艦隊が攻め込んだ。

クラウスは、心の中でティアに対して恐れを抱いていた。

（それにしても、誤情報を流して味方だと誤認させた方法が不明だな。情報を操作すれば、とは誰もが思うが、それを実行した手腕は流石《さすが》としか言えないが――味方の被害が大きすぎる）

ティアは敵対派閥を徹底して叩《たた》いていた。

その容赦のなさは、普段のティアからは想像もできない程に苛烈だ。

ティアはリアムがそばにいると浮かれて馬鹿な行動も取っているが、基本的に騎士としては善人であるとクラウスは思っていた。

しかし、戦争になると――いや、敵に対しては人が変わる。

今もカルヴァン派の艦隊がすり減っているという報告を聞いて、策謀がうまくいったと暗い笑みを浮かべていた。

(有能な騎士ほど、闇を抱えていると聞いたことがある。クリスティアナ殿も、何か闇を抱えているのだろうか?)

手がかりがあるとすれば、元は宇宙海賊に捕らわれていた騎士という事だけだ。

想像できない責め苦を受け、その後にリアムに助けられた、と。

ティアたち宇宙海賊に捕らわれていた騎士たちは、当時のことをあまり語らない。

だが、助けられた恩義は感じており、それがリアムに対する忠誠心として表れている。

ある意味、ここまで無慈悲に敵を葬れるティアが、リアムの前では感情的な態度を見せる方が異例なのだろう。

――人として何かが壊れかけているティアだが、リアムの前だけでは甘えを見せる。

リアムの前だけでは、人でいられるのだろう。

それは普段からティアと喧嘩《けんか》をしているマリーも同様だ。

クラウスは敵でなくて良かったと思いながら、ティアの危険性について考えてしまう。

(野に放てば、歴史に名を残す英傑か、もしくは魔王か――いや、仲間を疑うのはよそう。今は、この戦いに集中するのみだ)

急にティアが振り返ってクラウスを見るが、その顔は目を見開き、三日月のように口角を上げていた。

「クラウス総大将代理――この艦隊で、敵本隊に攻撃を仕掛けませんか？」

大将同士で勝敗を決めようと言い出すティアを前に、クラウスはドン引きしていた。

表情には出さないが、ティアの提案に内心で反対したかった。

だが、ティアが勝てると判断したならば、その勝算に賭けることにした。

クラウスは無表情のまま、ティアに許可を出す。

「――いいだろう」

（実質的に、クリスティアナ殿が総大将だからな。私は決定に従い、フォローするだけ。だけど、敵の本隊に攻め込むと言い出すなんて思わなかったよ）

◇　◆　◇　◆　◇

連合王国軍本隊は、第一艦隊と呼ばれている。

全体の一割にも及ぶ三十万隻を率いていたが、味方が劣勢になったこともあり救援として戦力を割いていた。

現在は十万隻の護衛艦隊を率いて移動をしているのだが、司令部では総司令官が苛立っている。

顔には出さないが、腕を組んで人差し指をトントンと動かしていた。

「何故《なぜ》、急に我が軍が劣勢に立たされている？」

普段と僅かに違う口調から、参謀たちは総司令官が不機嫌であるのを察していた。

「帝国軍が戦力を投入したからです。総司令、ここは一度下がって態勢を立て直すべきです」

参謀の真っ当な意見を聞いても、総司令官は首を縦に振らない。

いや、受け入れられなかった。

それは功名心からではない。

「この状況で敵に背を向ければ、味方が混乱する。それに、多くの艦隊が帝国領の奥まで入り込みすぎた」

参謀たちが苦々しい顔をする。

「功を焦って突出した艦隊は、今頃地獄を見ているでしょうね」

進軍を決めたのは総司令官だが、その指揮下の艦隊が命令を無視して進みすぎていた。

本隊から戻るように命令も出したが、多くの艦隊が理由を付けて命令を無視していた。

通信障害、敵艦隊の追撃中、他艦隊の救援など。

参謀が総司令官に提案する。

「短距離ワープの連続使用で、本隊と合流させてはどうでしょうか？」

「敵をこちらに誘導したいのか？　それに、ワープを連続使用した艦艇など戦場では的にされるぞ」

星間国家が存在する世界では、宇宙を移動する際にまともな方法を使用していてはいつまで経《た》っても目的地に辿り着けない。

そのため、瞬間移動――ワープ航法が確立されているのだが、艦艇に積み込まれている
ワープ装置は短距離ワープ専用だ。

長距離ワープを可能にするには、専用の装置が必要になる。

入り口と出口を繋《つな》いだ巨大な輪。

そこを通り抜けて長距離ワープが可能になる。

短距離ワープで逃げられる距離というのは、敵も追撃可能を意味する。

そして、短距離ワープには膨大なエネルギーが必要になる。

逃げたところで力尽き、動けなくなる事例も多い。

そんな艦艇が本隊と合流しても、身動きが取れなくなるだけだ。

参謀も承知はしていたが、このまま味方を見捨てることもできずに苦悩している。

「ですが、このままでは味方が全滅します」

「わかっている。そのために、救援も出して味方の救出を――」

総司令官が言い終わる前に、オペレーターが悲痛な声を上げた。

「味方艦隊、短距離ワープで本隊へと接近してきます！　艦隊より入電。敵艦隊と遭遇、
救援を求むと」

それを聞いて、総司令官と参謀たちの表情が歪《ゆが》んだ。

部下たちの前では冷静であろうとしていたのだが、嫌な知らせに自然と表情筋が動いて

しまった。

参謀の一人が叫ぶ。

「どこの馬鹿共だ！」

オペレーターが、接近してくる味方艦隊の所属を告げる。

「ダール公国の艦隊です！」

ダール公国――それは、パーシング伯爵が使えている国名だった。

◇　◆　◇　◆　◇

一体何が起きている？

戦艦のブリッジで、シートに座るパーシング伯爵は震えていた。

(簡単な作戦だったはずだ。それが、どうしてこんなことに!?)

揺れる艦内の中、オペレーターが叫ぶ。

「帝国軍、追撃してきます！」

短距離ワープを成功させたダール公国艦隊だったが、その後方から帝国軍の艦隊がワープにより出現する。

パーシング伯爵は、モニターに映し出される帝国軍の姿を見て怯《おび》えていた。

敵艦隊の中に見える艦艇には、バンフィールド家の紋章が描かれている一団がある。

「ひぃぃぃぃ!?」

恐怖から腕で顔を隠すのは、帝国軍と遭遇して一戦交えたからだ。

功名心から帝国軍に攻撃を仕掛けたダール公国艦隊だったが、彼らが狙ったのは一万隻にも満たない艦隊だった。

旧式艦ばかりで、ろくな抵抗もしない帝国軍を十万隻の艦隊が一方的に殲滅《せんめつ》した。

これに気をよくしたダール公王だったが、その後に表れた三万隻の艦隊によりダール公国艦隊は甚大な被害を受ける。

敵艦隊の数は味方の三分の一だったが、ダール公国艦隊は半数を撃破された。

旗艦も撃破され、公王は戦死。

生き残った貴族たちは、我先にと逃げ出している最中だ。

そして、パーシングが逃げた先は、連合王国軍の本隊だった。

「味方の救援はまだなのか!!」

叫ぶパーシング伯爵に、オペレーターが答える。

「味方の本隊との距離、もう間もなく視認距離に入ります!」

パーシング伯爵は、我が身可愛《かわい》さにバンフィールド家の艦隊を連合王国軍本隊へと案内してしまった。

次々に出現する帝国軍の艦隊は、その数三十万近く。

後方からの攻撃により、周囲にいた味方は次々に撃破されていく。

いつ、自分たちが爆発に巻き込まれるか――恐ろしくて生きた心地がしなかった。

すると、後方にいた味方の艦隊に赤い機動騎士が接近していた。

赤い機動騎士――その姿を見たダール公国軍は、震え上がっている。

パーシング伯爵も同様だ。

「や、奴《やつ》が来た！」

赤い細身の機動騎士は、ショルダー部分が大きいという特徴があった。

両肩から赤い粒子の光が溢《あふ》れて、移動するとそれが尾を引いたように見える。

そんな赤い機体が味方艦に接近すると、体中に仕込まれた光学兵器の発射口から高出力のレーザーを照射する。

接近された戦艦はレーザーに貫かれて爆散した。

爆発の中から赤い機動騎士が飛び出すと、次の目標へと接近する。

赤い機動騎士はその大きな手を掲げると、金色に輝く爪からビームが出現する。

大きな光の爪になると、それを戦艦に振り下ろした。

戦艦が機動騎士に斬り裂かれ、爆発した。

たった一機の機動騎士が、戦艦を次々に撃破していく光景は悪夢だった。

「あいつは化け物か!?　全ての機動騎士を出撃させて、あの赤い奴を足止めしろ！」

自分に仕える騎士たちを捨て駒にして、パーシング伯爵は生き残ろうとする。

◇　◆　◇　◆　◇

ダール公国の艦隊から、騎士が乗り込む機動騎士たちが出撃した。

各艦から出撃した機動騎士たちが集まり、臨時の部隊を編制する。

騎士の姿を模した機動騎士だが、頭部はバケツをかぶったようなグレートヘルムの形をしていた。

その多くが、隊長機を示す角を頭部両側面から生やしていた。

選《よ》りすぐった精鋭たちである。

ツインアイが赤く光る機動騎士たちを率いるのは、連合王国軍でもトップエースの女性騎士だった。

常に第一線で活躍し続けてきた彼女は、今回の戦いでも既に十機以上の騎士が乗り込む機動騎士を撃破している。

撃墜数は現時点でダール公国内でもトップだ。

コックピットの中で、ダール公国の名のある騎士たちが集まっていることを心強く思っていた。

「赤い奴を倒せとの命令だ。何としても奴を潰せ！　他の機体に目移りした浮気者は、私自ら撃ち殺してやる！」

荒い口調で指示を出す彼女に、部下たちは「はっ」と返事をする。

余所見《よそみ》などしている暇もない。

何しろ、相手は——。

『生きの良い敵がいるわね』

——敵味方関係なく通信回線を開き、素顔を見せるのは連合王国にも名が伝わっている女性騎士だった。

「帝国の赤い悪魔が——散開！」

味方が散開してチェンシーの乗る赤い機動騎士を囲む。

選び抜かれた騎士たちの動きは、誰もがエース級の実力者であることを示していた。

だが、チェンシーが口を三日月のように曲げて喜んでいた。

女性騎士は背筋に悪寒がゾクリと走ると、直後に赤い機動騎士が味方を貫いた。

武器を持たない赤い機体は、その金色に輝く爪でコックピットを正確に貫いたのだろう。

味方も左手に持っていた実体剣で防ごうとしていたが、粉々に砕かれていた。

乱暴に引き抜くと、上半身と下半身に引き千切られた味方機が放り投げられる。

『エリキウスの動きに反応できて偉いわね。でも、もう少し歯応《ごた》えが欲しいわ』

物足りなさを感じて小さなため息を吐くチェンシーだったが、その間にも騎士たちを次々に撃破していく。

ダール公国で名を轟《とどろ》かせるエースたちが次々に撃破されていく光景を、女性騎士は奥歯を噛《か》みしめながら見ていた。

機動騎士を操り、赤い機体に光学兵器を撃ち込むが当たらない。

曲芸でも披露するように女性騎士とその味方の動きを避ける赤い機体は、機動騎士にしては関節の可動範囲が広かった。

可動範囲を優先して、装甲を削りに削ったのだろう。

機体コンセプトは馬鹿げているが、それにチェンシーが乗り込むと非常に厄介だった。

「お前はここで私が命に代えても仕留める！」

ライフルを捨て、実体剣に持ち替えた女性騎士の機動騎士が加速した。

コックピット内では体がシートに押さえつけられる重圧が発生し、操縦も困難になった。

だが、機体をぶつけて相打ちを狙う女性騎士には関係ない。

逃げ回る赤い機体を追い回し、時に放たれる攻撃を避けているとチェンシーが口を大きく開けて笑っていた。

『いい！　あなた、凄《すご》くいいわ！　命を捨てる覚悟も素晴らしい！――でも、残念な機体に乗っているのよね』

興奮していたチェンシーだったが、急速に冷めている。

次の瞬間、女性騎士の乗る機動騎士は、赤い機動騎士に両断された。

その攻撃にコックピット内が酷《ひど》く揺れ、モニターは割れて部品が飛び出してくる。

そのまま女性騎士の腹部に突き刺さった。

「――化け物が」

血を吐きながら言葉を絞り出すと、最後にチェンシーが声をかけてくる。

『残念ながら、私は人間で――この世にはもっと強い化け物がいるのよ』

「本当に――世界は――広い――な」

『同意するわ』

事切れる女性騎士を確認して、赤い機体がコックピットを貫いた。

◇　◆　◇　◆　◇

赤い機体――エリキウスのコックピットでは、チェンシーが高揚していた。

頬を赤く染めて、興奮して呼吸が荒い。

熱を帯びた吐息を吐くと、向かってくる敵機動騎士を見て微笑《ほほえ》む。

「まだ歓迎してくれるのね。それなら、私も期待に応えさせてもらうわ」

軽快にフットペダルを踏み、リズムよく操縦《そうじゅうかん》桿を動かす。

戦いも、そして機動騎士の操縦も楽しんでいた。

――いや、人殺しを楽しんでいた。

エリキウスの両肩に内蔵された動力炉が、赤い粒子を放出すると機体の各所に仕込まれた光学兵器の発射口が輝く。

そのままエリキウスが回転しながら、敵機動騎士の群れに飛び込んでいく。

近付いてくる敵機が、レーザーに貫かれ、斬り裂かれて爆発していく。

チェンシーは敵の通信回線を傍受しており、コックピット内には悲痛な叫び声が聞こえてくる。

それがチェンシーを最高に興奮させた。

『機動騎士がこれほどの高出力のレーザーを使うのか!?』

『すぐにエネルギー切れを起こす。何としても耐えろ！』

『だ、駄目だ。光学兵器用の盾が一撃で焼かれた！』

エリキウスの特徴、それはエネルギーのほとんどを攻撃に回している点だ。

本来であれば、戦艦に積み込むような光学兵器を機体に数多く仕込んでいる。

エリキウスが回転を止めると、黄金の爪を持つ大きな手を伸ばしたて接近してきた機動騎士の頭部を摑《つか》んだ。

「レーザーだけじゃないのよ」

チェンシーがそう言うと、エリキウスの手の平が振動を起こした。

高周波により切れ味を増した爪が、敵の頭部を簡単に斬り裂く。

実体剣でもあるその爪は、光学兵器を扱う万能の刃でもあった。

そして、もう片方の手では敵のコックピットを無慈悲に貫いていた。

鋭い爪は敵の機動騎士の装甲を紙切れのように扱う。

破壊した機動騎士を蹴り飛ばすと、敵機動騎士がエリキウスを囲んで銃を構えている。

光学兵器と実弾の雨が降り注ぐも、チェンシーは慌てず機体を動かして避けていく。

「いいわよ。そうやって考えて戦いなさい」

エリキウスの光学兵器の発射口には、光でできたニードルが出現する。

それらが一斉に発射されると、敵機にめがけて飛んでいく。

敵機が避けようとするが、追尾され、追いつかれると直撃して爆散していく。

「ニードルミサイルだったかしら？　悪くはないけど、ネーミングがちょっとね」

小さくため息を吐くチェンシーだが、ニードルミサイルの性能には満足していた。

何十機もの機動騎士を破壊したチェンシーの前には、敵機が次々に現われる。

チェンシーは名残惜しそうに呟《つぶや》く。

「本当はもっと遊んであげたいのだけど、クラウスには戦艦を落とすようにと頼まれているの。悪いけど、手早く終わらせてしまうわね」

笑顔でそう言うと、エリキウスの各所から高出力のビームソードが出現する。

まるでハリネズミ――数キロにも及ぶビームソードを全身から出すエリキウスは、そのまま回転するように動いた。

ビームの刃が敵機を飲み込み、斬り刻んで破壊していく。

球体状の粉砕機が出現し、敵陣で暴れ回っていた。

破壊するのは機動騎士ばかりか、艦艇も飲み込み粉砕していく。

「気に入ったわよ、エリキウス。私と一緒に楽しみましょう！」

自分好みの姿と性能を持つエリキウスに、チェンシーは愛着を抱きつつあった。

ただ、敵にすれば恐怖の対象でしかないだろう。

ダール公国軍に恐怖を刻み込みながら、チェンシーは高笑いをする。

◇　◆　◇　◆　◇

「バーサーカーの思考は理解できないわね」

「まったくです」

帝国軍総旗艦のブリッジでは、ティアと副官がチェンシーの戦いぶりに呆《あき》れていた。

味方を寄せ付けず、単機で敵陣に乗り込んで暴れ回る。

丸腰に見えて、実は全身に武器を積み込んだ機動騎士は、隠し武器も扱うチェンシーにはお似合いの機体に見える。

味方機はチェンシーのエリキウスに近付かないようにしており、同士討ちは避けられていた。

そして、総旗艦率いる艦隊は、ダール公国軍の後ろを取って追撃を行っている。

追い回される敵艦隊は、帝国軍の攻撃により次々に破壊されていた。

追撃するバンフィールド家の艦隊は先陣を切り、容赦なく敵を撃破していく。

その様子をクレオの側《そば》で見ていたリシテアは、顔から血の気が引いていた。

（これがバンフィールド家の騎士――いや、軍隊か。この瞬間にも敵味方合わせて何万もの命が消えている。それを感じさせない涼しげな顔をして）

リシテアからすれば、ティアは戦場ではしゃいでいるチェンシーと同じだ。

地獄を作り出しておいて、何事もないような顔をしている。

総大将代理であるクラウスなど、無表情でこの戦場を見守っていた。

（この男も恐ろしいな。騎士としての実力は私と同等だろうか？　だが、この状況でも平然としている）

ティアの作戦を採用し、実行するクラウスにも驚かされていた。

クレオの方を見れば、リシテアと同じく血の気の引いた顔をしている。

外で戦闘が行われていると、嫌でも戦場に身を置いていることを実感するのだろう。

それでも、気を張って気丈に振る舞っていた。

オペレーターの一人が、ティアに向かって報告をする。

「パーシング伯爵の乗艦を発見しました」

裏切り者のパーシング伯爵の乗艦が見つかると、リシテアは手を握りしめる。

怒りではない。

裏切り者を相手に、ティアたちがどのような報復をするのか怖かったからだ。

きっと恐ろしい報復を考えているのだろう――そう思っていたが、意外にもティアはパーシング伯爵を見逃すらしい。

「全艦に通達。パーシング伯爵の乗艦と率いる艦隊に手出しを禁じます。彼らに攻撃しては駄目よ」

ティアの意外な命令に、リシテアが声を発してしまう。

「攻撃しないのか!?」

不用意な発言をしてしまった、と右手でリシテアが口を塞ぐ。

その様子を見ていたクレオが、呆れて小さくため息を吐いていた。

「姉上、静かにしませんと」

「す、すまない」

だが、二人に振り返ったティアが、上機嫌でパーシング伯爵の件について話をする。

楽しくて仕方がないという顔をしている。

「ご心配には及びませんよ。パーシング伯爵の未来は決まっていますので」

◇　◆　◇　◆　◇

連合王国軍の旗艦である要塞級の司令部では、参謀たちが声を荒げていた。

「敵艦隊を包囲して殲滅《せんめつ》する。そのためにも、増援として派遣した艦隊を呼び戻すんだ！」

味方が引き連れてきた帝国軍の本隊と戦闘を開始。

急な出来事にも迅速に対処するが、敵戦力は味方の三倍である。

すぐに撤退も考えたが、要塞級は移動に関して問題を抱えている。

その巨体故に、小回りが利かない。

また、航行速度も遅く、ワープをするのも時間がかかる。

オペレーターが叫ぶように報告してくる。

「派遣した艦隊ですが、敵と交戦しており戻れないと言っています」

「何だと!?」

「他の艦隊も帝国軍の猛攻撃を受けており、増援を出している余裕がないと言っています」

腕を組んで参謀とオペレーターの会話を聞いていた総司令官が、更に自分の腕を手で強く握った。

「無能が本隊の位置を知らせたか――ん？」

そして、モニターを見て気付いたことがあった。

「パーシング伯爵の艦隊を拡大しろ。急げ！」

声を荒げて命令すると、参謀がモニターを操作してパーシング伯爵の乗艦を映しだしていた。

周囲を帝国軍に囲まれてはいるが、彼らだけは攻撃されず無事だった。

他の味方は容赦なく撃破されているのに、帝国軍はパーシング伯爵の艦隊を攻撃していない。

総司令官が怒りで眉間に皺《しわ》を作り、憎悪を言葉として吐き出す。

「裏切ったな、ダール公国――いや、パーシング!!」

連合王国軍には、パーシング伯爵が裏切って帝国軍を本隊まで案内したようにしか見えなかった。

◇　◆　◇　◆　◇

本隊同士の激戦が続く中。

クラウスは、上がってくる細々した報告の処理を行っていた。

短距離ワープでエネルギーを消耗した艦艇が指示を求めてきたので、味方に守らせて交代させる。

補給艦の手配を行い、戦場の後方で艦隊の再編を進めていた。

規模にして二千隻には届かない数だ。

総大将代理の仕事ではないが、ティアが忙しそうなのでクラウスが処理している。

(再編した艦隊はフォローに回すか。それにしても、連合王国軍の総旗艦は凄《すご》いな。まるで移動する基地じゃないか)

帝国にも要塞級は存在するが、連合王国軍と比べるともっと小さい。

三十万という大艦隊を前にしても、三分の一の戦力で持ちこたえていた。

それというのも、連合王国軍の要塞級が手強《てごわ》いからだ。

攻めている帝国軍の方にも被害が出始め、後方へと下がっていく艦艇も増えている。

ただ、攻めに忙しいティアは、後方へと下がる味方にまで気が回っていないようだ。

副官と要塞級攻略について話をしている。

「手強いわね」

ティアがボソリと呟くと、副官は敵の総司令官や参謀たちの資料を周囲に展開する。

「指揮を執っている大将が有能なのでしょう。連合王国軍内では、最年少で大将まで駆け上がった傑物のようです」

それを聞いて、ティアが目を細めながら口元には笑みを浮かべる。

「随分と攻めが好きな人ね。嫌いじゃないけど――リアム様の敵は、私がこの手で滅ぼさないとね」

この手で、という言葉に副官が反応する。

「クリスティアナ様自ら出撃されますか？」

「要塞級の攻略を急ぎたいのよ。あまり時間をかけては、敵艦隊も戻ってきて私たちが包囲されてしまうわ」

「指揮官が自ら出るのは問題ですね」

呆れる副官に、ティアは微笑《ほほえ》む。

「リアム様に倣ったただけよ。――本来であれば、チェンシーを突入させたかったのだけどね。あいつにこの手の仕事は向かないわ」

副官はティアの話を聞いて、説得を諦めたのか機体の出撃準備を命令する。

耳に右手の人差し指と中指を当てると、通信回線が開いた。

「私だ。クリスティアナ様の機体を用意しろ」

ティアがブリッジを出て行く途中、クラウスを横目で見る。

「そういうわけで、後はよろしくお願いします。私の副官を残していくので、何かあれば彼女を頼って下さい」

「――えぇ、そうさせてもらいます」

(実質的な総大将が、自ら機動騎士で出撃したら駄目だと思うんだが――まぁ、うちはリアム様も同じだから、強く否定できないか)

指揮官が前に出るなどあり得ない！　と声の限りに叫べば、バンフィールド家ではリアムへの批判と受け取られてしまう。

それに。

(まぁ、クリスティアナ殿なら何とかするだろう。この人、指揮官としても有能だが、機動騎士のパイロットとしても超一流だからな。私が心配する必要もないか)

心の中で自分とティアを比べ、クラウスは少しだけ落ち込む。

だが、今は目の前のことに集中する。

(さて、私は負傷者たちの救助と艦隊の再編を進めておくか)

◇　◆　◇　◆　◇

白いネヴァン率いる機動騎士部隊が、要塞級に向かって突撃をかけていた。

コックピットから指揮を執るティアは、選抜したエース級のパイロットたちに命令する。

「要塞級の制圧に取りかかるわ。陸戦隊が突入するルートを確保するのを忘れないで」

数百機のネヴァンが、背中にあるマント形のブースターを広げてついてくる。

その後ろには、陸戦隊を搭乗させた小型艇の姿がある。

小型艇を守るため、大きな盾を持ったラクーン——丸みを帯びた重厚感のある機動騎士たちが、護衛に付いている。

『閣下、要塞級の迎撃システムの射程に入ります』

電子戦装備のネヴァンからの報告に、ティアはすぐに操縦《そうじゅうかん》桿を動かす。

レーザーの光がネヴァンたちに襲いかかってくるも、全てを避けていた。

そのまま加速して要塞級の表面まで接近すると、ネヴァンたちは背中のマントを翼のように広げて器用に逆噴射を開始する。

スピードを落として要塞級の表面——岩の塊に着地すると、地面から次々に迎撃用の兵器や機動騎士が顔を出してくる。

ただ、ティアが率いているネヴァンに乗るのは、精鋭たちだ。

ライフルを構えて敵を排除していくと、内部への進入路を発見する。

『閣下、あちらに！』

何もない場所をティアのネヴァンが、レーザーソードで斬り裂くと戦艦の出入り口である通路が発見される。

「――見つけた」

ティアが目を弓なりにして微笑むと、そのまま精鋭たちを次々に突入させる。

◇　◆　◇　◆　◇

要塞級の司令部には、突入してきた帝国軍の陸戦隊が近付いていた。

司令部に完全武装の陸戦隊が来ており、出入り口の守りを固めている。

総司令官が奥歯を嚙《か》みしめていた。

「侵入を許したか」

参謀たちは、敵が要塞級内部に侵入したことで浮き足立っていた。

「総司令、このままでは危険です。総司令だけでも脱出して下さい」

逃げるように言われた総司令官だが、頭を振る。

「私が逃げ出せば味方が混乱する。それに、司令部はまだ生きている。先に帝国軍を叩《たた》けば、我らの勝ちだ」

敵の侵入を許してしまった。

もう勝ち目は薄いが、総司令官は戦っている味方のためにもこの場に留《とど》まり最後まで指揮を執るつもりでいた。

その姿に参謀が心を打たれるが、同時に悔しさがこみ上げてきたのだろう。

この状況を作った人物へ不満がこぼれる。

「パーシングさえいなければ」

だが、総司令官は既に諦めているようだ。

「今更言っても仕方がない。敵がこちらより一枚上手だっただけさ。——まったく、私も功を焦りすぎたな。君たちの言う通りだった」

「いえ」

あの時、参謀たちの意見に耳を傾けていれば——そんな後悔をする総司令だが、今は考えている暇がない。

「——君たちは脱出を急ぎなさい」

「総司令？」

「私よりも、君たちが生き残る方が国のためになる。陸戦隊、彼らを護衛してこの宙域から離脱しろ」

「総司令!!」

抵抗する参謀たちだったが、陸戦隊に司令部より連れ出されていく。

そして、総司令官は呟《つぶや》く。

「さて――帝国軍は一人でも多く道連れにするが、落とし前は付けさせてもらうぞ」

◇　◆　◇　◆　◇

一つの戦場を舞台に、九百万隻の艦隊が戦闘を繰り返す。

広大な宇宙を舞台にした戦略シミュレーションゲームとでも言った方が正しい。

惑星を確保、基地を建造、奪い、奪われ――そして、裏切り、裏切られていく。

この戦争一つに、とんでもない物語が生まれていく。

下手をすれば何百年と続いてもおかしくないこの戦争だが、予想よりも早く終わりを迎えつつあった。

パーシング伯爵だが、現在は帝国軍に囲まれて身動きが取れない。

「何だ？　何が起きている!?」

率いていた六千隻の艦艇は、現在では数百隻にまで減っていた。

味方であるダール公国軍の艦艇は全滅し、残っているのはパーシング伯爵指揮下の艦艇のみである。

帝国軍の機動騎士に銃口を向けられ、身動きの取れないパーシングの乗艦に味方から通信が届く。

『随分とうまく立ち回ったじゃないか、このコウモリ野郎』

連合王国軍と帝国軍。二つの組織の間でいい顔をしたパーシングに、コウモリと呼ぶのは総司令官だった。

「そ、総司令!? ち、違う。これは何かの間違いだ!!」

侮蔑の表情をする総司令官は、パーシングに向かって言い放つ。

『裏切り者の言葉など聞く気になれないな。私が言いたいのは二つだ。お前の所業は祖国に必ず報告する。それから、私はお前を侮っていた。どこにでもいる俗物の貴族だと思っていたが、まさか今の今までバンフィールド家と繋《つな》がっているとは思わなかったよ』

「な、何を言っているのですか?」

『とぼけるな。お前が我らを謀り、カルヴァン派と潰し合わせたのだろう?』

総司令官の言葉を聞いても、パーシング伯爵は何のことだか理解できなかった。

どうして自分が、連合王国とカルヴァン派を裏切ったことになっているのか?

自分が裏切った相手は――バンフィールド家だったはずだ。

総司令官が怒気を強めていく。

『帝国も憎いが、お前は更に憎い。連合王国軍大将の名にかけて、お前だけは必ず潰してやる――それだけだ』

通信が途切れると、パーシングの顔色は青から土色にまで変化していた。

シートから滑り落ちるように床に座り込み、ガタガタと震えていた。

「何がどうなっている？　私は確かに、帝国側のスパイたちから情報を得ていた。バンフィールド家を裏切っていたはずなのに、どうして私が味方を裏切ったことになっているのだ？」


帝国側に連絡員――スパイがいて、そこから情報が常に流れてきていた。

そのおかげで初戦から勝利を重ねてきており、パーシングは疑ってすらいなかった。

それなのに、いつの間にか裏切り者扱いを受けている。

状況が理解できずにいると、パーシングの乗艦に一機の機動騎士が飛び付いてきた。

甲板に乱暴に降り立ったのは、赤い機動騎士――エリキウスだ。

パイロットはチェンシーである。

接触したことで回線が開き、モニターにチェンシーの顔が写る。

乱れた呼吸を整えている姿には、色っぽさがあった。

だが、今のパーシングにはそんなことはどうでもいい。

チェンシーはパーシング伯爵の戦艦に取り付くと、興奮しながら告げる。

『ちょっと遊びすぎてしまったわ。少し休ませてもらうわね。あ、そうそう――クラウスの命令で、このまま私がお前たちを護衛してあげるわ』

ダール公国の軍隊を、そして連合王国軍を散々食い散らかした赤い機動騎士。

そんな赤い機動騎士が、自分たちを守ると言い出した。

パーシング伯爵は、もう何も理解したくないのか両手で耳を塞いで床に座り込んで震えていた。

「嘘《うそ》だ。こんなのは嘘だ……どうして私がこんなことに」

その姿を見て、チェンシーが笑っている。

『騙《だま》されちゃったの？　本当にお馬鹿さんね』

それからしばらくして、要塞級が陥落――連合王国軍は敗北し、帝国領より撤退を開始する。

◇　◆　◇　◆　◇

連合王国軍を退けたティアは、総旗艦に戻っていた。

薄暗い部屋に一人で入室すると、そこにいたのはカルヴァン派のスパイたちだ。

そんなスパイたちに、ティアは笑顔を向けている。

攻撃的なものではなく、本当に感謝している顔をしていた。

「よくやってくれました。あなたたちには感謝しているわ」

彼らの姿が黒い液体に包まれていくと、形を変えていく。

姿を現したのは、仮面をつけた黒装束の者たち。

バンフィールド家の暗部として活躍する、ククリの部下たちだ。

代表して、一人がティアと話をする。

「リアム様のご命令ですから」

「それでも、あなたたちの協力があってこその勝利よ。私からもリアム様には報告しておくわ」

「それはどうも。それより、パーシングは見事に裏切りましたね」

バンフィールド家を、リアムを裏切ったパーシングに対しては、ティアは怒りしかわいてこない。

ティアの表情は、パーシングを思い出して不機嫌になっていた。

「愚かな男だったわ。でも、操るには最高の人材だったわね」

パーシングが裏切ったと確信した時から、ティアは利用して潰すつもりでいた。

そのために、パーシングに情報を流すスパイたちを暗部と入れ替えた。

まんまと騙されたパーシングは、カルヴァン派を叩いて喜んでいたわけだ。

ククリの部下が言う。

「あいつは必ず裏切る――リアム様のお言葉です」

ティアは「流石《さすが》はリアム様だわ」と微笑《ほほえ》みながら呟く。

「この日のために、無能な貴族を飼っておられたのね。リアム様が付き合うに相応《ふさわ》しくない相手だったけど、役に立ってくれて何よりだわ」

パーシングの裏切りを予見し、利用したリアムにティアは心酔して頬を赤く染める。

ククリの部下が、今後について尋ねる。

「それで、敵をどうされるおつもりですか？」

リアムのことだけ考えていたいティアだが、任せられた仕事があるので気持ちを切り替えたようだ。

「連合王国側から停戦協定を求めてきたわ。戦争開始より三ヶ月かしらね？——意外に早かったわね」

「この規模を考えると、確かに早く終わりました。リアム様もお喜びになられるでしょう」

それを聞いて、ティアがまるで幼子のように満面の笑みを見せる。

手を握り、まるで祈るような仕草で今の心情を口にする。

「私も今から報告するのが楽しみだわ。きっと直接、褒めていただけるはずよね？　あぁ、今から待ちきれない」

ククリの部下たちは、互いに顔を見合わせてティアの様子に肩をすくめていた。

結果だが、帝国側の被害は数にして百万近く。

その他にも何万隻もの艦艇が逃げ出してしまったが、戦争は勝利に終わった。

クレオ派にも多少の被害は出たが、それでも満足できる結果だろう。

何しろ、カルヴァン派の連中は、大損害を受けている。

オマケに、逃げ出した連中も数多い。

暗部の一人がクツクツと笑っていた。

「それにしても、被害はとんでもない数になりましたがね」

結果だけを見れば、辛勝という扱いだろう。

帝国軍の被害も甚大である。

しかし、ティアは気にした様子がまるでない。

「私たちの被害は少ないからいいのよ。それはそうと、敵前逃亡した馬鹿共には、相応の罰を与えないとね」

帝国的にはぎりぎりの勝利。

だが、リアムからすれば文句のない大勝利である。

「戻ればこれを理由にカルヴァン派を追及できるわ。──ああ、リアム様の勝利が見える！　それをお側《そば》で支えるのは、わ、た、し！」

妄想の世界に浸りだしたティアを放置して、暗部たちは影の中に消えていくのだった。

◇　◆　◇　◆　◇

「あぁ、リアムの敗北が見える！」

帝国の首都星。

最近、すこぶる調子の良い案内人は、帝国軍が勝利したニュースを見て喜んでいた。

帝国軍が勝ったのは嬉《うれ》しくないが、甚大な被害が出ているとなれば話は別だ。

「リアムの奴《やつ》がパーティーで遊び呆《ほう》けている間に、帝国軍は甚大な被害を受けた。これはもう、責任問題だ」

どんどん不幸になっていくリアムを見ていると、案内人は笑いが止まらなかった。

最近は常に笑顔だ。

身を焼くようなリアムの感謝も、今は笑って許せてしまう。

何しろ、今のリアムは常に激怒している。

領地から届けられる情報を聞いてからは、常に荒ぶっていた。

リアムの領地だが、現在も大規模デモが頻発している。

そのせいで、統治能力にも疑問符が付いているようだ。

帝国内でリアムの評価は下がり、案内人は嬉しくてたまらない。

「もうすぐだ。もうすぐ、リアムが全てを知り不幸になる」

スキップをしながら首都星を歩き回る案内人は、不幸を吸い込んでいた。

帝国のような巨大な星間国家の首都ともなれば、積もり積もった淀《よど》んだ負の感情がある。

それらを吸収し、すれ違う人々からも不幸を吸い上げていく。

「やはり首都星はいい。実に奥深い味わいの不幸に満ちている」

まるで銘酒でも味わい評価するような口振りだった。

そんな案内人の通り道に、絶望した顔の男が路地に座り込み酒を飲んでいた。

「ちくしょう！　何をやってもうまくいかない。なんで俺が――」

飲んだくれた男の横を通り過ぎ、案内人は自分の栄養を取るため男の不幸を吸い上げてやった。

「お、今の男の不幸はなかなかの物でしたね。う～ん、今日も不幸がおいしいっ！」

すると、男の胸ポケットに入れてある端末に通信が入った。

男が無愛想に返事をしている。

「何だよ!?　どうせ俺なんか――え!?　ほ、本当なのか？　貴族様に気に入られた？　俺のデザインした服が!?」

これまで鳴かず飛ばずのデザイナーだった男に、どうやら依頼が来たようだ。

それも、かなり高額な報酬の仕事である。

案内人は幸福に興味がない。

「不幸を吸い上げるといつもこれだ。はぁ～、ヤだ、ヤだ。さっさとリアムを不幸に――いや、幸福にしてやらないといけないな」

自分がリアムを幸福にすればするほどに、リアムが不幸になっていく。

今日も案内人は、不幸を集めてリアムを幸福にしようと活動していた。

案内人が離れていくと、路地に置かれたゴミ箱の裏から犬が一匹――案内人の姿を見て首をかしげていた。

酔っていた男の方は、新しい仕事に意欲を示している。

「バンフィールド伯爵のご夫人と侍女？　その二人のドレスをデザインすればいいんだ

な!? 何着だ?——最低でも十着!? ほ、報酬は!? ——やる! 十着でも二十着でも作る! よかった。これで家族を養える」

デザイナーは涙を流し喜び——そして、走り出した。

犬は案内人を気にしながら、何度も振り返りつつデザイナーの後ろをついて行く。

第七話 ＞ バンフィールド家の大規模デモ

「ドレスにも実用性が求められるべきです！　ただ、着飾る機能だけでは駄目なのです。私のモットーは、美しいドレスには実用性を！　です」

朝っぱらから、面白いデザイナーがやって来た。

衣装室に入ると、新しく呼び出したデザイナーが先に来ていた。

連日パーティーを開催しているため、着用していないドレスが減ってきている。

流石にデザイナーが一人二人では足りないので、大勢にドレスの制作を依頼している。

そんなデザイナーの中に、使い捨てのドレスにこれでもかと機能をつける男がいた。

――こいつ馬鹿だわ。

「見て下さい、この装飾品の数々を！　普通のドレスでは、使い捨てのシールドエネルギー発生装置ですが、こちらのドレスはしっかりとした物になっております。その分、重量も増えていますが、貴族様なら問題ありません！」

貴人のドレスには、暗殺などを恐れて防御フィールドを展開するアクセサリーが用意される。

危険が迫るとバリアを展開するのだが、多くは使い捨てである。

性能を求めた物は、重量も増すし、高価すぎてコストの問題が出てくるのだ。

アクセサリーだけ使い回せばいい、などという考えもあるだろう。

しかし、それはできない。

ドレスと装飾はセット扱いで、使い回しをすると見栄えが悪くなる。

それに、使い回して節約する考えは悪ではない。

節約は善——悪ならば、贅沢《ぜいたく》の限りを尽くさなければならない。

男から話を聞いているロゼッタとシエルが、何とも言えない顔をしている。

使い勝手よりも機能だよ！　という、馬鹿なデザイナーの意見に同意できないのだろう。

制作を依頼したドレスは使い捨てだと言っているのに、戦闘服並の機能を持たせてコストがかさんでいる。

二人にしてみれば、一度しか着用しない服にそこまでお金をかけるのが理解できないわけだ。

だが、俺はこういう馬鹿は好きだ。

悪徳領主ならば、領民から搾り取った税金で贅沢をするべきだ。

使い捨てのドレスだろうと、それは変わらない。

税金を大量に投入するためにも、無駄に豪華にしてやろうではないか。

熱弁を振るう男に対して、俺は拍手をしてやる。

「素晴らしい！　気に入ったぞ」

「あ、ありがとうございます！」

深くお辞儀をしてくるデザイナーに、俺はもう一つ依頼することにした。

「そんなお前に追加の依頼だ。天城《あまぎ》」

「――はい、旦那様」

部屋の隅で様子を見ていた天城を側に呼んだ俺は、デザイナーに紹介する。

「俺の天城だ。普段着がメイド服ばかりで少し寂しく思っていた。やっぱり、ドレスも必要だろ？　天城のドレスも制作しろ」

俺の依頼に、デザイナーが困っていた。

周囲にいる俺の騎士たちが、デザイナーの返答次第では剣を抜いて斬りかかるだろう。

天城を馬鹿にするような発言をすれば、この場で殺すつもりでいた。

だが、このデザイナーは弁《わきま》えているらしい。

「そ、その、アンドロイドの服を作った経験がありません。仕様を教えていただき、時間さえいただければ制作は可能であります。ただ、私の専門外であることだけはご理解下さい」

こいつの返答を聞いて、俺はますます気に入った。

天城のドレスを依頼したデザイナーの中には、鼻で笑って「うちではそのような人形の服は作っておりません」とか言う奴もいた。

そいつは通信でのやり取りだったが、今後は二度と発注しない。

殺してやろうと思ったが、どこかの貴族のお気に入りらしく面倒になるから止《や》めろと天城に言われたので諦めた。

ククリたちを差し向けたかったが、天城の目もあり断念した。

――だが、復讐《ふくしゅう》しては駄目だとは言われていない。

今は忙しいので無理だが、暇ができたら必ず復讐してやる。

天城にバレないように動けば問題ないだろう。

それよりも、今は目の前にいるデザイナーだ。

「構わない。お前に依頼する。予算は好きな額を請求しろ」

「はっ！」

デザイナーが依頼を受けると、天城が俺に対して責めるような視線を向けていた。

「旦那様、私にドレスは不要です」

「命令だ」

「――ですが」

難色を示す天城に、ロゼッタも説得に加わる。

気難しい天城の説得を手伝ってくれるなんて、こいつ意外といい奴だな。

「天城もたまにはドレスを着てもいいんじゃないかしら？　きっと似合うわよ」

ロゼッタにまで言われては、流石《さすが》の天城もこれ以上は拒否できないようだ。

「――わかりました。ですが、使い捨てでは申し訳ありませんので、ドレスは使用後も私の方で保管させていただけますか？」

やったぜ！　天城が折れてドレスを作ることになった。

「もちろんだ！——おい、一品物だ。しっかり作れよ。幾ら金をかけてもいい。最高傑作を用意しろ。でも、ケバいのは許さないからな。過度な露出にも気を付けろよ！」

「は、はい！」

デザイナーが慌ただしく作業に取りかかるのを見ていると、通信が入ってきた。

最近、何かと嫌な報告ばかり持って来るブライアンだった。

俺は凄《すご》く嫌そうな顔をしていたと思う。

通信回線を開くと、予想通りだった。

『リアムざまぁぁぁ！』

ザマァ！　と言われた気分になり、俺は一気に不機嫌になる。

先程まで上機嫌だったのに、ブライアンはいつも俺を邪魔してくるな。

ブライアン、お前じゃなかったら拷問にかけていたところだぞ。

「どうした？」

『デモが——デモがまたしても大きくなりました』

「はぁぁ!?　そっちにも人を割いているはずだろうが！　そうだ、ユリーシアはどうした!?　あいつ、アレでも優秀なんだよな!?」

エリート軍人だった癖に、あいつはデモ一つ鎮められないのか!?

いや、デモとかエリート軍人と関係ないけどさ。

◇　◆　◇　◆　◇

バンフィールド家は、居住可能惑星を幾つも保有している。

それらをまとめて領地と呼んでいるが、その各惑星では今日もデモが行われていた。

ただし、雰囲気がおかしい。

「たこ焼きはいかが〜」

「焼きそばだよ〜」

「プラカードありますよ〜」

屋台が並び、大勢の人が集まるとあって色んなサービスが行われている。

兵士たちが交通整理をし、医者も控えていた。

デモを行うコースをはみ出す人たちを発見した兵士が、優しく声をかける。

「そっちはコースと違うから、ルートに戻ってね」

「すみません、トイレはどこですか？」

「あちらにありますよ」

「ありがとうございます」

デモということで処理されているが、雰囲気はお祭りだった。

その様子を見て唖然《あぜん》としているのは、統一政府から移住して来た民主化運動のリーダーであるアレックスだ。

アレックスだが、統一政府が治める惑星で暮らしていた時は大学生だった。

一応卒業はしていたが、社会に出た経験がない。

良い大学を出て、これからというところで反乱に巻き込まれてしまったのが原因だ。

ただ、その際に彼は成り上がろうと考えていた。

知識もあり、行動力もあった彼は、すぐに反乱軍に協力した。

反乱軍に協力して社会的地位を得て、これから新しい国で重要なポジションに就こうと考えていた。

しかし、成り上がる前に反乱軍は鎮圧されてしまった。

流れ流れて、帝国まで来てしまったアレックスは、この地で成り上がる方法を考えて民主化運動のリーダーになった。

民主化運動は、アレックスにとって方法であり目標ではない。

バンフィールド家は善政を敷いており、民に優しいのも理解していた。

理解して、優しさにつけ込み民主化運動を激化させた。

これで弾圧を行うようならば、バンフィールド家も他の貴族と変わらない！　と徹底的に戦うつもりだった。

反政府軍を立ち上げ、リーダーとなるつもりもあった。

幸い、自分たちに協力してくれる勢力もいる。

この民主化運動は成功する！　そう思っていたのだが。

「何で俺たちと関係ないデモが広がっているんだよ！」

アレックスが叫んだ理由は、拡大し続けるデモが民主化運動とは関係ないからだ。

プラカードを持って練り歩いている領民たちの主張は、民主化ではなかった。

「跡取りを忘れるな～！」

「領主の務めを果たせ～！」

「ロゼッタ様を幸せにしろ～！」

領主であるリアムには子供がいない。

そのことに領民たちが危機感を覚えたのは、バンフィールド家が国家間の戦争に関わっているからだ。

そのような規模の戦争であれば、領主がいつ死んでもおかしくないと領民たちも気付いたのだ。

言ってしまえば、これは――子作りデモだ。

領主リアムに、さっさと子作りをしろと領民たちがせっついている。

アレックスは自分たちの活動は広がらないのに、爆発的な広がりを見せる子作りデモを前に激高していた。

「ふざけるな！　チャンスだろうが！　帝国という独裁国家で、自分たちが権利を得られるチャンスだぞ！」

仲間たちがアレックスをなだめる。

「落ち着いて、アレックス」

「これが落ち着いていられるか！　どうして誰も気付かないんだ？　この星の人間は馬鹿ばっかりか!?」

そんなアレックスたちの話を聞いていた大学生が、赤ん坊の絵が描かれたプラカードを持って通りかかる。

アレックスたちの持つ民主化を主張するプラカードを見て、明らかに嫌そうな顔をしていた。

迷惑そうにしながらも、アレックスたちに話しかけてくる。

「あんたら、移住してきた人たちだろ？　デモするならちゃんと申請しているの？　こっちは子作りデモが行われているから、やるなら余所《よそ》で活動してよ」

デモの申請などしていないアレックスは、とにかく言葉を並べ立てる。

「僕たちは人が生まれ持った権利を――」

しかし、大学生はため息を吐《つ》いている。

「いや、そういうのいいから。本音を言えば、この領地で民主化運動とか迷惑だよ。嫌なら余所の惑星に移住してくれないかな？」

現地の大学生から冷たい言葉をかけられ、アレックスは憤慨する。

「はあぁ!?　お前、もしかして工作員だな！　民が自分たちの権利を欲しがらないなんておかしい！　お前、領主側のスパイだろ！」

激怒するアレックスに、大学生は落ち着きながら反論するのだった。

「いや、普通に一般人だよ。少し前に留学先から帰ってきたけどね。それより、帝国の事情を知らないのか？」

「事情？」

アレックスの反応を見た大学生が、眉間に皺《しわ》を作っている。

民主化運動に参加している若者たちに向ける目は、とても冷たかった。

「この帝国で民主化運動が起きたらどうなると思う？」

「いや、それは弾圧とか酷《ひど》いことになるだろうが、ここで諦めたら――」

「面倒だから、星ごと焼き払うのが帝国の貴族だよ。あんたらの活動のせいで、俺たちまで巻き込まれるとか勘弁して欲しいわけ」

「や、焼き払うって、流石にそこまではしないだろ？」

「するよ。実際に幾つも事例がある」

留学生としてバンフィールド家の治めている領地以外も見てきた大学生は、民主化運動が盛んになった惑星を知っている。

過去のデータで見たのだが、その際に帝国の下した決断は――惑星一つを火の海とし、見せしめにするというものだった。

中には最初から反乱の芽を摘む貴族たちも多い。

教育を最低限とし、民主化など考えられないようにした惑星も多い。

「あのね、うちは勉強もできるし、公共機関も十分に機能しているの。留学だってできるんだよ。あんたらのせいで、その権利まで奪われたら笑い話にもならないんだけど？」

大学生の話を聞いても、アレックスは納得できなかった。

「家畜の考えだな。そんなに貴族に尻尾を振って生きていたいのか？　人間なら自分で考えて生きるべきだ。それに、貴族が代替わりをして酷い状況になる例があるだろ？　お前ら、不安じゃないのか？　誰かに人生を握られたまま生きていきたいのかよ!!」

アレックスに対して、大学生は呆《あき》れていた。

「誰かに人生を握られている、ね。それ、統一政府にいた頃も同じじゃないの？」

「何だと？」

「今の世の中、宇宙海賊に惑星を燃やされて死ぬ人も多いよね？　そういう意味では、僕たちは常に誰かに翻弄されて生きている。それに、領主様の統治は、今の僕には悪くないからね。あとさ、独立してうまくやれる保証とかあるの？」

「腐っている。貴族だけじゃない。お前たちも腐って思考停止している」

「あんたら、なんでうちに来たの？　民主主義が好きなら、余所に移住しなよ。うちの領地は余所への移住も制限されてないんだし」

嫌ならお前が出ていけと言われ、アレックスは愕然《がくぜん》とする。

いったい何がどうなっているのか？

自分たちの権利を主張しないバンフィールド家の領民たちが、理解できずにいた。

するると、領内で偉い人物が出て来たようだ。

護衛として武装した兵士が大量に用意され、空には機動騎士たちが浮かんで周囲を警戒している。

それだけで、領内の重要人物というのが伝わってくる。

仲間たちがアレックスに話しかける。

「何か始まるみたいだよ」

大学生は立ち去っており、アレックスは重要人物に興味を移した。

「要人かな？　様子を見よう」

アレックスはかぶりを振り、思考を切り替える。

（そうだ。こんな馬鹿共が住む惑星だ。僕ならきっと掌握できる。むしろ、扱いやすい馬鹿共とわかっただけ良いじゃないか。偉い奴《やつ》が何か演説でも始めれば、論破して僕に共感する連中を集めてやるさ）

これを機会にもっと目立ち、仲間を増やそうと考えた。

浮かんでいる装甲車の天井に立ち、マイクを持ったのは軍服を着用した女性だった。

女性軍人は、デモの参加者に向かって話しかける。

『デモに参加した皆さん！　領主様の下半身事情を騒いではいけません。すぐに解散しなさい！』

金髪の美しい女性を見ていたアレックスは、目の前にいるのが誰か気付いた。

「おい、あいつは領主の側室か愛人だよな？」

仲間に確認すると、端末で情報を調べて頷《うなず》いていた。

「間違いない。資料にも書かれているよ」

そんな女性がいったいどんな話をするのかと思えば、恥ずかしいデモを止《や》めるように言うだけだった。

周囲からはブーイングが聞こえてくる。

「こっちは本気なんだよ！」

「貴族の務めを果たせ～！」

「というか、あんたも側室だろ？　無関係じゃないぞ！」

ユリーシアはリアムが軍から引き抜いた人材であり、そのことに関してもバンフィールド領内のニュースで報道されていた。

通例ならそのまま愛人や側室となれるため、領民たちもそう思っていた。

だが、領民たちの言葉に、ユリーシアはプルプルと震えて目に涙をためている。

『わ、私だって！』

本来であれば、デモに参加した領民たちを説得するのがユリーシアの仕事だろう。

しかし、ユリーシアはマイクを両手で持つと魂からの叫びを上げる。

『私だって頑張ったのよ！　手を出してもらえるように頑張ったの!!　それなのに、リアム様はまったく興味を示さないのよ!?』

ユリーシアの叫びに、参加者たちが静まりかえる。

一人の領民が、不安そうに呟《つぶや》く。

「――え、もしかして領主様って女性嫌いとか?」

それを聞いたユリーシアは、泣き出してしまう。

『それなら諦めもついたのよ! でも、でも――普通に女性が好きだって言うし。リアム様の秘書になるために、私は青春時代を捧《ささ》げたのよ! 今回だって、軍の再教育施設に放り込まれていたのに、それを本人が知らないって何よ!? あげく、領地に戻ってデモを沈静化させろ、と言うし――数年間、会わない間に忘れられるって何なのよ!!』

日々の激務もあり、ユリーシアは限界に近かったのだろう。

何より、リアムに存在を忘れられていたのが許せないらしい。

マイク両手に持って愚痴をこぼしまくる。

『私だって――私だって――デートくらいしたいのよ! ロゼッタ様なんて、今は毎日パーティーに連れて行ってもらっているのに、私だけお仕事って何よ。一日くらい遊んでくれてもいいじゃない。このまま歳《とし》だけ重ねていくとか思うと、夜中に泣きたくなるのよ! 不安なの。毎日、夜が来る度に不安になるのよ!!』

顔を見合わせるデモ参加者たち。

マイクを持ったユリーシアがすすり泣いてしまう。

泣き出してしまったユリーシアを前に、デモの参加者たちからは慰める声がかけられる。

小さな女の子がユリーシアを応援する。

「が、頑張れ～」

「ユリーシアお姉ちゃん、きっといいことあるよ」

「だ、大丈夫。綺麗《きれい》だから。凄《すご》く綺麗だから」

ユリーシアはそのまま、マイク片手に日頃の不満をぶちまけるのだった。

『私だって手を出されたいわよ！　でも、出してこないんだもん！　どうしようもないじゃない！　手を出してくれれば何だってしてやるわよ！　でも、出さなかったら何もできないのよ！　私のせいじゃないのよ！』

◇　◆　◇　◆　◇

『――以上の結果から、デモの参加者たちの主張は〝ロゼッタ様を大事に〟に追加して〝ユリーシアさんも忘れないで下さい〟というデモが加わりました。しかし、ロゼッタ様を推す勢力が一強です。ロゼッタ様の人気は素晴らしいですな。このブライアン、感服しましたぞ』

嬉々《きき》としてデモの様子を報告してくるブライアンを前に、俺は拳が震えていた。

――ユリーシア、あいつは何をしてくれたんだ？

俺の悪徳領主としてのイメージはガタガタではないか。

俺が積み上げてきた悪という印象が、ただの悪い男、みたいになっている。

釣った女には餌をやらないケチな男――それが、今の俺のイメージになっているのではないか？

そんなの許せない！

『ちなみに、新しい側室を――という声も上がっております』

「何で領民に指図されないといけないんだよ！　俺のハーレムは、俺だけのハーレムだ！　誰の指図も受けないからな！」

ブライアンが、冷めた目を俺に向けていた。

お、お前――お前じゃなかったら、その首を斬り落としていたからな！

『リアム様、現在ゼロ人でございます』

「あ？　何が？」

『ハーレムを作ると言ってから今日《こんにち》まで――リアム様が囲った女性の数は、ゼロ人でございます』

「はぁ!?　い、いるだろ！　天城《あまぎ》がいるだろ！　そこはカウントしろよ！」

『それでも一人でございます。ロゼッタ様には手も出さず、おまけに軍から引っ張ってきたユリーシア様は放置――このブライアン、デモに参加しようかと本気で悩みましたぞ』

「糞《くそ》が！　俺は誰の指図も受けない！　俺には俺の美学があるんだよ！」

周りに言われたから渋々ハーレムを築く？

仕方なく女に手を出す？

そんなのは嫌だ。

俺は、俺が欲しいと思う女を手に入れるのだ。

そこだけは絶対に譲らない。

『美学も大事ですが、跡取りの問題はもっと大事ですぞ』

正論を前に分が悪いと思った俺は、領民たちへの仕返しを考える。

「俺が領地に戻ったら覚えておけよ。領民たちを重税で苦しめてやる。二度とデモが起きないようにしてやるよ」

だが、ブライアンは俺の発言に興味を示さない。

――俺に対して無礼ではないだろうか？

『はぁ、それはまた楽しみなことです。それにしても――民主化運動は思ったよりも広がりませんでしたな。ほぼ鎮火しております』

そっちのデモが沈静化したのは、素直にありがたかった。

「民主化か。騒いだ馬鹿共はしっかり調べておけよ。そいつらは俺の敵だ。何が権利だ。欲しいのは権力者の立場だろうに」

『リアム様？』

ブライアンが困った顔をしているが、俺は遠慮なく続ける。

「――貴族がいなくなろうと、権力者たちは存在し続ける」

たとえ、どのような政治体制だろうと支配する側とされる側ができる。

身分制度のない世界？

そんなものは存在しない。

貴族がいなければ、今度は政治家や金持ちが権力を握るだけだ。

今度は金持ちと貧乏人で差が生まれる。

常に誰かが権力を握り、その他大勢が支配される。

まぁ、世襲制の貴族よりはマシになるだろうさ。

だが、俺はこの権力を誰にも渡さないし、その他大勢がどうなろうと知ったことではない。

民主化と騒いでいる連中も同じだ。

本当に民主主義を真剣に考えているのは一部であり、大半は俺に代わって権力を握ることを考えているはずだ。

いや、最初は理想を胸に抱こうとも、その手に権力を握れば必ず腐る。

手にしたからこそよく理解できる。

権力とはそれだけ魅力的だ。

人を惑わす力を持っている。

それが悪いとは思わない。

むしろ――俺は権力に惑わされ、そしてその力に溺れたい。

だって俺は、悪徳領主なのだから。

「俺を押しのけ支配者になりたいなら、俺以上の力を示す必要がある。それができるならやればいい。できないなら――敗者としての待遇を受け入れてもらおうか」

これは下克上だ。

好きにすればいい。

だが、負けたらその後は覚悟してもらおう。

俺は敵に優しくなどしてやらない。

徹底的に潰してやる。

第八話 二人の名前

──カルヴァン派の貴族たちの表情は優れない。

怒りに顔を真っ赤にしている貴族が、机の上に拳を振り下ろして周囲の視線を集める。

「わしの息子や一族の関係者だけで百人以上も死んだ！　百人だぞ！」

「被害を受けたのは我々だけだと!?　糞っ！　リアムの奴《やつ》に、それほどの腹心がいると知っていれば」

「クラウスだったか？　無名だが、随分と有能だな。同士討ちで敵対派閥をここまで徹底的に叩《たた》けるとは、いったいどんな冷血漢だ」

連合王国軍との戦争は、呆《あっ》気《け》ない幕切れに終わった。

何十年とかかると予想していた戦争が、一年もしない内に帝国側の勝利で終わった。

短期間で勝利を手に入れたクレオ派閥の名声は上がっている。

それが、かなりの被害を出した辛勝でも、だ。

その被害のほとんどは、クレオ派閥ではなく足を引っ張るために派遣したカルヴァン派の被害である。

派遣したのは、派閥の中の主戦力ではない。

減ったところで痛くも痒《かゆ》くもない連中ではあるが、実質的に大敗となると話は違ってくる。

カルヴァンの近くに座っている貴族が、苦々しい顔をしていた。

「皇太子殿下、クレオ殿下派閥ですが、戦争を理由に兵器の世代交代をほぼ終わらせております。いくつもの兵器工場が、我々の遠征軍に協力しないようにという頼みを無視しました」

「そのようだね。私の名前も、この程度でしかなかったということだね」

帝国から最優先で装備の更新を行えるように、遠征軍には許可を出していた。

出してはいたが——カルヴァンたちは、兵器工場に助力は最低限に留《とど》めるように通達していた。

それを、リアムと付き合いのある兵器工場が無視した。

他の兵器工場がカルヴァンの指示に従う中、第三、六、九——そして、リアムと懇意にしている第七兵器工場が、全面支援をしていた。

結果的に兵器製造の依頼が四つの兵器工場に集まり、他の兵器工場は損をしている。

他の兵器工場からは、カルヴァン派に対して不満の声が出ていた。

貴族たちが腹立たしい顔をしている。

「皇太子殿下を無視して、クレオ派につくというのか。度し難い連中だ」

カルヴァンは、兵器工場が自分の頼みを拒絶した理由に想像が付いていた。

「兵器工場からすればリアム君がトップに立った方が見返りは大きいと考えたのかな？」

貴族の一人が、苦々しい顔をしている。

「帝国は、第一、第二兵器工場を優遇してきました。他の兵器工場は、無償で第一と第二に技術を提供する制度があります。長年の不満もあり、クレオ派についた方が得だと判断したのでしょう」

「困ったね。私が決めた制度ではないというのに」

第一と第二を優遇する理由は、帝国軍の技術力向上が目的だった。

当初は兵器工場単位で独占していた技術を集約し、より高度な兵器を生み出すという目的が存在していた。

だが、長い年月が過ぎると、次第に第一と第二が他の兵器工場から強引に技術を奪って利用するだけになっていた。

そのような状況を放置する帝国に対して、兵器工場は不満を募らせていた。

クレオ派に近付いたのも、気前のいいリアムが側《そば》にいるからだろう。

兵器工場からすれば、クレオが皇帝になればこの状況を改善できると考えているようだ。

カルヴァンが兵器関連の問題について話を振る。

「それにしても、クレオ派は最新鋭の兵器を揃《そろ》えてしまったね。こちらも揃えておきたいが、難しいかな？」

カルヴァンが貴族たちを見ると、表情が優れない。

その表情から、現状では困難であるのが察せられる。

「一部なら可能ですが、今回の戦争で消耗しましたので予算が厳しいですね。連合王国から賠償金を得られても、宰相が簡単に許可を出さないでしょう」

宰相は今回の戦費を理由に、軍事費を削るだろう。

帝国の予算を使っての自派閥の強化は期待できない。

他の貴族たちがリアムについて話をする。

「あの小僧、帝国の予算で自派閥を強化したな」

「いや、リアムの小僧も随分と派手に散財していた。かなりの出費らしいぞ」

「奴も疲弊したか？」

自腹を切って戦力を揃えたリアムだが、同時に大きなリターンを得ている。

クレオ派閥の強化である。

今回の戦争でクレオ派閥の軍事力を大きく向上させ、連携も強めていた。

カルヴァンは思う。

(――失敗したな。リアム君は踏ん張りどころを間違えなかったか)

リアムが首都星に残った理由も、後方支援に徹するためだ。

おかげで、遠征軍は兵站《へいたん》に問題を抱えなかった。

リアムが首都星にいたおかげで、万全の態勢で戦えている。

戦場に出ないという多少の汚名をかぶっても、リアムの首都星待機はそれだけの価値があったということだ。

（うちの派閥は軍事力という面で不安ができたか）

遠征軍に参加したカルヴァン派の関係者が、かなりの被害を受けている。

また、しばらくは兵器の世代交代が思うように進まないだろう。

戦争が終わったことを理由に、帝国の宰相が無駄な予算だと突っぱねるはずだ。

（流れはあちらにあるようだ。だが、このままでは終われない）

カルヴァンがここで諦めるようなら、既に後継者争いに負けて死んでいただろう。

「リアム君の一人勝ちを許してしまったね。だが、このままでは困る」

カルヴァンの言葉に、貴族たちが頷《うなず》く。

「リアム個人を徹底的に叩き、評判を落としましょう」

「後方支援としても有能なのは認めますが、戦場から逃げたのは事実ですからな」

「後は――少々、釘《くぎ》を刺しておくべきかと」

リアムの関係者たちに何かしようにも、剣聖を倒したリアムが護衛をしている。

リアムの抱えている暗部も優秀だ。

首都星に残り、足を引っ張る自分たちのような敵対派閥を全て退けている。

カルヴァンの中で、リアムはこの瞬間に強敵になってしまった。

派閥の貴族たちも認識を改めたのか、侮るような言動が消えている。

ちょっと運が良い、強さに自惚《うぬぼ》れている――そんな目障りな存在ではなく、自分たちの強敵だと認識された。

（リアム君は強敵だが、気付くのが遅すぎた。——ライナス、君もこんな感じだったのかな？）

今は亡き弟のライナスも、このようにリアムを侮り負けたのだろうか？

ライナスの気持ちを想像しながら、カルヴァンは気を引き締めて命令する。

「剣聖二人を首都星に召集しようか」

貴族たちが顔を見合わせるが、仕方がないと受け入れていた。

「直接リアムにぶつけられるのですか？」

カルヴァンは首を横に振る。

「いや、備えとして側に置くよ。これから首都星は荒れるだろうから、護衛として役に立ってもらわないとね」

戦場で倒せないのなら——この首都星で倒すしかない。

ただ、剣聖たちを直接向かわせる真似《まね》はしない。

それは悪手だと、カルヴァンも理解していた。

剣聖二人が自分の手元にいると見せるのが大事なのであって、刺客のような真似をさせるつもりはなかった。

（勝負方法はいくらでもある。政治、経済、その他諸々《もろもろ》と軍事力だけが全てではないからね）

カルヴァンたちはあらゆる手を使うことを決断する。

（それにしても、あの状況をひっくり返すとは、本当にリアム君には天運が味方しているようだね。だが、このままでは終われない）

◇　◆　◇　◆　◇

アーレン剣術の総本山がある惑星。

その惑星は、アーレン剣術の当主に統治が許されていた。

それだけ、帝国ではアーレン剣術の名が大きいことを示している。

門下生には皇族だけではなく、実力のある貴族たちも名を連ねている。

アーレンか、それともクルダンか――そう言われるくらいには、帝国ではメジャーな流派である。

そんなアーレン剣術の総本山で、当主である男が首都星に向けて旅立とうとしていた。

スーツにコートを羽織った姿で、サングラスをかけた筋骨隆々の男だ。

その手には使い込まれた愛剣が握られている。

「先生、準備が整いました」

門下生たちが整列し、当主が車に乗るところを見守っていた。

「うむ」

剣聖である当主の息子が、気安い態度で話しかけてくる。

「皇太子殿下にも困ったものですね。リアムが怖いからと、護衛のために父上を呼び出すなんて失礼すぎますよ」

下手な貴族よりも権力を持つアーレン剣術だから、当主の息子はまるで貴族のような物言いをしている。

実際、彼らは貴族だ。

帝国の剣術指南役であり、相応の地位を得ている。

その独特な立場から、物言いは尊大になっている。

「一閃《いっせん》流など聞いたことがない。そのような者たちを恐れるとは、まったく嘆かわしいことだな。皇太子殿下を鍛え直す、良い機会と考えておこう」

貴族たちから先生として相応の扱いを受けるため、少々傲慢になっていた。

剣術の師として崇《あが》められることに慣れきっていた。

実際に剣術の腕は確かであり、貴族たちに負けない影響力も持っている。

アーレン剣術が敵と認定すれば、門下生である貴族たちも敵に回ることになる。

下手な貴族より権力を持っていた。

「剣聖を倒したと自惚れていますが、奴は我流剣術使いを一人倒しただけですからね。我らアーレン剣術の敵ではありません」

息子がそう言うと、当主も頷いた。

「そうだな。一閃流など泡沫《うたかた》のごとく消える流派の一つに過ぎない」

当主が車に乗り込もうとしていたが、すぐに体の動きを止めるとその場から飛び退《の》く。

周囲の門下生たちも同様だが、実力のない者たちは斬られたのか血が噴き出ている。

当主より先に、息子が剣を抜いて構えていた。

「何者だ！」

気が付けば、車も縦に両断されていた。

当主たちの前に現れたのは、両手にそれぞれに刀を提げている若い女だった。

三度笠《さんどがさ》をかぶっていた女は、着物に似た衣装を身につけている。

一目で女とわかる体つきをしていた。

随分と軽装で、パワードスーツなどを着ている様子もない。

目元は隠れているが、口元は笑っているように見えた。

「どうやってここまで来た？」

息子が焦っているのを見て、当主は無理もないと思う。

世の中には無鉄砲な若者たちも多く、アーレン剣術の総本山に乗り込もうとする者が毎年現れる。

そのため、惑星への出入りには厳重なチェックを行っていた。

それを抜けて現われたとなれば、かなりの手練《てだ》れだろう。

女が三度笠に手をかけると、隙ができたと思った師範代クラスの剣豪たちが一斉に飛びかかる。

当主は、これから死ぬと思われる女に無駄と知りつつも声をかける。

「敵地に来て余裕を見せすぎたな。殴り込むなら、相応の――なっ!?」

当主が見たのは、斬りかかった師範代たちが吹き飛ばされ――全員が四肢のどこかを斬り飛ばされているところだった。

全員が地面に倒れ伏し、怪我《けが》をした部位を手で押さえている。

一人も殺していなかったが、それよりも目の前の女は動いたように見えなかった。

息子が当主の前に出る。

「刺客か!? いや、ならば何故《なぜ》――」

どうして自分たちを殺さないのか？

当然の疑問も浮かんでくるが、それよりも当主は敵の実力に焦っていた。

（い、今――この女はいったい何をした!?）

女の剣が見えなかった。

魔法の類いだろうか？ それとも新兵器か!?

焦る当主に、三度笠を投げ捨てた女が顔を見せる。

少し癖のあるオレンジ色の髪は長く、後ろで縛っていた。

風に揺られると、一度だけ獅子《しし》のたてがみのように縛った毛先が広がる。

一目で女性とわかったのは、服を着ていても隠しきれないその大きな胸だ。

荒々しさの中に妙な色気を感じるが、どう見ても若い――成人したばかりだろうか？

(何だ。何者だ、この女――いや、どこの流派だ!?)

当主は冷や汗が止まらなかった。

すぐに剣を抜くと、それを見てから女が名乗る。

「名乗っておくぜ。そうしないと、誰に倒されたか知らないなんて言い出しそうだからな。

俺の名前は【獅子神《ししかみ》　風華《ふうか》】――流派は一閃流」

だが、流派を聞いた当主は、危険を察知して後ろに飛び退いた。

流派を聞いた当主は、危険を察知して後ろに飛び退いた。

「出たな、偽物剣術！　ここで俺が成敗してくれる！」

若く血気盛んな息子は無謀にも飛び出してしまい、当主がその背中に手を伸ばした。

「馬鹿者、下がれ！」

「この程度の剣士一人、父上が出るまでも――」

言い終わる前に、息子の体に異変が起きた。

当主は目の前の光景に目を見開く。

(ま、まただ。何が起きた？　何をした!?)

自分の子供の中でも、一番才能のある子が両腕を容易《たやす》く斬り飛ばされていた。

少し遅れて血が噴き出すと、息子は震えた後に泣きわめく。

「腕が。私の腕がぁぁぁ！」

両腕からこぼれた血が、地面に広がっていた。

「邪魔だ、退《ど》け」

そんな息子を蹴飛ばした風華は、柄《つか》にも手をかけずに当主に歩み寄ってきた。

両手を広げて、刀を持つ様子を見せない。

「会いたかったぜ、弱小流派の剣聖さんよ。本当はお前の首を手土産に、兄弟子に喧嘩《けんか》を売るつもりだったのによ」

アーレン剣術の総本山に侵入し、猛者たちを次々に斬り飛ばす女剣士に当主は直感で理解する。

(わしでは――無理か)

政治的な理由で剣聖に選ばれたが、それでもメジャー流派のトップだ。

剣聖に相応《ふさわ》しい実力は持っていた。

そして相手の力量を感じ取り、勝てないことを理解する。

当主は実力が及ばないことを理解しつつも、笑みを浮かべる。

「わしは実に運がいい。ここなら、お主をどのような手段で倒してもいいのだからな」

「あ?」

風華が怪しむ表情を見せたが、当主はすぐに叫ぶ。

「やれ!」

飛び出してきたのは武装した兵士たち。

他には空を飛ぶ戦車。

銃器を持った兵士たちに囲まれ、風華は肩をすくめた。

当主は自分の持つ剣を風華へと向けて勝ち誇る。

「貴様程度に真剣勝負をしてやると思っていたのか？　一閃流が幾ら強かろうが、負けてしまえば終わりだ。真実など伝わりはしない。この宇宙に広がる話題は、お前たちの敗北だけだ。お前らの流派もこれで終わりだ」

一閃流の剣士が、アーレン剣術に敗れた――その事実だけを広め、内容は一切外に漏らさない。

そうすることで、アーレン剣術は一閃流に勝利したという事実だけが残る。

風華の目は、酷《ひど》く冷たいものになっていた。

きっと呆《あき》れたのだろう、これが剣聖かとガッカリしたような顔をしている。

だが、当主は笑っていた。

「勝てばいいのだ！　剣術などしょせんは勝つことを目指したもの。勝つために策を練ることは、悪いことではない！　消えてしまえ、一閃流！」

風華は頭をかいていた。

当主に対して、興味が失《う》せてしまったらしい。

「もういいよ。俺はあんたを倒した実績が欲しいだけだ。あと――俺の師匠を馬鹿にした罪を償ってもらう。お前らは負けた上に生き恥をさらし、俺たち一閃流の強さを宣伝する道具になれ」

風華の物言いに激怒した当主は、周囲に「早く撃ち殺せ！」と叫んだ。

叫んだ瞬間に——周囲にいた兵器も人も、斬られて吹き飛ばされる。

当主は動けずにいた。

何しろ、先程まで距離にして三十メートルくらいにいた風華が、目の前で刀を抜いて自分の腹に刃を突き刺しているではないか。

「これからゆっくりと、一閃流の怖さをお前に教えてやる。ついでに、お前の持っている剣聖の称号をくれよ。何か格好いいからな」

自分が剣聖を名乗るまでに、いったいどれだけ苦労をしてきたと思っているのか？

それを、何か格好いいという理由で寄越《よこ》せと言われ、自分の全てが汚された気がした。

風華に激高する当主が、何かを言おうと口を開くと苦痛で悲鳴が先に出た。

「あがっ！」

「本当ならプチッと潰して終わるつもりだったが、師匠を馬鹿にしたお前らは絶対に許さないからな」

風華の目を見て、当主は震える。

（こ、こんな小娘がわしよりも強いというのか。一閃流——何なのだ。何故、今になって世に出て来た！　どうして！）

世に出てこなかった流派が動き出した。

当主はそう思ってしまった。

「や、やれぇぇぇ！」

そして当主が叫ぶと、先程よりも多くの兵士が姿を見せる。

「こいつを殺せ！　私を巻き込んでも構わん！　でなければ、アーレン剣術はぁぁぁ!!」

――流派として終わってしまう。

その危機感に動かされた当主は、自分ごと風華を消し去ろうとした。

数百の兵士に囲まれた風華は、笑みを浮かべて二刀を構える。

「食い破ってやるよ」

その日、アーレン剣術の総本山は嵐に襲われたかのような被害を受けた。

幸運なことに死者は一人も出なかった。

誰もが幸運だと思い、そして当事者たちは誰もがこれ以上はない不幸だと嘆いた。

◇　◆　◇　◆　◇

違う惑星。

そこでは、機動騎士を両断した女剣士がいた。

倒れた機動騎士の頭部に座り、自分を見上げるクルダン流総合武術の当主や高弟たちを見下ろしている。

当主は裸にされ、その背中に「一閃流参上」と書かれていた。

レーザー銃を持つ女剣士が、遊びで当主の背中を焼いてできた文字だ。

「うん、うまくいったね。たまには銃を扱うのも悪くないね。いい気分転換になったよ」

怯《おび》えている高弟たち。

それもそのはず。

クルダン流の本拠地である惑星に乗り込んだ長刀を持つ女剣士【皐月《さつき》　凜鳳《りほ》】は、剣聖である当主をいたぶって倒した。

本拠地であれば隠し通せると、機動騎士を出して殺そうとしたら――機動騎士まで斬ったのだ。

紺色のサラサラした髪。

桜色の瞳。

無邪気に笑って、一人称は「僕」の女性。

細く華奢《きゃしゃ》に見えるが、女性らしい体つきをしている。

年頃も若く、成人しているがまだ子供のようなものだ。

そんな相手に、自分たちは手も足も出ずに敗北した。

足をブラブラさせる凜鳳は、気を失った当主に興味がなくなったようだ。

「――さて、一閃《いっせん》流がなんだったかな？」

高弟たちが動けずにいると、凜鳳は一人の腕を斬り飛ばした。

「ぎゃぁぁぁ！」

傍目《はため》には座っているだけにしか見えない凜鳳に、高弟たちが怯えている。

凜鳳は加虐的な笑みを浮かべながら告げる。

「君たちは殺さない。けど、剣士として死んでもらうよ。弱小剣術が粋がっちゃったのがいけないよね。僕たち――いや、僕と師匠の一閃流を馬鹿にしたのは絶対に許さない」

高弟たちが恥も外聞もなく泣きながら逃げ出すと、それを凜鳳が追いかける。

「あははは！　追いかけっこ？　ねぇ、それで本気なのかな？　本気だったら笑えるんですけど！」

追いかけて足首を斬り、次々に転ばせていく。

そして、それを怯えながら見ていたクルダン流の弟子たちに向かって言うのだ。

「覚えておくんだね。この世でもっとも強い剣術は一閃流だ。そして、最強は僕の師匠である剣神安士《やすし》だよ。お遊戯剣術が、調子に乗って馬鹿にしたら――」

「や、やめ！　あぁぁあぁぁぁぁあぁぁ!!」

凜鳳に踏みつけられた高弟の叫び声が響き渡り、他の弟子たちが震えていた。

微笑《ほほえ》んでいた凜鳳から表情が消える。

「兄弟子と殺し合う前に、いい手土産ができたよ。さて、この様子を帝国中に――いや、師匠に届くように全宇宙に配信しようか。ちょっと待っていてね」

懐から端末を取り出し、周囲の様子を撮影する凜鳳がカメラを前に一人で喋《しゃべ》り始めた。

端末がひとりでに浮かび、凜鳳を撮影している。

凛鳳は動画投稿主としても活動している。

「お久しぶり〜みんなのアイドル剣士、凛鳳ちゃんだよ。きょ〜う〜は〜クルダン流総合武術の本拠地に殴り込んじゃった！　てへっ」

作った笑顔で可愛《かわい》らしいポーズをとるが、周囲の光景は血の海だ。

かろうじて全員生きているだけ。

自称、帝国一の血生臭いアイドル剣士だ。

「僕の流派を馬鹿にした酷い人たちだから、ボコボコにしちゃった。――ちょっと、物足りないけど、次は兄弟子を斬るからウォーミングアップと考えておくね。兄弟子は強いらしいから、今から楽しみだよ。応援してくれるみんな、次回の報告を待っていてね。――次はリアムの首をみんなに見せるから」

安士が育て上げた一閃流の強者《つわもの》二人――それが今、リアムの命を狙う。

そしてこの日、安士は二大流派の怨敵となった。

第九話 勝利の方程式

——あれ？　ちょっとおかしくないだろうか？

リアムが追い詰められた状況にある中、色々と確認をしている案内人は首をかしげる。

リアムが苦しんでいる——焦りを感じているのは間違いない。

激しい怒りを感じているのも伝わってくる。

最近は忙しそうにしながらも、リアムは周囲には遊び呆《ほう》けて見せている。

遠征軍は勝利したが、かなり消耗している。

クレオ派閥は弱体化しているはずなのだが——以前よりも結束が強まっている気がしてならない。

「気のせいだろうか？　いや、待て！」

ここで案内人は気が付いた。

「そうか——まだリアムへの支援が足りないのか！」

苦しんでいる状況には追い込んだが、リアムにはこれまで何度も煮え湯を飲まされてきた。

そんなリアムが、この程度で倒せるなら苦労はない。

自分の努力が足りないので不安に感じているだけだ、という結論に至った。

「もっとリアムを幸運にするために動けばいいのか！　だ、だが、本当にそうなのだろうか？　私は何か大きな間違いをしているのではないだろうか？」

悩む案内人。

ふと、リアムを殺すために育てた二人のことが気に掛かる。

以前、ユリーシアを支援した時には裏切られたのだ。

今回も失敗していないかと焦り始める。

すぐに調べてみようとするが、以前よりも力が衰えていた。

力を取り戻す側《そば》から、すぐにリアムを支援していたためだ。

そうすると、どういうわけかリアムが苦しむ。

リアムを不幸にするため、今日も泥水をすすって生き延び――リアムを幸運にする。

余力のあまりない案内人が、調べ物をするときは落ちている新聞紙を拾う。

そうすると、自分が求めた情報が掲載されているのだ。

不思議な力で、欲しい情報を引き寄せている。

「くっ！　リアムを支援するために力を使いすぎた。以前はもっと簡単に情報が集まったというのに」

悔しがりながらも、記事を読む。

すると、電子ペーパーには凜鳳の動画が再生されていた。

『兄弟子見てる～。今から、僕が殺しに行くよ』

背後ではクルダン流の当主や高弟たちが倒れ、血の海になっていた。

笑顔でリアムを殺しに行くと宣言する辺りに、案内人は凜鳳の異常性を感じ取り胸が温かくなる。

「あ〜、何と純粋な剣士。こいつならきっとリアムを——あれ？　一人いないな？」

ページをめくって探せば、どうやらもう一人はアーレン剣術の総本山を荒らし回っていたらしい。

こちらも一閃流の技を手に入れ、暴れ回っている。

「しっかり切り札を育てたか。安士、私はお前を信じていたぞ」

すでに帝国にはいない安士に、案内人は感謝の気持ちでいっぱいだ。

「全てが終われば、特別にお前も不幸にしてやろう。お前がリアムを強く育てなければ、何の問題もなかったのだからな」

軽やかな足取りでこの場を去る案内人は、電子ペーパーを放り投げた。

地面に落ちたそれを見るのは、半透明な犬だ。

記事を見つめ、それを拾うとすぐに顔を上げどこかへと向かう。

◇　◆　◇　◆　◇

遠征軍の勝利を祝うパーティー会場。

その控え室でくつろぐ俺は、クラーベ商会のエリオットと話をしていた。

「今日のパーティーは遠征軍の祝勝会に変更、ですか？」

エリオットは、遠征軍の完全勝利——違った、俺の完全勝利を祝うために、黄金やら高い酒をこれでもかと持ち込んできた。

こういう、目に見えたごますりが俺は大好きだ。

「俺たちで勝手に祝うだけさ。ティアが言うには帝国の被害も大きい。連合王国は強敵だったそうだ」

ニヤニヤしながら言ってやれば、エリオットにも俺の真意が伝わったようだ。

「そのような強敵を打ち破ったクレオ殿下は、きっと継承権も繰り上がるでしょうね。ついでに言えば、この危機に責任を押しつけて逃げ出した皇太子殿下のお立場が悪くなる」

「終わってみれば俺の一人勝ちだったな。——それで、カルヴァンの動きは？」

「周囲は焦っている様子ですが、本人は落ち着いていますね。落ち着いているように見せているのかもしれませんが」

さっさと焦って動いて欲しいものだ。

カルヴァンが動かないのが、俺にとっては一番困る。

だが、カルヴァン派の戦力を今回は大きく削れたな。

自派閥を強化できたのもいい。

領主たちに金を貸して、影響力を持てたのも良かった。

悪徳領主らしく高利貸しのような真似《まね》をしたくもあるが、クレオ派閥は悪人共の集まりだ。

悪い奴《やつ》らは、悪い奴らで協力するべきである。

争うのは余裕ができてから。

カルヴァンを引きずり下ろすまでは、大人しくしておこう。

だから、高利貸しのような振る舞いはできないし、利子も随分と低くしている。

控え室でエリオットと話をしていると、疲れた顔のウォーレスが部屋に入ってきた。

「リアム、大変だ！」

「どうした？　パーティーの準備は終わったのか？」

何やら青い顔をして焦っていたので、一応は話を聞いてやる。

「そのパーティーが問題なんだ！　急に遠征軍の勝利を祝うための祝勝会に変更しただろ？　足りない物が多い。いや、ほとんど準備のやり直しだよ！」

「何だと⁉」

俺としたことが、気分でパーティーの内容を変更してその後のことを考えていなかった。

ウォーレスが頭を抱えている。

「駄目だ。せっかくの勝利を祝うのにアレがないなんて！」

今のウォーレスは俺が楽しむためのパーティーを取り仕切っている。

以前よりも頼もしくなった友人を前に、俺はエリオットを見た。

「エリオット、足りない物をすぐに用意しろ」

「お任せ下さい。しかし、急な話ですと、やはり問題はご予算に――」

「馬鹿野郎！　俺のパーティーだぞ！　そんなの、幾らかかっても問題ない！」

糞っ！　俺としたことが油断していた。

とにかく、今はこの危機を乗り切るために、ウォーレスとエリオットと協力しなければならない。

ウォーレスは疲れた顔をしている。

「パーティー会場の備品もほとんど入れ替えないと。このままだと、戦勝会に相応《ふさわ》しくないよ」

ウォーレスを見ていると思う。

パーティーのためにここまで真剣に悩んでいる。

世間から見れば、無駄な才能に思えるだろう。

だが、俺はこいつを評価していた。

――こいつ、立派になったな。

幼年学校時代に知り合ったのだが、その時は何の役にも立たない奴だと思っていた。

しかし、今はこうして俺のパーティーを盛り上げるのに役立っている。

拾ったのは悪徳領主的に正解だった。

パーティーを楽しむという悪徳領主らしさを実現するためには、ウォーレスの才能が必要不可欠だ。

ウォーレスを拾ったあの時の俺に「よくやった！」と伝えたい。

◇　◆　◇　◆　◇

その頃、後宮ではカルヴァンのもとに主立った貴族たちが集まっていた。

随分と焦っている。

「殿下！　一部の者たちが、バンフィールド伯爵への襲撃を計画しております」

「──それは困ったね」

カルヴァンも今回ばかりは本当に困っていた。

「動いたのは誰かな？」

「遠征軍で戦死した貴族たちの親族です。中には跡取りを失った者たちもいます。このまま放置はできぬと言い出し、派閥から脱退してでも復讐《ふくしゅう》すると息巻いております」

カルヴァンの派閥は大きい。

その中には、短慮な貴族たちも大勢いた。

それらを取り仕切るのも仕事の内だが、苦労が絶えない。

特に今回は、戦争で親族を失った貴族たちも多い。

彼らの中で本当に親族の死を悲しんでいる者は少ないだろう。

本音は家名を傷つけられた、と思っている者が大半だ。

それに、かなりの数の艦艇が失われている。

大損害を許せない者もいる。

（本当のところは止めたいが、この流れを止めれば――彼らが次に不満の矛先を向けるのは私だろうね）

今はリアムに怒りを向けているが、無理に押しとどめれば今度はカルヴァンを恨み出すだろう。

勝てると言ったのに！

絶対に大丈夫だと思ったのに！

この損害をどうしてくれるんだ！

――参加したのは自分たちなのだが、その理不尽な怒りを向ける相手を彼らは求めていた。

理屈ではなく感情の話だ。

貴族たちの中には、自制心の弱い者たちが多い。

それは屋敷でわがまま放題に育てられるからだ。

幼年学校や軍隊である程度は矯正されるが、それも完全ではない。

まともな貴族たちも苦々しい顔をしている。

「この大事な時に」

「奴らにはそれがわからないのさ」

「だが、ここで奴らが何か問題を起こせば、皇太子殿下のお立場が――」

カルヴァンは小さく溜息《ためいき》を吐《つ》いた。

「――彼らの脱退を認めよう」

「皇太子殿下、よろしいのですか？　派閥を抜けたとは言え、彼らが面倒を起こせば殿下のお立場が危うくなります」

「むしろ、厄介な連中を追い出せると考えるべきだね。我々の派閥は大きくなりすぎた。リアム君と戦うためにも、派閥を整理しようじゃないか」

貴族たちは頷き合い、そして部屋を出ていく。

カルヴァンは誰もいなくなったことを確認すると、指を鳴らした。

すると、空中に鬼火が出現する。

火の玉が膨らみ、そして人の形になると大柄な人物がカルヴァンの前に膝をついた。

その姿は忍者であり、以前にククリたちと戦った者たちよりも位が上であることを示す装飾品を身につけている。

「ご用件は？」

「馬鹿共が騒ぎを起こすようだ。チャンスがあれば、リアム君の暗部を削りなさい。それから、リアム君の暗部の情報は得られたかな？」

忍者がククリたちについて語り出す。

「我らが一族の記録によれば、二千年前に滅ぼされた影の一族ではないかと思われます」

「影の一族？」

「二千年前に、当時の皇帝陛下に仕えていた暗部の一組織です。影の一族とは、そう呼ばれているだけです。本当の名前は不明です」

「二千年前と言えば、君たちのような暗部が活躍した時代だね。彼らをバンフィールド家が匿《かくま》っていたのかな？」

「いいえ」

「違うのかい？」

忍者の頭領が手裏剣を取り出し、壁に投げると炎となって広がった。

そのままスクリーンとなり、影の一族に関わる者を映し出す。

それはククリだった。

「この者は、当時もっとも恐れられた男です。皇帝陛下のために働き、最後は石にされ砕かれたとも朽ちたとも噂《うわさ》されておりました」

最も恐れられたとなれば、つまり暗部の中では最強と呼ばれていたのだろう。

カルヴァンは、内心穏やかではいられなかった。

「――その人物が生きていた、と？　それよりも、誰かが技を受け継いできたという方が真実味はあるね」

「それはありません」

当時の皇帝は現役のククリたちを集め石に変え、生き残っていた一族は皆殺しにしていた。

一人も残すな――それが、当時の皇帝陛下のお言葉でした」

「奴らの一族は全員、他の組織が根絶やしにしました。我々の先祖も参加しております。

「何故《なぜ》だい？」


その状態で生き延びたとは考えにくく、仮に生き延びていたとしても技を受け継いでこられたとは思えない。

ククリや頭領たちのような暗部を育成するためには、並大抵の財力では叶《かな》わないからだ。生き残ったとしても、その技を次代に受け継がせるのは困難だ。

「殿下、奴らはこの後宮のことも知り尽くしております」

「厄介だね。二千年前とは王宮の状況も変わっているだろうが、彼らしか知らない通路でも残っていたら大変だ」

宮殿は何度も工事をされているが、時に古い遺跡のような場所が発見されることがある。時代と共に忘れ去られた場所も多い。

昔使っていた隠し通路が存在していたとしても、まったく不思議ではなかった。

「調べによれば、復活した奴らは当時の力をそのままに残してはいます。しかし、その数は少ないでしょう」

優秀ではあるが、数が少ないという欠点も存在する。

（無理に戦わなくともいい状況ではあるが）

過去に最強と呼ばれた暗部が蘇《よみがえ》ったというのは、カルヴァンとしても不安だった。

いつ、影の一族が自分を狙ってくるかわからない状況は恐ろしい。

後宮で暮らしているため、暗部という存在がいかに恐ろしいかを理解していた。

理解しているからこそ、早く解決したいという焦りが生まれる。

「――彼らを消せるかな？」

カルヴァンの言葉に、忍者の頭領は炎となり霧散する。

「御意」

◇　◆　◇　◆　◇

リアム主催のパーティー会場。

そこに設置された調度品の中には、リアムたちを襲撃するために貴族の雇った荒くれ者たちが隠れていた。

「貴族様って言うのは毎日パーティーかよ」

「一晩で庶民が一生豪遊できる金額が吹き飛ぶらしいぜ」

「精々楽しめばいいさ。そのまま、俺たちが葬ってやる」

大金を得るために志願した男たちは、息を潜めていた。

パーティー会場に運ばれる調度品に潜り込んだのだ。

本来なら見つかるだろう。

しかし、ここに来るまでに大勢の貴族たちに支援を受けている。

警備網を何とかかいくぐり、パーティー会場への侵入に成功している。

準備は完璧だった。

ただ、外の様子は見えない。

調度品にカメラも設置したのだが、パーティー開始までは布をかぶせられているため外を確認できなかった。

男たちが押し込められた狭い場所は、時折ガタガタと動いている。

「さっきからよく動かすな」

「気付かれたのか？」

「気付かれたらその瞬間に撃ち殺されて終わりだ。何か変更があったんだろ」

自分たちだけではない。

大勢がパーティーに忍び込んでいる。

リアムは殺せなくても、きっと大きな被害が出せるはず。

そう信じていた。

事実、失敗して捕らえられれば、死んだ方がマシと思える罰が待っているだろう。

彼らは捕まるくらいなら自爆するつもりだった。

そうなれば、嫌でも被害が出る。

揺れが収まり、パーティー開始までの時間を待つ。

しかし、一向に布が外されない。

「――もしかして、調度品を外に出したのか？」

「糞っ！　おい、外に出るぞ。会場は近いはずだ！」

「他の連中にも連絡しろ！」

男たちが外へと飛び出すと――そこはどこかの倉庫だった。

忍び込んだ他の男たちも外へと飛び出し、唖然《あぜん》としている。

「な、何だ？」

「いったいどうなっているんだ？」

「そ、それより、早く会場に乗り込め！」

男たちが外へと出るが、そこは会場から随分と離れた倉庫だった。

大急ぎで会場に向かおうとするが、そこを警備していたリアムの騎士団に見つかってしまった。

「馬鹿なのか？」

昨晩、パーティー会場近くで騒ぎがあった。

ならず者たちが武器を持って走っており、それを見つけた俺の騎士団が捕縛を試みた。

武器を持っていたので銃を使ったそうだが、その際にならず者たちは爆弾を使って自爆したらしい。

らしいというか、爆弾が暴発したとか――とにかく、まだ調査中だ。

ルートを考えるに、俺たちを狙っていたのだろう。

しかし、その手段がお粗末すぎる。

警備もいるのに突撃をかけてくるとか、馬鹿なのだろうか？

すると、俺の影からククリが出現する。

「リアム様、ご報告がございます」

「何だ？」

「報告にあった襲撃者たちについてです」

「何かわかったのか？」

「賊はパーティー会場に紛れ込むつもりだったようです。事前に別の場所に移しましたが、問題は賊の他にも色々と手が加えられていました。賊は陽動でしょう」

　パーティー会場内に様々な仕掛けが施されていたらしい。

「本来は私からパーティーを中止するように進言するはずだったのですが、ウォーレス殿が仕掛けを全て撤去してしまいましたので」

　タイミングよく、ウォーレスがパーティー会場の模様替えを行ったおかげで、俺たちは賊の侵入を防いだというわけか。

　まぁ、事前にククリが止めようとしていたみたいだし、実行されても問題なかっただろうけどさ。

「何か悪い予感がするな。ウォーレスがここまで役に立つなんて不吉だ」

　あいつの行動のおかげで俺が無事にパーティーを開けたと思うと、感謝もするが同時に気持ち悪い。

　ウォーレスがここまで役に立つなんて思っていなかった。

　有能なウォーレスなんて、ウォーレスじゃない。

「まぁ、それはいい。それで？」

「部下が二名やられました。手練《てだ》れがこちらを狙っています」

　仲間が殺されたのにククリの声に怒りはない。

　世間話をするような感覚で、仲間の死を告げてくる。

「そうか。その二人はどうして死んだ？」

「賊たちの足取りを調べさせていました。敵の暗部が動いています」

優秀なククリたちに被害が出てしまった。

元から数の少ないククリたちから数人が死亡すると、戦力的な意味で大幅に低下したことになる。

何をやっているんだと思う気持ちもあるが――数少ない有能な部下たちだ。

使い捨てにするには勿体《もったい》ない。

「お前らで対処可能か？　何なら、手を貸してやるぞ」

しかし、ククリは俺の手を借りたくないらしい。

「それでは我々の仕事がなくなってしまいますよ。ただ――できれば、手に入れた暗部の死体はこちらに引き渡していただきたいですね。彼らの体はそれ自体が極秘情報ですから」

「仕事熱心だな。わかった、手に入れたらお前たちに回そう」

「リアム様、かなりの数の手練れたちが送り込まれております。しばらくは、気を付けた方がよろしいかと」

ククリに心配されるが、俺は気にしていなかった。

「問題ない。俺は幸運に愛されている。――それに、だ。敵対するものは全て斬り伏せてやる。一度は、暗部とも戦ってみたかったところだ。面白そうな連中がいたら、俺に回せ」

「リアム様の前に敵を出させないのが我々の仕事ですので、それは無理でございます」

何とも仕事熱心なやつだ。

これだよ。これ！

ティアもマリーも、もっとククリを見習って欲しいものだ。

「残念だな。——裏方は任せるぞ。今日は盛大なパーティーを開くから、敵も集まってくるだろう」

「はい」

ククリが俺の影に沈み込んで消えていく。

◇　◆　◇　◆　◇

シエルは連日のパーティーで疲れ切っていた。

ホテルの廊下を歩く足取りも重い。

「私、一生分のパーティーに参加した気がする」

回数だけではない。

その種類も豊富だった。

流石《さすが》にバケツパーティーはなかったが、多種多様なパーティーに毎日が目まぐるしく流れている気がする。

「ま、負けない。早くリアムの化けの皮を剝いで、お兄様の目を覚まさないと」

ただ、毎日を過ごすだけでやっとの状態だった。

「それにしてもリアムの奴《やつ》、お父様たちを戦わせておいて自分は首都星で豪遊だなんて許せない。お父様も仕方がない、って受け入れているし！」

リアムが後方で兵站《へいたん》をしっかり支えていることも、遠征軍の家族を守っていることもシエルは知らなかった。

まだ、幼年学校にも通っていないため、その辺りの知識は乏しい。

感覚的に、リアムが前線に出ずに逃げているように感じていた。

「——いつか絶対にリアムの化けの皮を」

疲れてフラフラしているシエルは、そんな状態でもリアムに敵意を向けるのだった。

すると、視界の端に動物が見えた気がする。

「あれ？」

足音も聞こえてきたので、見間違いではないようだ。

「だ、誰よ。この階に動物なんて！　きっとリアムの奴ね！」

リアムが住んでいるフロアは厳重に警備されており、動物が紛れ込むことはない。

連れ込めるのはリアムだけだろう。

シエルが追いかけると、行き止まりの場所に辿《たど》り着いた。

「見失ったわね。ロゼッタ様に報告しないと」

面倒な仕事が増えたと思っていると、その場に何かを発見する。

それは電子ペーパーだ。

「安物の電子ペーパーがなんでここに落ちているのかしら？――あれ、これって」

内容を確認したシエルは、大急ぎで電子ペーパーをロゼッタに届けに向かう。

◇　◆　◇　◆　◇

「ダーリン大変よ！」

騒がしいロゼッタが俺の部屋に駆け込んできた。

俺は目隠しをしてバランスボールの上に立っているエレンに、指導していたところだ。

エレンの呼吸が乱れ、今にもバランスを崩しそうになっている。

玉の汗をかき、疲労はピークに来ているが終わらせるつもりはない。

エレンには修行を続けさせ、俺はロゼッタの相手をする。

「どうした？」

ロゼッタが握りしめていたのは、使い捨ての電子ペーパーだ。

俺は金持ちなので使用しないため、随分と珍しいものを持っていると思った。

ロゼッタが呼吸を整えてから、俺に電子ペーパーに掲載されている動画を再生して見せてくる。

「こ、これを見て！」

「何だよ？　な、何だこれは⁉」

俺はロゼッタから電子ペーパーを奪い取り、その内容を見て怒りに震えた。

アーレン剣術の総本山を襲撃した剣士のことが書かれている。

俺は総本山襲撃に驚いたのではない。

襲撃者について驚いていた。

「一閃《いっせん》流を騙《かた》る奴がいるだと」

怒りがこみ上げてくる。

襲撃者は一閃流を名乗り、剣聖である当主を倒してしまったらしい。

剣聖はどうでもいいが、その際に一閃流を名乗っているのが問題だ。

流派同士で争いになると、剣術の世界が荒れるとか——そんなちっぽけなことはどうでもいい。

問題は、一閃流を名乗ったことだ。

「ついに偽物まで現れたか」

剣聖を倒したとなれば、それなりに強いのだろう。

俺はお気に入りの刀に視線を向ける。

ゴアズ海賊団と戦った際の戦利品だが、今まで色んな刀を使ってきたがこいつ以上の刀には出会わない。

今でも一番のお気に入りだ。

「一閃流を騙る偽物は容赦しない。俺がぶった斬ってやる」

すると、ロゼッタが首をかしげていた。

「ダーリン以外の一閃流の剣士はいないの？　本物かもしれないわよね？」

「あ？　今までに他の一閃流に出くわした事なんて――い、いや、ちょっと待てよ」

そこで師匠の顔が思い浮かんだ。

師匠も弟子を捜していたのだから、俺以外の一閃流がいてもおかしくはない。

それに、師匠に一閃流を教えた人だっているはずだ。

その人も三人の弟子を育てたと考えると――本当に俺以外の一閃流がいる可能性はある。

「見極める必要があるか？」

とりあえず、お気に入りの刀は持っておこう。

エレンが転んでしまいそうだったので、背中に回り込んで受け止めてやった。

「す、すみません、師匠」

「エレン、まだ五感に頼っているな？　お前は目がいいから視覚に頼りすぎる。もっと他の感覚も磨け」

「はい！」

エレンが大きく頷《うなず》くのを見ていたロゼッタが、何とも言えない顔をしていた。

「いつも思うのだけど、一閃流って厳しい流派ね。よく、現代まで受け継がれてきたと感心するわ」

俺が一閃流と出会えたのは奇跡だな。

それにしても、今頃師匠は何をしているのだろうか？

◇　◆　◇　◆　◇

その頃。

安士《やすし》は一人の女性に追いかけ回されていた。

「私を捨てるつもりかぁぁぁ！」

追いかけているのは、眼鏡をかけた黒髪の美女だった。

綺麗《きれい》な長い黒髪を振り乱しながら、安士を追いかけてくる。

怒っていなければきっと知的な女性に見えるだろう。

今はその面影もない。

美しい女性が、鬼気迫る形相で追いかけているのが安士だ。

安士は必死に逃げている。

何しろ、その女性の手には包丁が握られていたからだ。

「だ、騙《だま》すつもりはなかったんだぁぁぁ！」

「待てコラァァァ！」

その女性はどこかニアスに似ていた。

フラフラとやって来た惑星で、彼女と知り合った安士は調子に乗って口説いてしまった。

好みの女性なので何とか口説き落とせた時は喜んだが、思っていたよりも束縛が強かった。

金も使い果たし、ダラダラと女性に世話になっていたのがいけなかった。

安士に「定職に就け」「結婚しろ」と迫ったのだ。

しかも——女性の背中には赤ん坊の姿がある。

騒がしいのにすやすやと眠っていた。

——ダラダラと関係を続けていたら、子供ができた。

逃げるタイミングを逃し続け、ようやく今日になって準備ができた。

いざ逃げ出そうとした時に、見つかって追い回されている。

「お前は絶対に逃がさないからな！」

「勘弁してくれ！」

安士は家庭やその責任から逃げ出そうとしたので、女性に追い回されていた。

そして、安士はこけてしまう。

「あっ」

間抜けにもこけてしまい、そして美女に追いつかれて——。

「女の敵めぇぇぇ！」

「嫌ぁぁぁ！」

——女性の包丁が安士に振り下ろされた。

◇　◆　◇　◆　◇

パーティー会場の控え室。

今日も楽しくパーティーだ。

飽きないのか？

まったく飽きないね。

飽きたとしてもパーティーをするのが悪徳領主だ。

領民たちの血税で贅沢《ぜいたく》をしていると思うと、気分は最高だ！

あと、今日は俺も楽しみなイベントがあった。

「今日も綺麗だぞ、天城《あまぎ》」

ドレス姿の天城が、今日のパーティーに参加する。

メイド服ではない天城を前に、俺は心臓の鼓動が速くなっていた。

今日という日を楽しみにしていた俺は、天城の側《そば》に寄る。

「旦那様。私をパーティーに出さないと約束をしましたが？」

「安心しろ。今日は会場を暗くしているから、お前のことなど誰も気付かない。いや〜、ウォーレスに相談してみるものだな。会場を暗くすれば誰も気付かない、なんて盲点だった。これで堂々とお前とパーティーに参加できる」

「約束の話はどうなったのですか？」

「い、一回くらい、パーティーに出てくれてもいいだろ」

「まったく。――今回だけですよ」

「よしっ！」

いつも参加しない天城を、パーティー会場に連れ出せて俺は満足していた。

昨日は興奮して寝付きが悪かったくらいだ。

「どうして私をパーティーに参加させたいのですか？」

「お前と一緒に楽しみたいんだよ」

天城には恥ずかしい台詞《せりふ》も素直に言える。

何故《なぜ》って？――本心だからだ。

生身の人間は裏切るから嫌いだ。

ロゼッタもそうだ。

鋼の女だと思っていたのに、手に入れた途端にデレデレしてくるとか――こんなの裏切りである。

正直、今はシエルの方がからかっていて楽しいくらいだ。

控え室にウォーレスがやって来る。

「リアム、そろそろ時間だよ」

「わかった。さぁ、天城」

手を伸ばすと、天城が遠慮がちに俺の手を取ってくれた。

その手を引いて会場に向かって歩いていると、心が温かくなってくる。

「天城と一緒にパーティーに出るのは初めてだな」

「今回限りですからね」

喜ぶ俺に対して、天城は呆《あき》れている様子だった。

ただ、ドレス姿の天城は少しだけ喜んでいるようにも見える。

俺はそれが嬉《うれ》しかったのだが――。

「最悪だな」

「旦那様？」

――俺が立ち止まると、天城が首をかしげていた。

よりにもよって、今日かよ。

空気の読めない奴《やつ》らがいたものだ。

「カルヴァンか？　あいつは本当にタイミングが悪いな」

天城は状況を理解できないのか、俺の行動を不審がっている。

「旦那様、何か？」

ウォーレスも気付いていなかった。

「リアム、どうしたんだい？」

「敵だ」

「え？」

俺は天城の手をゆっくりと離し、ククリを呼び出す。

「ククリ」

呼び出すと、ククリが俺の刀を持って出現してくる。

刀を受け取りながら報告を受ける。

「リアム様、どうやら敵が集まっております。通信も阻害され、救援が呼べません」

「わかった。お前は外の連中を排除しろ」

ククリが影に沈み込み消えていくと、ウォーレスが慌てていた。

「リアム、待ってくれ。警備は厳重だよ！　それに、身元のチェックは抜かりない。変装したってこの会場には入り込めないよ」

「いや、外からだ」

外から嫌な気配を感じる。

俺はウォーレスに命令する。

「ウォーレス、宰相に連絡しろ。大至急、許可が欲しいと伝えておけ」

「へ？　いや、でもどうやって連絡を取れば？」

通信障害が発生している現状、どうやって宰相に連絡を取ればいいのか？　そんな風に困惑するウォーレスに、俺は言ってやる。

「近くに有線式の通信装置があったはずだ。護衛を付けるから、お前がそこに向かって宰相と連絡を取れ。急げよ」

直接宰相に連絡を取るためにも、ウォーレスの元皇族という立場を利用する必要がある。そのためには、ウォーレス本人が通信を行う必要があった。

ウォーレスは頬を引きつらせていた。

「リアムは本当に人使いが荒いよ」

◇　◆　◇　◆　◇

ククリが外に出ると、同じように部下たちも出てくる。

その数は百人に届かない。

対して、パーティー会場の周囲には暗部と思われる存在が千人はいた。

夜に蠢《うごめ》く暗部たち。

ククリはクツクツと笑い、敵を前に恐れなど見せなかった。

「随分と数を揃《そろ》えてきましたね。見たこともない一族や組織も多いですが、やはり現代まで残っていましたか。火の一族とは縁がありますね」

ククリが「火の一族」と呼ぶ忍者たちが、次々に現れるとその中の一人だけにククリの視線は向けられる。

「おや、こんな時代にもいるものですね。全盛期の我々と比べ、どの組織も弱体化したと思っていたのですが――あなた、随分な手練《てだ》れですね」

忍者の頭領が刀を構える。

「――ここはお前のいるべき時代ではない。死を受け入れろ」

ククリたちの部下たちも武器を抜いて構える。

だが、ククリだけは両手を広げていた。

「我々のことをよく調べているようですね。ですが、いるべき時代など関係ありません。我々がここにいる――それが現実ですよ」

すると、一斉に敵の暗部たちが襲いかかってきた。

火の一族たちだけではなく、ククリたち一族を真似《まね》て作られた暗部まで混ざっている。

ククリは思う。

(我々の存在を嗅ぎつけ、潰すことを選択しましたか。――実にいい！)

自分に近付いた暗部をその長い手で斬り裂き、そして頭領へと近付くため駆ける。

周囲では部下たちがこの時代の暗部たちと壮絶な殺し合いを開始し、敵も味方も次々に倒れていく。

ククリが頭領に近付き、その両手を振り下ろすと刀で受け止められた。

「貴様らは終わりだ。貴様の主人が意地を張りすぎたせいで、貴族たちを怒らせてしまった」

頭領の言葉にククリは距離を取ると、首都星の夜空に一隻の宇宙戦艦が浮かんでいた。

首都星の空に宇宙戦艦がいるのは、あり得ない光景だ。

立ち入り自体が禁止されているはずで、戦艦が入り込むなどあり得なかった。

敵は――戦艦でリアムたちを吹き飛ばすつもりのようだ。

ククリが目を細める。

「困ってしまいましたね」

ククリたちなら逃げ切れるが、建物の中には護衛対象たちが沢山いるのだ。

ついに、貴族たちはなりふり構わずルールを破って力業でリアムを殺しに来た。

ククリがリアムのもとへ向かおうとすると、頭領が斬り込んできた。

頭領の刀に炎がまとわりつき、防いだククリの腕を焼く。

ククリをリアムのもとに行かせないつもりらしい。

「お前らはここで我らと共に消えていけ！」

「自爆覚悟ですか」

ならず者たちに襲撃された件とは別に、様々な暗殺をククリたちが防いできた。

そのため、敵は捨て身で自分たちを殺しに来ている。

ただ――ククリは笑っていた。

「本当にあなたたちは愚かだ」

「何!?」

ククリの体から昆虫の足のような機械が飛び出し、頭領の腕を斬り飛ばした。

斬り飛ばされた頭領の腕は空中で炎になり消えるも、すぐに腕が再生する。

切り口から炎が出て、腕の形になった。

ククリはそれを見て羨ましがる。

「肉体を捨てると、随分と便利な体になりますね。残念なことに、我々には採用できそうにありませんが」

頭領が刀を構えて眉をひそめると、ククリたちに嫌悪感を示していた。

「お前たちは危険すぎる。お前たちは強すぎたのだ。だから、時の皇帝はお前たちを恐れ、石に変えたのだ」

ククリは首をかしげた。

その角度は九十度を越えて、首が折れているようにも見える。

「恐れた？　何も知らないと好き勝手に言えますね。恐れたのなら消せばいい。あの悪趣味な存在は、我々を石に変えて笑っていましたよ」

「皇帝陛下に何という物言いか！」

暗部でも忠誠心が高いのだろう。

だが、ククリは当時の皇帝と接していたため、真実を知っている。

「いえ、ただの屑《くず》でしたよ。皇帝などと言ってもしょせんは人間。なんの威厳も風格もない。人の苦しむ姿を見て喜ぶ卑しい存在でした」

「そんな態度だから、お前たちは石に変えられ葬られたのだ」

ククリは自分の言葉で、頭領の考えを変えるつもりはなかった。

だが、どうしても伝えたいことがあった。

「そうかもしれませんね。ですが、一つだけ感謝しているのですよ。あの屑のおかげで、我々影が仕えるに相応《ふさわ》しい光に出会えたのですから」

その言葉の直後、建物から一人の人物が現れる。

刀一本を持ったリアムだ。

頭領が目配せをし、部下たち三十人を向かわせた。

「愚かな。一人外に逃げるつもりか？　人間が戦艦から逃げられるものか」

リアムに襲いかかろうとしていた忍者たちだが、途中でククリの部下に阻まれる。

三十人の敵を前にたった一人で立ち塞がるククリの部下は、止められないと判断したのだろう。

――このままでは、忍者たちの武器がリアムに届いてしまう。

その後の判断は速かった。

ククリの部下はそのまま自爆――三十人の忍者たちを巻き込んで死んでいった。

その献身的な行動を当然として、ククリは見もしない。

リアムなら部下の自爆がなくとも無事に切り抜けられただろうが、それでは自分たちの存在意義が疑われる。

　これはククリたちの仕事だ。

　そして、暗部は死ぬのも仕事だ。

　だから仲間が死んでも悲しまない。

　ククリは自身の影から何百という刃を出現させた。

　禍々《まがまが》しい暗器の数々が、頭領に向かって放たれる。

　頭領は全て刀で弾《はじ》き飛ばすが、周囲にいた部下たちは貫かれていた。

　忍者たちはコアを撃ち抜かれ、燃えながら消えていく。

　ククリは徒手空拳——武器を持たずに構えた。

「あまりあの方を侮らない方がいいですよ。何しろ、私でも勝ち筋が見えないお方ですからね。まぁ、それはそれとして——あの方に手を出そうとしたことを後悔させませんとね」

　再び、ククリと頭領の戦いが開始された。

外に出てみると、空に宇宙戦艦の姿があった。

「首都星の空に戦艦はやり過ぎたな。カルヴァン、暗殺はもっとスマートにするべきだ」

この場にいないカルヴァンに対して、俺は少し落胆していた。

この程度か、と。

周囲を見れば、ククリたち暗部が敵の暗部と戦っている。

パーティー会場の雰囲気は最悪だ。

皆が怯《おび》えてしまっている。

そして、外に出てきた俺に向かって、忍者のような姿をした敵が何人も向かってくる。

それをククリの部下が止めに入り――そのまま自爆した。

多くの敵を爆発に巻き込んでの道連れだ。

ククリの部下が、俺のために死んだが――これは当然の行いだ。

それがククリたち暗部の仕事である。

だが――。

「死者は裏切らない。お前らの忠誠心は本物だったと認めてやる」

――人間とは、死んで初めて評価できる。

自爆したククリの部下は、俺のために命がけで役目を果たした。

尊い犠牲などとは言うつもりはない。

俺なんかのために命をかけて守った一人の人間がいた——これが全てである。

だから、俺も自分の仕事を終わらせるとしよう。

俺を追いかけてロゼッタが外に飛び出してくるが、それを天城《あまぎ》が取り押さえていた。

ロゼッタの腕を摑《つか》んで連れ戻そうとしていた。

「天城、放して！　ダーリンが！」

「ロゼッタ様、旦那様の邪魔になります。大人しく室内で待機して下さい」

その光景を見てホッとした。

何を考えて飛び出してきたのか知らないが、ロゼッタが外にいる方が面倒になる。

「天城、お前もロゼッタを連れて中に隠れていろ」

命令すると、ロゼッタは涙を流し——天城が俺を心配した顔で見ていた。

「旦那様、無茶はしないで下さい」

「この程度で無茶だと？　こんなの、俺にとっては遊びだよ」

肩をすくめて見せると、戦艦から対空兵器による攻撃が俺たちに降り注いだ。

宇宙戦艦には対地攻撃用の兵装はあまり積まれない。

理由は、宇宙でも使用できる対空兵器が優秀で、地上でも問題なく使用できるからだ。

対空兵器である光学兵器のレンズが瞬き、実弾兵器により弾丸が発射される。

俺の周囲はレーザーで焼かれ、弾丸が降り注いで土煙を上げていた。

だが――直撃する全ての攻撃は、一閃《いっせん》にて全て弾き飛ばす。

光学兵器は刀身に触れると方向を変え、実弾兵器は斬り飛ばす。

全てを弾き飛ばしてしまうため、俺の周囲に甚大が被害出ていた。

周囲が土煙に包まれ視界が悪くなると、ここではハッとする。

しまった!?　これでは天城のドレスが汚れて――と、思っていたら高性能なドレスを用意しただけあり、天城は汚れ一つなかった。

土煙ごときでは汚れにならないらしい。

「あのデザイナー、気に入った。専属で雇ってやろう」

そして俺は、刀の柄《つか》を握る。

姿勢を低く構え、そして呼吸を整える。

本来、一閃流には構えがない。

ただ、全力を出す際には、やはり構えた方が力は入る。

天城がロゼッタを連れて建物の中に入ったのを確認すると同時、戦艦からの攻撃が俺に降り注いだ。

流石《さすが》に首都星で主砲をぶっ放すのは気が引けたのだろう。

全て対空兵器による攻撃だった。

主砲やミサイルで辺り一帯を吹き飛ばす方が、まだ勝率は高かっただろうに。

「首都星に被害を出すのをためらっているな。だが、それがお前たちの命取りになる」

俺を殺したいのなら、さっさと主砲で蒸発させるべきだった。

もっとも――その対策もしていたけどな。

悪党とは用心深くあるべきだ。

本物の悪党は油断などしない。

俺が外に出てきたのも、勝てるからだ。

勝てるから、一人で戦艦の相手をしている。

「俺の技はいまだ師匠に遠く及ばないが――お前は俺の敵じゃない」

空にいる宇宙戦艦に向かって、全力の一撃を放つため柄を握りしめる。

本当に全力の一撃だ。

今の俺の最大限を出し切るため、わざわざ構えを取ったのだから。

目を細め、集中力を高めて呟《つぶや》く。

「一閃」

空に浮かぶ巨大な物体に向かって放った斬撃は、俺のお気に入りである刀の力により増幅されて威力を増す。

普段よりも威力があるという実感と、そして空に浮かぶ宇宙戦艦に届いたという感触があった。

構えを解いて、鞘《さや》に入った刀を担ぐ。

「問題はこの後だな」

ゆっくりと戦艦の中心部に切れ目が入り、徐々にずれ込んでいく。

空に浮かんだ宇宙戦艦が、首都星に残骸を散らしながら落ちてこようとしていた。

このままでは、地上に大きな被害が出てしまう。

俺は正当防衛を理由に言い訳をするつもりだが、首都星に被害を出せば宰相の心証が悪くなるだろう。

襲撃してきた連中が悪いのに、俺が責められる形になるのは納得できない。

だから、事後処理までしっかり行う必要がある。

それよりも、宇宙戦艦の侵入を許して首都星に被害が出ているのに、防衛部隊が出撃して来ない。

怠慢である。

「まったく、首都星の警備はどうなっているのか」

すると、視界の端に動物の姿が見えた気がしてそちらを見るが――何もいなかった。

気のせいだろうか？

「見間違いか？――まぁ、今はこっちが優先だな」

緩やかに落下してくる宇宙戦艦は、まだ反重力装置が生きている証拠だろう。

ただ、このまま地上に落下しても問題だが、その後に爆発でも起こされたら被害は更に拡大する。

パーティー会場の建物にはシールドを展開できるので、俺たちの安全は確保されている。

問題は周辺地域だ。

戦艦が落ちてきたら、上流階級はともかく一般人は大変だろう。

俺の責任を問われることになっても困るからな。

何とかしてやりたいと思っていると、ウォーレスから通信が入る。

『リアム、宰相から機動騎士の使用許可が出たぞ！』

それを聞いて、俺はニヤリと笑うと空に向かって叫ぶ。

「出番だぞ、アヴィド!!」

俺の声に反応するように、空から一機の機動騎士が出現した。

首都星近辺に待機していたバンフィールド家の戦艦から飛び出し、首都星を包む金属の殻の外で待機していたのだろう。

マシンハートを得た俺の愛機は、通信障害など問題にならない。

俺の危機を感じて、すぐに駆けつけられるように控えていたのだろう。

思っていたよりも早い到着に、俺はアヴィドを褒めてやる。

「お前はいい子だよ」

アヴィドが俺の目の前に着地すると、二十四メートルという巨体なのに地面は揺れ一つ起きなかった。

星間国家の技術は凄《すご》いな。

アヴィドが手を伸ばしてくるので、それを足場に駆け上がってコックピットへと飛び込む。

そのままコックピットのシートに座り、操縦桿《そうじゆうかん》を握りしめた。

「戦艦が地上に落ちると、後が面倒だ。――お前の力を見せてやれ、アヴィド」

語りかけるように事情を説明してやると、アヴィドのエンジンが唸《うな》りを上げ、そのまま力強く空へと舞い上がる。

向かう先は、落下し始めている宇宙戦艦だ。

空中で崩れていく戦艦をアヴィドが下から押し上げ始める。

巨大な機動騎士よりも、宇宙戦艦はもっと大きい。

質量も桁違いなのだが、アヴィドに押し返させる。

「いいぞ。そのまま宇宙まで押し出せ！」

アヴィドの出力が上昇していくと、落下していた宇宙戦艦が空中で押し留《とど》まり――そのままゆっくりと上昇を開始する。

宇宙戦艦に比べれば小さな機動騎士が、質量を無視して押し返す姿は驚異的だろう。

アヴィドのパワーを前に、俺は興奮を隠せない。

「あははは！　これがアヴィドの力だ！」

宇宙戦艦からは、次々に脱出艇が出ていた。

アヴィドが接触したことで、敵との間に通信回線が開かれる。

相手が俺に救援を求めてくる。

『助けてくれ！　このままでは我々は――』

俺を殺しに来た連中が、何故《なぜ》か必死に助けを求めてくる姿は理解に苦しむ。

こいつらは何がしたいんだ？

俺は操縦桿から手を離して、頭の後ろで手を組んだ。

脚も組む。

アヴィドは自動で動いており、俺のやりたいことを実行してくれている。

最早《もはや》、簡単な操作なら頭の中で想像するだけでいい。

俺は助けを求めてきた連中とのお喋《しゃべ》りに興じることにした。

「そうだな。このままでは、お前らは死ぬだろうな」

『た、頼む！　我々は命令されただけなんだ！』

俺の命を狙う連中に頼まれて、こんな無謀な計画を実行したのだろう。

「首都星に宇宙戦艦で乗り込んで発砲したんだ。お前らは生き残っても終わりだよ。逃げた連中も、すぐに捕らえられて地獄を見るぞ」

こいつらにとっては、この場で死んだ方が救いはあるのではなかろうか？

しかし、諦めきれないらしい。

俺に対して、必死に温情を求めてくる。

『脅されたんだよ！　何でも話す。あんたの有利になるように証言する。だから、俺たちを助けてくれ！』

俺のために何でもすると言うが、興味もなくなってきた。

「知らん。そのまま死んでいけ」

会話を終えると、アヴィドが更に速度を上げていく。

上昇し続けると、液体金属で包み込まれた首都星の壁が見えてくる。

戦艦が壁にぶつかると、液体なのでもちろん通り抜ける。

だが、その外は宇宙だ。

『や、やめてくれぇぇぇ！』

大勢の声が宇宙に出ると消えて、そして宇宙戦艦からアヴィドが距離を取る。

アヴィドがその手を伸ばすと、手の平の先に魔法陣が出現した。

そこから出現した実体剣を引き抜くと、刀が出現する。

アヴィドが自ら選んだ得物を見て、俺は微笑する。

「斬り刻みたいのか？」

返事をするようにエンジンを唸らせたので、俺は操縦桿に手を伸ばして握りしめた。

マシンハートを得たアヴィドは、俺の言葉に反応を示してくれるので可愛《かわい》い。

見た目は無骨な機動騎士だけどな。

可愛いアヴィドの頼みだから、わがままくらい付き合ってやろう。

「いいぞ。お前がどこまで俺の動きを再現できるようになったのか、ここで見せてみろ。

手加減抜きの全力ではなってやるよ」

アヴィドで一閃を再現するため構える。

機動騎士で一閃を再現しようとすると、やはり武器を持たせて構えさせる必要があった。

アヴィドが刀の切っ先を宇宙戦艦へと向けた。

「――一閃」

俺が呟くと、アヴィドが一閃を放つ。

幾つもの斬撃が宇宙戦艦を斬り刻み、粉々になって宇宙空間に広がっていく。

ただ、アヴィドの方も無傷ではない。

各部がその動きに悲鳴を上げて、ダメージレベルがグリーンからオレンジに変色する。

しかし、マシンハートを得たアヴィドは自己再生を開始し、各部のダメージを修復してしまった。

オレンジからグリーンに色が戻り、自己再生が終了したのを電子音声が告げてくる。

それを聞いて、俺は笑ってしまった。

「やるじゃないか。これでもっと暴れることができるぞ」

俺に返事をするように唸りを上げるアヴィドは、暴れ足りないようだ。

興奮しているアヴィドを宥《なだ》めるように、優しい声で諭す。

「そう焦るな。宇宙には刈り尽くせないほどの敵がいる。また今度、お前が飽きるまで遊んでやる」

俺の説得を聞いて、アヴィドが少し落ち着いたようだ。

目の前の戦艦はズタズタにされ、バラバラになっていく。

その中の一撃がエンジンを直撃し、戦艦が爆発を起こしてしまう。

宇宙に大量のデブリが飛び散っていた。

「馬鹿共が消えたな。それはそうと――」

俺はアヴィドに隠していた錬金箱を取り出す。

漂っているゴミにアヴィドが手をかざせば、重力を発生させゴミが集まってくる。

手の平に収まる程度のゴミを集め終わると、アヴィドはそれを握りしめて固めた。

押し固められたゴミを前に、俺は錬金箱を使用する。

ただのゴミが黄金の粒子に変換され、その姿を黄金に変えていく姿は見ていて気分がいい。

「問題なく使えるようだな。保管場所はお前の中でいいか」

今後はアヴィドの中に、貴重な錬金箱を保管するとしよう。

コックピットに入れる人間は制限されているし、今のアヴィドはマシンハートを得て強化されている。

保管場所としては最適だろう。

まさしく頼れる愛馬――相棒の方がいいかな？　アヴィドは馬じゃないし。

「さて、宇宙戦艦も押し返したことだし、そろそろ戻るとするか。だが、カルヴァンの奴《やつ》、ようやく隙を見せてくれたな。だが――思っていたよりも大したことがない。どうやら、カルヴァンを過大評価していたようだ」

今まで動きを見せなかったカルヴァンが動いたことで、俺にはチャンスが巡ってきた。

首都星に宇宙戦艦を持ち出すなど、大きな失敗である。

それにしても、カルヴァンもこの程度か。

ライナス同様、あいつも俺の敵ではなかったな。

しかし、俺は手を抜くつもりはない。

徹底定期に責めてやるさ。

「お前をどこまで追い詰められるか、今から楽しみだよ」

◇　◆　◇　◆　◇

その光景を見ていた案内人は呆然《ぼうぜん》としていた。

「――嘘《うそ》だろ?」

頭が理解を拒み、目の前の光景を処理することを拒んでいた。

リアムが戦艦を刀一本で斬った。

この事実を理解したくない――納得できないと、頭が事実を受け入れるのを拒んでいる。

「な、何で?」

主砲ではないとは言え、対空兵器のレーザーを刀で受け止めていたのも信じられない。

その上、戦艦を斬っていた。

人一人の力など、戦艦の前では無力という前提が崩れ去ってしまった。

「リアムはもう、手のつけられない化け物ということか」

案内人は膝をついてしまう。

今の自分はリアムに勝てるだろうか？

弱り切った自分では勝算がない。

「何を間違ったのだ。私は一体何を！」

すると、アヴィドが戻ってきた。

パーティー会場から出て来て、アヴィドを出迎える人物たちがいた。

コックピットから出たリアムが一番に向かったのは、心配して駆けつけたロゼッタではなく天城《あまぎ》だった。

それを見た案内人が笑みを浮かべる。

「今の私ではお前を倒せない。ならば、せめてその心に傷をつけてやる。お前は一生、後悔するがいい」

案内人は、リアムを倒せなくてもいいと諦めていた。

ただ、絶望させたかった。

◇　◆　◇　◆　◇

パーティー会場は混乱していた。

首都星が戦艦による攻撃を受けたので仕方がない。

天城は着替えをする暇もなく、ドレス姿のまま会場内を動き回って手伝いをしていた。

そんな天城が廊下を歩いていると、急に人の気配がなくなる。

先程まで大勢が行き来していたその場所が、妙なことに人が近付かず無人になっていた。

メイドロボの天城ですら、違和感を覚えてしまう。

「――何か異変が起きているのでしょうか？」

慌ててリアムのもとへ向かおうとすると、天城の前に不思議な存在が現れる。

「こんにちは、お嬢さん」

それはストライプ柄の燕尾服《えんびふく》姿の男だった。

細身で背が高く、目元が隠れるまでシルクハットをかぶっている。

ただ、天城にはその姿とは別に――認識できない何か、として瞳に映っていた。

データにない未知の存在を警戒する。

「あなたは何者ですか？」

人の形をしている何か。

天城には、案内人の姿がノイズだらけでよく見えない。

頭の中でアラームが鳴り響き、目の前の存在が危険だと知らせてくる。

実際、友好的ではなかった。

「ロボットに答える必要はない。お前が死ねばリアムが苦しむのだ。それが全てだ」

案内人が懐から取り出したのは、拳銃だった。

自分が取り出した武器なのに、何故か忌々しそうに見ている。

「満身創痍《まんしんそうい》の私では、こんな物に頼るしかない。だが、最初からこうしておけばよかったのだ。お前さえ消えてしまえば！」

弱り切った案内人では、もう直接手を下せるほどの力がないようだ。

だが、握られた拳銃は、天城を破壊するには十分な威力を持っている物だ。

威力の高い拳銃の銃口を向けられ、天城は回避行動を取る。

「っ！」

天城が逃げようとすると、黒い煙が周囲に出現して天城の両足に絡みついた。

身動きが取れず、天城は逃げられなくなってしまう。

すぐに助けを呼ぼうにも、通信も遮断されて人が近付く気配がない。

大勢が動き回っている建物内で、この場所だけには人が近付かない。

そんなことがあり得るのか？

目の前の存在が何かしているのか？

天城には答えが出なかった。

口元だけが見えている案内人は、微笑《ほほえ》んでいた。

「お前の首をリアムの前に放り投げたら、いったいどんな顔をしてくれるだろうな？」

リアムの名前を出している目の前の存在に、天城は思案する。

（旦那様を知っている？　それよりも、このままでは私は破壊されてしまいますね。データのバックアップは済ませていますが、私個人は――ここで消えてしまうのですね）

天城は瞳を閉じ、破壊されることを受け入れる。

「旦那様。申し訳ありません――どうやら、ここまでのようです」

案内人が口元に笑みを浮かべながら引き金を引いた。

「旦那様、申し訳ありません」

天城は自分が破壊されることを覚悟していた。

しかし、同時に残されたリアムを思う。

自分がいなくなれば、きっと心を痛めるだろう、と。

それは帝国貴族として大きな欠点――人形を側《そば》に置くなど、本来はリアムのためにならない。

いつかは、とは考えていた。

だが、このタイミングではなかった。

残されたリアムが悲しむ姿を想像すると、天城は申し訳ない気持ちになる。

すると、天城の着ていたドレスの装飾品が輝いてシールドを展開する。

貴人用の防御フィールドが、レーザー銃の攻撃から天城を守っていた。

それでも、案内人は慌てない。

「ふははは！　それら装飾品のシールドは、使い捨てであるのは知っていますよ！　このまま攻撃し続ければ――続ければ？」

案内人は何度も引き金を引き、レーザーを撃ち込んでいく。

しかし、いくら撃ってもレーザーがシールドを貫くことはなかった。

拳銃のエネルギーが先に尽き、カチ、カチ、と虚《むな》しく引き金の音が聞こえる。

案内人が何とも言えない表情をしていると、天城も反応に困ってしまう。

「――私を破壊するのではなかったのですか？」

どこか呆《あき》れたような顔をしていたのだろう。

それも仕方がない。

自分を破壊すると息巻いていたのに、持ってきたのはシールドを貫けない銃が一つだけ。

もっと入念な準備をしているかと予想していたが、そんなことはなかった。

手足を拘束する黒い靄《もや》にしても、天城を破壊するだけの力はないらしい。

ハッキリ言って、お粗末すぎる。

天城の視線に耐えきれなくなったのか、案内人は取り乱していた。

「そ、そんな目で私を見るな！」

案内人は、拳銃を放り投げると逃げるように去って行く。

「糞っ！　やっぱり負の感情が足りない！　もっと集めて、リアムにぶつけてやる！　もう、手の込んだことはしない！　全力でリアムを殺してやるんだ！」

天城は去っていく案内人を見送り、そして身動きが取れるようになると首をかしげた。

「今の存在は一体？」

自分はとんでもない存在と出くわしてしまったのではないか？

そして、その存在はリアムの名前を口にしていた。

天城は不安で俯《うつむ》いてしまうのだった。

「――旦那様にはやはり秘密があるのでしょうか？」

時々、天城にも理解できない現象が起きているのは気付いていた。

その裏にあのような存在がいたと思えば――辻褄《つじつま》が合わないこともない。

恐ろしい癖に、どこか抜けた超常的な存在を天城は警戒する。

「旦那様は本当に幸運なのでしょうか？」

リアムが超常的な存在に付け狙われていると知り、天城は行動を起こすことにした。

「予定を変更する必要が出てきました。全ては、旦那様のために――」

そして、案内人の存在がある決意をさせた。

◇　◆　◇　◆　◇

リアムが戦艦を斬った。

そんな荒唐無稽な話など、普通は誰も信じないだろう。

だが、首都星の上空で起きた現実であり、目撃者は沢山存在する。

映像も残っており、瞬く間に拡散された。

首都星だけではなく、帝国中にリアムの偉業が伝わっていく。

これにより、一閃《いっせん》流の実力は本物だった、と誰もが認めるしかなかった。

カルヴァンは自室の机に肘を置き、口元の前で指を組む。

「首都星に戦艦を入れて騒ぎを起こすなど、本当に愚かなことをしてくれた」

一部の貴族たちが暴走した結果だ。

ここまでの愚行を犯すとは考えてもいなかったカルヴァンにとって、これは大きな失敗だった。

派閥を抜けた貴族たちが、ここまで愚かだとは考えもしなかった。

今では無関係とは言え、元はカルヴァン派の貴族たちだ。

カルヴァンの現在の評価は、対星間国家戦から逃げるために弟に責任を押しつけた卑《ひ》怯者《きょうもの》。

そして今は、リアム暗殺に失敗した愚か者、まで追加された。

カルヴァンは机の上に置かれた箱を見る。

そこには、暗部である忍者たちのコア――その体を炎とし、変幻自在の忍者となった者たちの死骸を示す壊れたコアが山積みになっている。

朝起きたら、机の上に置かれていた。

これが示す事実はただ一つ。

「私をいつでも殺せるというメッセージか」

リアムの暗部を侮っていた。

加えて、愚か者たちに足を引っ張られ、カルヴァンはピンチに追い込まれていた。

「追い込まれたのは私の方だったか」

連合王国との戦争前は、リアムを追い詰めたと考えていた。

しかし、結果は逆に終わってしまう。

だが、このままでは終われないカルヴァンは、自派閥の貴族たちを集めることにした。

「リアム君の領地で民主化運動が起きている。それを理由に、彼には責任を取らせよう」

戦場で無理なら、自分の得意な場で勝負する。

カルヴァンは、リアムの弱点を突くことにした。

それは、領内で起きている大規模デモだ。

「帝国は民主化運動を嫌う。これで、軍が派遣されればリアム君の領地も更地になるだろう。彼の影響力も地に落ちる」

リアムさえいなければ、クレオなど敵ではない。

カルヴァンは切り札を切ることにした。

◇　◆　◇　◆　◇

帝国首都星では、緊急の査問会が開かれていた。

それは首都星に戦艦で乗り込んだ馬鹿な貴族たちが現れたせいだ。

そして、俺は重要参考人として呼び出されていた。

査問会で当時の状況を話すだけ――だったはずが、何故《なぜ》か犯人のようにつるし上げを食らっていた。

俺は怒りで体が震えていた。

「――この屈辱は絶対に忘れない」

奥歯を噛《か》みしめる。

俺の中にあるのは激しい怒りだ。

意気揚々と査問会に乗り込んだら、カルヴァンのせいで追い込まれてしまった。

査問会には、カルヴァンも出席している。

涼しげな顔をしており、どこか遠くを見ているのが気に入らない。

無関係そうな顔をしているが、俺をここまで追い詰めたのはカルヴァンだ。

この男、査問会で俺を辱め、笑いものにしやがった。

何もできない無能と思っていたが、まんまとカルヴァンにしてやられた。

許せない――お前は必ず俺がこの手で殺してやる。

俺を辱めたカルヴァンには、必ず復讐《ふくしゅう》すると心に誓った。

貴様だけは絶対に許せない。

悔しそうに俯いている俺を見下ろしているのは、高い位置に座る宰相たち高位の貴族たちだ。

俺を見下ろす奴《やつ》らの目が気に入らない。

宰相が口を開く。

「そろそろ結論を出そうではないか」

周囲の貴族たちも同様に、俺に対して責任を求めてくる。

「まったく、リアム殿にも困ったものですな」

「少しは貴族としての責務を自覚していただかないと」

「未来の公爵ですからね。お立場を考えないと」

見た目三十代くらいの男女が、俺を見下ろして嘲笑《あざわら》っている。

彼らは帝国でも高位の貴族たちであり、首都星で起きた事件の調査や処分を任された者たちだ。

最初こそ、宇宙戦艦が首都星に来た事を審議していたのだが、カルヴァンが急に俺の統治能力に問題ありと言い出した。

首都星に軍艦で乗り込んだのは、元カルヴァン派の貴族たちであると判明している。

それなのに、強引に俺に問題があるとして、責任を求めてきた。

カルヴァンの味方の貴族たちも騒ぎ、査問会で俺を糾弾してきた。

皇太子という立場を最大限に利用し、話を逸《そ》らしたわけだ。

そして今は、全員が涼しい顔をして俺から目を背けている。

俺を責め立てた貴族たちは、査問会でつるし上げられる俺を見ようともしない。

既に見る価値すらないと思っているのだろうか？

お前らの顔も覚えたからな。

絶対に許さないぞ！

査問会には俺の味方である貴族たちも参加していたが、どこか申し訳なさそうな顔をしていた。

エクスナー男爵が俺を慰めてくる。

「伯爵――すまない」

謝るなら助けろ！　俺を助けろ！

糞《くそ》が！　俺をここまで追い込んだのはお前が初めてだよ、カルヴァン！

宰相が裁判などで出てくるハンマーを叩《たた》きざわつく会場を静かにさせて、俺に語りかけてくる。

「では、伯爵には――」

「くっ」

俯き、俺は手を握りしめた。

こんなことがあってはならない。

こんなはずではなかった。

俺は――カルヴァンを侮りすぎていた。

そのため、この査問会で屈辱にまみれた敗北感を味わっている。

今だけは――俺の負けを認めてやろう。
そう、今だけは！

◇　◆　◇　◆　◇

査問会が終わると、カルヴァン派の貴族たちは頭を抱えていた。

リアムを追い詰めるために、統治能力に問題ありと査問会で騒いだ。

進行を邪魔し、この議題を取り上げなければ絶対に査問会を終わらせないとあらゆる手を使った。

そして、強引に出した議題は――リアムの領地で起きている民主化運動だった。

バンフィールド家の領民たちが、帝国の政治批判を行っている。

帝国が過敏に反応する話題を持ち込み、査問会でリアムをつるし上げようとした。

それなのに――。

「――誰か説明してくれるかな？」

査問会が開かれた会場の近くの休憩室で、疲れた顔をするカルヴァンは居並ぶ派閥の仲間たちに視線を巡らせた。

誰もが顔を背けている。

カルヴァンは、力なく笑っていた。

「宰相が去り際に声をかけてきてくれてね。見苦しい真似《まね》をこれ以上続けては、私のためにならないそうだよ」

笑ってはいるが、本気で笑ってなどいない。

笑うしかない、というのが正直な感想だ。

一人の貴族が、カルヴァンに対して苦しい言い訳をする。

「殿下、リアムの領地に派遣した工作員たちからは、確かに民主化運動のデモが起きていると報告を受けました。我々も騙《だま》されたのです」

「君はこれが民主化デモに見えたのかな？」

リアムの領地で民主化デモが起きている資料として、一つの動画が査問会で流された。

そこに映るのは、プラカードを持ったリアムの領民たちである。

休憩室で動画が再生されると、バンフィールド家の大規模デモの様子が流れる。

『貴族の義務を果たせ！』

『ロゼッタ様を大切に！　ユリーシアさんも時々思い出して！』

『そうだ、私を思い出せぇぇぇ!!』

最後の方ではユリーシアもデモに加わっている姿が映し出されていた。

民主化運動だと思ったら、子作り催促デモだった。

カルヴァンは手で顔を隠して笑っている。

本当は泣きそうだったので、顔を隠して誤魔化していた。

「真面目な顔で、リアム君の統治能力に問題があると言った私の立場はどうなるのかな？

そもそも、どうしてこれを民主化運動だと勘違いしたんだい？」

どこか遠い目をしていたカルヴァンたちは、現実逃避をしていたのだ。

まさか、動画がこんな内容だとは思いもしなかった。

「どうして誰も内容を確認しなかったのか」

証拠があると誰もが思い込んでいた。

一人の貴族が、情報のやり取りに問題があったと言い出す。

「そ、その、工作員を派遣したのは、今回離反した子爵でした。離反の際にデータも受け取り、引き継ぎを行っていたはずなのですが――」

つまり、ヒューマンエラーだ。

引き継ぎがうまくされておらず、査問会に提出した大規模デモのデータの中身を間違えていた。

いや、確かに大規模なデモは起きていたが、その内容がカルヴァンたちの予想とは違っていた。

動画を再生した際、査問会のピリピリした雰囲気が緩んでしまった。

首都星に軍艦が乗り込んできたことにピリピリしていた貴族たちは、リアムの挑発行動にも問題ありと言って厳重注意やペナルティーを最初は考えていた。

リアムにも一定の罰を与えるべき！　という状況だった。

だが、デモを見て恥ずかしがっているリアムの様子に、「貴族の義務も頑張るように」とか「伯爵はウブですね」とか「――今後は気を付けて下さい」とか。

年寄り連中は、まるで可愛《かわい》らしい孫を見るような目をしていた。

面白おかしくからかうように。

そして、同情するように。

緩んだ空気の中、リアムに下された罰は最初に比べるとかなり減刑されていた。

実質、お咎《とが》め無しの状態だ。

カルヴァンがリアムを擁護したようなものである。

対して、査問会のメンバーたちのカルヴァンへの心証は最悪だ。

査問会を途中で中断したのが、話題逸らしと見られた。

自分が有利な場所で争い、カルヴァンはリアムに負けてしまったわけだ。

気が付けば、クレオを旗印にした弱小派閥が――自分たちのすぐ後ろに迫る規模にまで大きくなっていた。

本来ならば、負けるはずのない相手だったのに――カルヴァンは思う。

(私は運に見放されたのか?)

運がない――それは、この帝国で死んでしまうのに十分な理由だ。

それは皇太子も同じだ。

だが、カルヴァンはここで諦めない。

「我々は、もうなりふり構っている余裕はなくなった」

カルヴァンがそう告げると、派閥の貴族たちも腹をくくる。

◇　◆　◇　◆　◇

首都星に戦艦を持ち込んだ馬鹿がいた。

世の中は馬鹿ばかりだ。

パーティー会場を襲撃された俺は、しばらく大人しくしていろと宮廷から言われたのでホテルで優雅な毎日を過ごしている。

アレだけの騒ぎがあった後では、流石《さすが》の俺もパーティーは自重している。

数週間の取り調べ――査問会もあったからな。

謹慎処分を言い渡されたので、数ヶ月は大人しくしなければならない。

「これで問題は、一閃流《いっせん》を名乗った連中だけだな」

噂《うわさ》では、一閃流を名乗った剣士は二人もいるらしい。

これも有名税だろうか？

偽物の一閃流だったら、俺自ら殺してやろう。

ただ、この国は星間国家だ。

一人を捜すというのは、簡単なようで意外と難しい。

一閃流を名乗った連中の足取りが摑《つか》めていない。

俺の部屋で尻尾を振るように紅茶の用意をしているティアの姿があった。

遠征軍から戻ってきていたティアは、俺に「褒めて下さい、リアム様！」と言ってきたので「俺のために働けて幸せだろ？」と素っ気ない返事をしてやった。

そしたら、ティアの奴が身震いしながら激しく首を縦に振っていたよ。

冷たくされて喜ぶとか、お前はそれでいいのか？

お前はククリを見習えよ。

そんなわけで、褒美としてしばらく俺の側《そば》に置いてこき使っている。

ティアが俺に紅茶を差し出しながら。

「リアム様、大規模デモの問題も残っていますが？」

「俺が領地に戻ったら、すぐに弾圧して片付けてやる。大体、俺の下半身事情で騒ぎやがって、いったい何様のつもりだ」

許せないのは、ロゼッタにさっさと手を出せと領民たちに抗議されたことだ。

お前らに言われる筋合いはない！

糞っ！　戻ったら本格的に弾圧してやる。

俺の軍隊は遠征軍から戻り、今は疲れを癒しているところだ。

意外かもしれないが、悪徳領主である俺は軍の扱いに慎重だ。

気を遣っていると言ってもいい。

何しろ、俺が悪徳領主でいられるのは、圧倒的な軍事力という裏打された事実があるからだ。

強いからこそ、威張り散らせる。

その軍事力を大切にしないのは、阿呆《あほう》のすることだ。

休む時はしっかり休ませる。

だから、すぐには動かせない。

だが、軍が動けるようになったら、すぐにでも弾圧だ！

ティアはそんな俺の言葉を笑って聞き流していた。

――この話を聞いて笑っていられるとか、こいつもかなりの悪党である。

「まぁ、リアム様のご領地で民主化運動が広がらなかったのは幸いでしたね。冗談ではなく、本気で弾圧して黙らせなければ、帝国の正規軍が鎮圧に出撃していたところです」

「俺的には、正規軍に鎮圧された方がマシだったけどな」

カルヴァン派が失点を回復しようと俺を査問会の場で叩いてきた。

あいつらを取り調べる場で、俺が責められたのだ。

カルヴァンの奴《やつ》は、宮廷での争いは俺よりも上だというのを嫌というほど理解した。

俺の領地で民主化運動が起きている！　と騒いだのだ。

帝国は民主化運動を毛嫌いしており、査問会の場でその話が取り上げられることになった。

しかし——帝国の調査員が調べると、民主化運動ではなく俺の世継ぎ問題で騒いでいた。

何故《なぜ》だ？　何故、そんなことになった？

査問会で、俺の世継ぎ問題で騒いでいる領民を見られた俺の気持ちが理解できるか？

動画にはユリーシアまでデモに参加している姿が映し出され、俺は言葉を失ったよ。

あいつは放置するとろくなことをしない。

そんな映像を見せつけられた俺だが——滅茶苦茶《めちゃくちゃ》恥ずかしかった。

周りが俺に向けた何とも言えない視線は、今でも覚えている。

笑い、呆《あき》れ、そして同情する視線の数々。

宰相の生暖かい目は今でも覚えている。

微笑《ほほえ》んでいたティアが、真面目な顔になる。

「ですが、これでカルヴァン派は追い込まれましたね。逆にクレオ殿下の派閥が大きく力をつけました。全ては、リアム様の計画通りです」

予想外の自体もあったが、目的は達成している。

確かに、俺の計画通りだが、幸運が味方したのも事実だ。

「自分の幸運が恐ろしいな」

などと言っているが、俺の幸運は案内人がいるおかげだ。

一見ピンチに見えたとしても、全ては勝利に繫《つな》がっている。

人生イージーモード。

それが悪徳領主である。

「さて、そろそろ大人しくするのも飽きてきたな。久しぶりに遊びに出かけるか。車を出せ」

「謹慎中ですが？」

「出歩くくらい構わないだろ？　お前も来い」

「よろしいのですか！」

俺と一緒に出かけられると聞いて、ティアは嬉《うれ》しそうに車の手配を始めた。

第十三話 ➤ 一閃流の定め

その日、エレンはリアムと一緒に買い物に出ていた。
広い車内の中には、エレンとリアム——そして、ティアの姿があった。
(今日は師匠とお買い物だ!)
自分の師であるリアムと出かけられるため、エレンは喜んでいた。
乗り込んだ車は、リムジンのような外観をしている高級車だ。
タイヤもあるが、空を飛べるためほとんど使用されていない。
特注で作らせた高級車の内装は、随分と豪華だった。
座り心地のいい座席に、車内ではほとんど揺れを感じない。
設備も揃《そろ》っており、快適に過ごせるようになっている。
車自体は、車道の五十センチ上に浮かび、滑るように移動していた。
エレンはリアムの側に置かれた刀を見る。
リアムのお気に入りの刀の中でも、別格と言える代物だ。
エレンもリアムから一本の刀をもらっている。
赤鞘《あかざや》で、刀身の根元に金色の虎が描かれた刀だ。
それもかなりの逸品であるが、リアムの持つ名もなき刀は不思議な力を宿している。

（師匠、最近はずっとお気に入りの刀を持ち歩いてる）

普段は大切に保管している刀を持ち歩く――まるで、何かを警戒しているようだ。

リアムはシートに座り、ティアがグラスに注いだ酒を飲んでいた。

「昼間から飲む酒はうまいな」

連合王国軍相手に暴れ回ったティアに、お酌をさせられるのはリアムくらいだろう。

「リアム様のために揃えた高級酒ばかりでございます。ささ、どうぞもう一杯」

「気が利くな」

リアムが注がれた酒を飲み干すと、ティアは頰を赤くして熱を含んだと息を吐いた。

本当に惚《ほ》れ惚《ぼ》れした表情でリアムを見ている。

「あぁ、いい飲みっぷりでございます」

お世辞に聞こえそうなことばかりを口にしているティアだが、それが本心というのはエレンにも何となく伝わっている。

ティアの瞳がハートマークになりそうなほどに熱を帯びていた。

尻尾でもあれば、はしゃぎすぎた犬のように振り回していることだろう。

ただ、エレンは先程から妙な気配を感じていた。

エレンはリアムに声をかける。

「師匠」

「何だ？　ぬいぐるみなら一つだけ買ってやる」

「ち、違いますよ！　そ、その、何というか妙にソワソワします」

ソワソワと言ってしまったが、正確に言うならゾワゾワだろう。

背筋が寒い。

風邪を引いていないはずなのに寒気がしていた。

誰かに見られている気がして仕方がない。

キョロキョロと窓の外を見るエレンに対して、リアムは少し嬉しそうにしていた。

「修行の成果が出てきたじゃないか」

警戒するエレンに対して、リアムは気を抜いたままだ。

しかし、先程まで嬉しそうにしていたティアの様子が激変する。

通信で周囲の護衛に何やら確認していた。

右手の人差し指と中指を耳に当てて、窓の外を気にしている。

「異常はないか？」

部下からの報告を受ける。

『今のところ異常は——待って下さい。進路上に誰かいます。二人？』

それを聞いたティアが目を大きく開き、怒鳴るように命令する。

「全員、警戒態勢！」

車が急に動きを変えて車内が揺れると、リアムは酒を飲み干して呟《つぶや》いた。

「——気付くのが遅かったな。もう逃げられないぞ」

部下たちの失態に、小さなため息を吐《つ》いていた。

揺れる車内で、エレンは天井を見上げると、リアムに突き飛ばされてしまった。

何が起こったのか理解できない内に——車は真っ二つにされ、先程までエレンがいた場所は切断されていた。

車が二つに分かれ、そして地面に落ちると道路に車体をこすりながら停止した。

「な、何が？」

エレンが辺りを見回すと、一人の女が立っていた。

紺色の綺麗《きれい》な髪を風に揺らしている。

「あれ？　もしかして、その子は——」

近付いてきた女が、エレンをピンク色の瞳で覗《のぞ》き込んでくる。

彼女は寒気を感じさせるような笑みを浮かべていた。

すると、自分の近くにもう一人が降り立った。

降り立った音よりも、強い気配が出現した恐怖にエレンは震えてくる。

荒々しい言葉遣いが聞こえてくる。

「今の一撃で死ぬわけがないよな？　出てこいよ、リアム！」

オレンジ色の癖のある髪を後ろでまとめているが、癖が強いのか獅子《しし》のたてがみのように見えた。

二人を見たエレンは、体の震えが止まらなかった。

（この人たちは強い）

どちらも刀を腰に帯びている。

すると、切断されたもう一方の車からティアが飛び出してくる。

その手にはレイピアが握られていた。

「貴様ら、誰に向かって武器を向けたのか、わかっているんだろうな！」

激高しているティアを、二人の女はニヤニヤと笑いながら見ていた。

「弱くはないかな？　でも、ちょっとね～」

「あぁ、その他大勢よりはマシだが、それだけだ」

二人の実力は明らかにティアより上だった。

それがわかっているのか、ティアも不用意に飛び出さない。

リアムを庇《かば》う位置に立っていた。

「リアム様、この場は我々にお任せ下さい」

車の中から姿を見せるのは、左手に刀を持ったリアムだ。

ゆっくりと車から出てくると、うなじに手を置いて首を回している。

護衛の騎士たちが集まってくると、リアムは手をひらひらとさせて追い払うようなジェスチャーをする。

「強がりを言うな。逆にお前が邪魔だ。さっさと下がれ」

「で、ですが！」

下がるように命令されたティアだが、リアムの側《そば》から離れようとしない。

すると、エレンの近くにいたオレンジの髪の女が、その腰に提げた二本の刀に意識を向けた。

それに気付いたティアがリアムの前に飛び出して庇うと、左手が斬り飛ばされる。

地面には二つの大きな傷が入っていた。

ティアは、左手を斬り飛ばされながらもリアムの前に立っている。

顔は敵を睨《にら》んでおり、右手に持ったレイピアを放さず構えていた。

オレンジの髪の女が舌打ちをする。

「何だよ。両腕を斬り飛ばして、実力の違いを教えてやろうと思ったのに」

すると、紺色の髪の女が馬鹿にしたように笑っていた。

「下手糞～」

「あん？　リアムをやったら、次はお前を斬り殺してやろうか？」

二人の間にも剣呑《けんのん》な空気が漂い始めると、そこでリアムが動いた。

斬り飛ばされたティアの腕を拾うと、それを持ち主に渡して下がらせる。

「よく俺の前に出た。今回の件は評価してやる」

「リアム様!?」

ティアが驚いていると、押しのけて他の騎士たちに預けた。

そして、リアムは二人の前に出ると――空気が一変する。

ヘラヘラしていた二人の女たちが、構えを取っていた。

リアムが二人を前に挑発する。

「どうした？　俺を殺しに来たんじゃないのか？——怖《お》じ気《け》づいたなら、お前らは一閃流《いっせんりゅう》の偽物だな」

リアムは彼女たちの太刀筋を見て、本物であると判断したようだ。

理解しつつ、偽物扱いをする挑発である。

エレンは、二人に感じていた妙な気配に納得する。

（この感じ、同門だったから？）

先に動いたのは紺色の髪の女だ。

「はじめまして、兄弟子。僕は皐月《さつき》凜鳳《りほ》——正統な一閃流の後継者だよ」

礼儀正しいようで、リアムを見る目は殺気に満ちていた。

そして、もう一人は敵意を隠そうともしない。

「獅子《しし》神風華《かみふうか》！　お前を殺して、師匠の一閃流を受け継ぐ女だ！」

刀を抜いた風華が、地面を蹴るとリアムに突撃する。

見えぬ斬撃を得意とする一閃流で、この動きは珍しい。

エレンの目に見えたのは——その二刀で何千という斬撃を一瞬で繰り出す風華の動きだった。

荒々しい見た目に反して、全てが命を取るギリギリの力に調整されていた。

とても器用な剣士に見える。

「師匠！」

心配したエレンが叫ぶも、リアムは刀の柄《つか》を手に取ろうともしなかった。

ただ、エレンに語りかける。

「エレン、よく見ておけ」

すると、リアムが風華の斬撃を全て己の斬撃で防いでしまう。

風華の相手をしながら、エレンに指導していた。

「同門対決は俺も初めてだ。次の機会などないかもしれないからな」

エレンの指導を始めるリアムを見て、風華は遊ばれていると感じたのだろう。

奥歯を嚙《か》みしめ、怒りに顔を歪《ゆが》ませる。

「調子に乗ってんじゃねーよ！　一閃！」

目にも留まらぬ動きで斬撃を放つ風華だが、その途中で刃を二本ともリアムに踏みつけられていた。

刃は地面に突き刺さり、そこからひびが周囲に広がっている。

「なっ!?」

刃を交差させるような動きを見せていたので、重なり合うタイミングでリアムが踏みつけていた。

驚く風華に、リアムは笑いながら言う。

「いいことを教えてやる。――俺はお前らよりも強い」

リアムが風華を蹴飛ばすと、凜鳳の方は最大限に警戒していた。

「強いとは聞いていたけど、本当に厄介だよね」

長刀を構えた凜鳳が斬撃を次々に繰り出してくるが、刀を抜いたリアムに全て弾《はじ》かれる。

その度に、道路に亀裂がいくつも入ってズタズタになっていた。

破片が周囲に飛び散るが、エレンは自分に飛んでくるものを全て避ける。

そして、リアムの戦いを見逃さないように必死に三人を見ていた。

一閃流同士の対決を前に、リアムの騎士団は手が出せずにいた。

三人がその場に立っているだけ。

時折、一瞬で移動して場所が入れ替わる。

ただ、激しく斬り合っているのか、斬撃の音や衝撃だけが辺りに響いていた。

徐々に三人を中心に嵐のように風が吹き荒れていく。

騎士たちが混乱していた。

「何が起こっているんだ!?」

「前に出るな！　死にたいのか！」

「これでは援護もできない」

ただ、徐々に旗色が悪くなる二人の体には、幾つものかすり傷ができていた。

そのことに、凜鳳と風華も驚いた様子を見せている。

リアムがわざとらしく溜息《ためいき》を吐き、二人を前に余裕を見せる。

「この程度か」

対して、二人はかすり傷だけでなく、息も上がって疲れを見せている。

(師匠強い！)

エレンは、リアムの強さに感激する。

今まで強いことは理解していたが、どこまで強いのか把握はできなかった。

それが今、同門同士の戦いでリアムの強さを知ることができた。

感動しているエレンの前で、リアムは二人を挑発する。

「どうした？　怖くて本気を出せないのか？　なら、お前らの全力を見てやる。二人揃《そろ》って本気を出せ」

リアムが刀を鞘《さや》にしまって両手を広げて隙を見せると、二人が目に見えて憤慨した。

凜鳳は口調を取り繕うことも忘れて。

「僕を前に隙を見せるとか――死ねよ、糞野郎《くそやろう》」

風華は額に血管が浮かびあがっていた。

「殺す！　殺してやる!!　こんな屈辱初めてだ！　お前は塵《ちり》になるまで刻み続けてやらぁぁぁ!!」

凜鳳は姿勢を低くし、一瞬消えたかと思うとリアムのすぐ近くに出現していた。

踏み込んだ足が道路にひびを入れていた。

無表情でリアムの命を刈り取りにいっている。

神速にして強力な一撃を放とうとしていた。

「――散れ」

風華の方は飛び上がり身を捩《よじ》って空中で回転を始めた。

「食い破れ！」

風華はこれまでにない数の斬撃を放ち、それはまるで嵐のようだった。

全てを斬り裂く嵐だ。

二人の一閃はそれぞれ性質が違う。

華奢《きゃしゃ》に見えて力強い凜鳳の斬撃は、本当に一太刀で勝負を決める一閃流の王道とも言える斬撃だ。

対して、風華の方は凜鳳に及ばない一撃の威力を数で補っていた。

一閃流からすれば邪道だが、そもそもオーバーキルの一撃を放つよりも最適な力加減をした一撃を複数放てる方が効率はいい。

リアムとも違う一閃に、エレンは不安がこみ上げてくる。

(師匠!?)

心配するエレンだったが、二人の一閃流と対するリアムは笑みを浮かべていた。

「どっちも半人前だな。――出直してこい」

直後、凜鳳の一撃を受け止めたリアムは、嵐のような斬撃を放つ風華を一振りで吹き飛ばしてしまった。

二人が吹き飛び、地面を転がると即座に起き上がる。

二人が起き上がるのを待ってから、リアムは構えを取った。

「同門のよしみで俺の本気も見せてやる。受け止められなかったら――そのまま死ね」

弱い一閃流など必要ないというリアムの強い意志に、エレンは震えた。

つまり、自分も弱ければいずれリアムに殺されることを意味する。

凜鳳は立っているのも苦しそうで、風華も血を吐きながら構える。

二人は本気のリアムを前に、恐怖で震えていた。

凜鳳は半笑いだった。

「あぁ、これはまずいや」

風華はリアムを見ながら、どこか懐かしむように呟《つぶや》く。

「師匠が二人で挑め、って言うわけだな」

寄り添い合い、二人が背中を合わせると構えを取る。

準備ができたと確認したリアムが、目を細める。

「一閃」

リアムが技名を言い終わると同時に、二人の体から血が噴き出した。

エレンには、何も見えなかった。

リアムの一閃は、荒々しかった二人の一閃よりも静かで冷たい空気を放っていた。

派手な技を放つ二人とは対照的に、とても静かで周囲には風も発生せずに、斬撃の跡も残らない。

ただ、敵を屠《ほふ》るだけの技。

(本当に何もしていないように見える)

自身の目に自信があったエレンだが、リアムの本気の一閃を見ることは叶《かな》わなかった。

勝負が一瞬で終わると、凜鳳と風華が地面に倒れる。

二人の手足が斬り飛ばされ、血だらけで今にも死にそうになっていた。

あれだけの強者《つわもの》たちが手も足も出ない。

エレンはリアムを見て震えるが、それは恐怖心からではない。

(私の師匠って凄《すご》い!)

嬉《うれ》しくて震えていた。

リアムが構えを解くと、二人に近付いていく。

すると、戦いが終わったと知ってティアも動いた。

持っていたレイピアの形が変化すると、膨らんでドリルになって回転を始めた。

それを地面に引きずって歩いて来る。

先端が地面に触れると、火花が飛び散った。

ティアの目は、殺意に満ちている。

「殺す。リアム様の命を狙った者は、死にたいと思うような地獄に落として永遠の責め苦を味わわせてやる」

片腕になっても二人を殺そうとするティアに、リアムが振り返って意外な命令をする。

「ティア、二人を治療しろ」

その命令は意外だったのか、ティアは殺意が霧散し困惑していた。

「え？　い、いや、しかし！」

「可愛《かわい》い弟弟子たちだ。いや、妹弟子か？　すぐに医者の手配だ。無理ならエリクサーを使用しても構わない」

二人と剣を交えたことで、その師匠も見抜いたようだ。

リアムは少し嬉しそうにしていた。

「で、ですが、この者たちはリアム様のお命を狙ったのですよ！」

リアムは笑っていた。

「妹弟子たちがじゃれついてきただけだ」

「で、ですが、助けるなど――」

納得しないティアに、上機嫌のリアムが近付くと手を伸ばした。

ティアの頬に優しく触れると、二人から庇《かば》った件を褒められる。

「それよりもティア、よく俺を庇って前に出た。俺の中でお前の評価が上がったぞ。遠征軍を勝利させたことよりも価値がある。お前が俺の部下でよかったよ」

「リアム様！」

感激するティアは、端末を取り出して「もう一回！　もう一回お願いします！　最高画質で今の台詞《せりふ》をお願いします！」と言っている。

リアムも気分がいいのか「しょうがないな～」とティアを褒める。

すると、凜鳳《りほ》の口がパクパクと動いて何か伝えようとしていた。

「──ししょ──でん──ご──」

リアムが近付き耳を貸すと、凜鳳の懐を探って手紙を手に取る。

今の時代にわざわざ手紙かとエレンが驚いていると、リアムはそれを読んで目を見開いていた。

そして、惚《ほう》けているティアに強い口調で命令する。

「何をしている？　俺の命令が聞けないのか？」

「い、いえ！　すぐに医者の手配をいたします！」

騎士たちが負傷した二人に近付き、応急処置を開始した。

◇　◆　◇　◆　◇

二人の妹弟子が持っていたのは、師匠が俺に宛てた手紙だった。

手紙の内容を確認する。

『リアム殿、お元気ですか？　拙者は今も一閃《いっせん》流を極めるため各地を放浪しております。

その際に、才能のある二人の子を見つけました』

そこには一閃流を高めるため、本来は禁止されている同門同士の戦いを許可したと書かれていた。

——あ、危なかった。

同門同士の戦いが許可制なんて、俺は知らなかった。

師匠の対応からすれば、自分の弟子同士なら戦わせるのはありなのか？

つまり、同門同士の戦いには師匠の許可がいる、と——うん、今後は気を付けよう。

そして、手紙はこう続く。

『急に二人が現れ困惑しているでしょう。ただ、この手紙を読んでいるということは、リアム殿が当然のように勝利したのだと思います。もし、あの二人が生きているのなら、面倒を見て下され。拙者ではあの二人を最後まで育てることができません』

師匠があの二人を俺に託してきた。

きっと、二人の実力を俺に見せたかったのだろう。

本気で殺しに来ていたように見えたが、師匠には何か考えがあったはずだ。

何しろ師匠だからな！

だが、気になるのは師匠が最後まで育てることができない、という部分だ。

あの二人は剣士として見れば完成している。

一閃流の剣士としては未熟だが、十分に合格ラインにいるだろう。

あとは本人たちの努力次第に見えた。

師匠の身に何かあったのだろうか？

——ここで考えても答えは出ない。

とにかく、俺は師匠から二人を託されたのだ。

妹弟子たちの面倒は俺が見よう。

「任せて下さい、師匠。あの二人の面倒は俺が見ます」

俺は一閃流に関しては真摯に向き合うと決めている。

やんちゃな妹弟子たちの面倒を見ろ、と師匠が言うならば従うまでだ。

普通なら俺の命を狙った時点で死刑確定だが、一閃流の妹弟子となれば話が違う。

それはそれ、これはこれ、だ。

「それにしても、師匠が最後まで育てられない理由が気になるな。今は、いったいどこで何をしているのか」

きっと今も、師匠は一閃流を磨いて武の極みを目指しているのだろう。

第十四話 ➤ 感謝の一閃

帝国から遠く離れた惑星。

狭いボロアパートで、安士《やすし》は赤ん坊をおんぶしていた。

妻である女性は、スーツ姿で慌ただしく出かけようとしている。

「ヤス君、十九時までには戻るから、それまでお世話をお願いね」

「——はい」

ヤス君と呼ばれている安士は、力なく返事をした。

知的な女性は、安士を主夫にして自分が働きに出ていた。

本当なら逃げ出したいが、包丁を持って追いかけ回されてから怖くて逃げられない。

着物を着ているため、女性に斬られた傷が見える。

胸から腹部にかけて斜めに入った傷跡が生々しい。

今思い出しても恐ろしい顔をした女性に「この傷は残しておきましょうね。——二度と私から逃げられないように、戒めにするのよ」と、言われているので消せなかった。

この世界の医療なら完全に消せるのに、わざと残している。

愛の重い女に手を出してしまったと、安士は後悔して涙ぐむ。

「うぅ、逃げたい。だが、俺の小遣いでは逃げ出せない」

リアムからもらったお金のほとんどは、凜鳳と風華《ふうか》を育てるために使ってしまった。

残っていたお金も遊び歩いて使い切り、今は女性からお小遣いをもらって遊んでいる。

家に残って子供の面倒を見ているが、家事のほとんどは女性が行っていた。

主夫にもなりきれず、ヒモにもなりきれず——中途半端な状態だ。

これがリアム、凜鳳、風華を育て上げた剣神の真の姿である。

赤ん坊がぐずり出す。

「はいはい、オムツを替えようね。——はぁ、俺は一体何をしているんだろう？」

遠く離れた惑星で、安士は平和に生きていた。

◇　◆　◇　◆　◇

高級ホテルに用意された特別な医務室。

そこには凜鳳と風華の姿があった。

病衣を着用し、体中包帯だらけだ。

怪我《けが》が治ると、二人ともお腹《なか》が空《す》いたと言ってベッドの上で次々に料理を平らげていく。

二人を忌々しげに見ているのはティアだ。

その側《そば》には、エレンの姿もあった。

二人は意外にも、ベッドの上で姿勢正しく食事をしていた。

ただ、正しい姿勢で食事をしているだけで、皿の上の料理が次々に消えていくので給仕係が忙しそうに皿を取り替えていた。

ティアは二人の旺盛な食欲を前に呆《あき》れ果て、殺意が消えていた。

「病み上がりでよくそんなに食べられるわね」

風華は人心地ついたのか、箸を置いて背伸びをしていた。

「食わないと力が出ないんだよ」

その横でお吸い物を飲み干した凜鳳が、小さく息を吐いてからニヤリと笑う。

「僕より力がないくせに」

言われた風華は頭に来たのか、凜鳳に指をさす。

「お前は食ってもガリガリだけどな！　胸も小さいしよ」

風華の立派な胸に比べ、凜鳳の胸は並だった。

凜鳳は気にしているのか、腕で胸元を隠すようにして風華を睨《にら》み付ける。

「はぁ？　頭に回る栄養まで胸にいったんじゃないの？　どうして僕が胸の大きさにこだわっていると思うのかな？　そもそも、大きい胸をありがたがるとか意味不明だね。剣の道に生きるなら、そんな邪魔な脂肪は斬り落とした方がよくない？　いっそ僕が斬り落として上げようか？　ほら、さっさと出せよ！」

早口の凜鳳を見て、エレンは察してしまう。

（気にしてたんだ）

喧嘩《けんか》を始める二人だが、またまたお腹が鳴り出すと食事に戻っていた。

監視役のティアは、食事を再開する二人を前に不満そうにしている。

ティアの繋《つな》いだ腕には、包帯と器具が取り付けられていた。

「どうしてこいつらの世話を私がしなければならないのか」

エレンがこの場にいるのは、同門の剣士を間近で見るためだ。

リアムが二人を預かることになり、顔合わせではないが話す機会を設けた結果である。

エレンが一閃流の弟子であるのは、風華も凜鳳も気付いていた。

風華がエレンに話しかけてくる。

「ところでちっこいの」

小さいと言われ、ムッとするエレンは頬を膨らませる。

「ちっこいのじゃありません。エレンです」

「別にいいだろ。俺たちは同門。お前との関係は叔母と姪《めい》か？　ま、仲良くしようぜ」

好戦的な二人だが、何故《なぜ》かエレンに好意的だった。

リアムを殺そうとしていたのが嘘《うそ》のようだ。

しかし、エレンからすれば、二人は尊敬する師匠を殺そうとした刺客である。

「師匠を殺そうとした人とは仲良くできません！」

顔を背けると、風華が残念そうにする。

同じ一閃流の使い手というよりも、それは妹にそっぽを向かれて寂しそうにする姉のようだった。

凜鳳の方はクスクスと笑って、エレンの気持ちにも理解を示す。

「まぁ、僕も師匠を狙われたら激怒するから仕方ないよね。でも、兄弟子を狙ったのはその師匠の指示だよ。兄弟子もそれを知って、僕たちを受け入れてくれたみたいだし。その兄弟子の弟子である君が、そんな態度はよくないね～」

風華は食事に満足したのか横になっていた。

そのままエレンに忠告する。

「お前もいつか、兄弟子の指示で弟や妹と戦うことになるぞ」

「――そ、それは」

今のリアムにはエレン一人しか弟子がいない。

凜鳳と風華は預かっている妹弟子にすぎず、正式な弟子ではないのだ。

最低でも後二人は、リアムの弟子としてエレンの弟か妹ができる。

それが少しだけ、エレンには嫌だった。

いつか自分以外の弟子ができれば、リアムはそちらに意識を向けるだろう。

今のように、自分だけを見てくれなくなる。

エレンが困っていると、病室にリアムが入ってきた。

「元気そうだな」

病室に入ってきたリアムは、二人を前にしても警戒を解いていた。

ベッドの上の二人が、すぐに正座をして頭を下げる。

ふてぶてしい態度や、荒々しい言葉遣いが目立つ二人だが、どうやら礼儀作法は仕込まれているらしい。

凜鳳《りほ》がリアムに謝罪を述べる。

「この度は本当に申し訳ありませんでした。自分たちの浅はかさを知りました」

風華も同様だ。

「未熟な我らでは、兄弟子の領域にまだ届かぬと理解いたしました」

殊勝な心がけの二人を前に、リアムはティアが用意した椅子に座って二人を見る。

まるで身内を相手にしているような態度で、優しく話しかける。

「誰が上か理解できたようだな。さて、お前たちを預かることになったが、正直に言えば一閃《いっせん》流に関しては俺が教えることはない。精々、修行場所を用意してやるくらいだ」

安士が鍛え上げた凜鳳も風華も、既に剣士として完成している。

ここから先は、自らを鍛えていくしかない。

リアムにできるのはその手伝いくらいだった。

ただし、リアムは二人の欠点を見抜いていた。

「だが、その他が駄目すぎる。師匠が俺に預けたということは、お前らを騎士として一人前にしろという意味だろう。怪我が治り次第、お前らを連れて俺は一度領地に戻る。お前らはしばらく、俺の領地で騎士となるために学べ」

学べと言われて露骨に嫌な顔をするのは凜鳳だ。

「け、剣士に学など不要では？　兄弟子、僕は辞退します。今は少しでも自らを鍛えるべきかと」

凜鳳の話を聞いて、リアムは笑顔で拒否する。

「駄目だ。師匠が俺に預けたということは、お前たちに足りない物があると判断したからだろう。教育に手を抜くつもりはない」

リアムなりに、二人の育成について色々と考えているようだ。

風華はどちらでもいいのか、気にした様子がない。

「カプセルに入って外で数年鍛えて終わりだろ？　ま、荒事なんてこっちは慣れっこさ」

一閃流の剣士である二人にとって、今更騎士としての教育など温《ぬる》いだろう。

大した修行にもならないはずだ。

ただ、リアムは別の修行を用意していた。

「そうか。なら、戻ったらしばらく行儀作法見習いとしてうちの侍女長であるセリーナに預ける。しっかり、メイドとして頑張れよ」

凜鳳も風華も、それを聞いて唖然《あぜん》としている。

メイドの行儀作法を学ぶとは、思ってもいなかったのだろう。

「あ、兄弟子!?　メイドって何ですか！」

「ふ、ふざけるなよ！　俺たちがメイドとか――あ、あり得ないからな！」

慌てふためく凜鳳と風華を見て、リアムは意地の悪い笑みを浮かべていた。

「俺も修業先で使用人として働いた。お前たちは貴族ではないから、俺の屋敷でしっかり教育してやる。逃げられると思うなよ」

「そ、そんなぁ！」

「お、俺がメイド!?」

リアムとしては善意から厳しく鍛えてやるつもりだろうが、二人からすれば剣とは関係ない修行に絶望していた。

エレンはちょっとだけ、いい気味だと思う。

（この人たちにとっては、メイドの行儀作法を学ぶ方がお仕置きになるかも）

◇　◆　◇　◆　◇

「――なん、だと」

案内人は膝から崩れ落ちた。

期待していたリアム暗殺の切り札が、まったく役に立たなかったからだ。

負けたのはいい。

しかし、その後はリアムの命を狙うどころか、兄弟子として慕い始めていた。

それもこれも、全て安士のせいだった。

リアムも安士《やすし》の手紙を受けて、二人の妹弟子たちを可愛《かわい》がっている。

「あ、あいつ、最後の最後に保身に走りやがった！」

安士の性格を考えれば当然なのだが、案内人からすれば裏切られた気分だ。

それよりも、だ。

どうしても許せないことがある。

案内人は、今回の騒動——全ての事実を知ってしまった。

「それよりも——私の行動が、実はリアムを助けていただけだと？　私は一人、リアムを支援して喜んでいただけではないか！」

後になって詳しく調べてみれば、結局リアムの手助けをしたに過ぎなかった。

全てが終わってみれば——カルヴァン派は大きく求心力を失い、その力を落としている。

対してクレオ派閥では、リアムは発言力を更に高めていた。

派閥の戦力強化も成功させ、その数を増やしている。

手も足も出なかったカルヴァン派に対して、クレオ派が肩を並べる大勢力を築いているではないか。

「——許さない」

案内人は手を握りしめる。

それに、リアムの領地だ。

元々潜り込んでいた厄介な連中が特定されてしまい、今後の不安の芽が摘まれてしまっている。

何もかも、リアムに都合がいい状況ができていた。

「リアム、お前だけは絶対に許さない。こうなれば自爆覚悟でリアムを殺してやる！」

なりふり構わない案内人は、リアムを殺すために負の感情を集めることにした。

ちょうど星間国家同士の戦争もあり、そこには怨念が渦巻いていることだろう。

リアム絡みの負の感情も集めて、自分の手で止《とど》めを刺すことにした。

リアムを殺せるかどうかは、今の案内人には不明だ。

だが、案内人は勝てる見込みに関係なく、リアムを倒したかった。

「絶対にリアムを殺してやる！」

負の感情を集めるためにその場から消えた案内人を、隠れ潜んでいた犬が見送ると姿を見せる。

そして、犬は――どこかへと消えていく。

◇　◆　◇　◆　◇

遠征軍が無事に帝国に帰還すると、勝利を祝って首都星の各地で戦勝会が開かれた。

遠征軍に参加した貴族や軍人を招待し、貴族たちが盛り上がっている。

単純に勝利を喜んでいる者。

そして、クレオ派閥に近付きたい者。

もはや、クレオは以前のように無力ではなかった。

パーティーに招かれたクレオは、沢山の参加者との挨拶で疲れ切っていた。

リシテアを連れて休憩室に入る。

「――疲れるな。伯爵はこれを毎日行うのか？　よくやる」

クレオのそんな愚痴に、リシテアは窘《たしな》めつつも嬉《うれ》しそうだった。

「伯爵が根回しをしてくれたおかげだぞ。首都星に残って精力的に動き回っていたらしいからな。だが、お前の名前でこれだけの人間が動くのだ。もう、無力な頃とは違うさ」

リアムのおかげで、今のクレオの周りには有力な貴族たちが集まってくる。

「俺はお飾りですけどね」

「そんなことはない。卑屈になるな」

「戦争も参加しただけで、何もしませんでしたよ」

戦争に参加したクレオだが、何もしていない。――させてもらえなかった。

実質的な総司令官はティアだった。

そして、全体の調整を行ったのはクラウスという有能な騎士だ。

そのことが、クレオの劣等感を僅かに刺激する。

仕方がないことだとは理解していても、お飾りに甘んじるしかない。

そんな自分が嫌になっていた。

クレオはリアムのことを思い出す。

「それより、伯爵本人はあまり表に出て来ませんね」

リシテアは、リアムの予定をクレオに教える。

「一度領地に戻るそうだ。大規模デモは落ち着いてきているらしいが、やはり地元の様子が気になるのだろうな」

そんな状態なのに、よく首都星に残ってくれたとリシテアは感激していた。

ただ、クレオは素直に喜べない。

「――本当に伯爵は何でもできてしまうのですね。俺とは大違いだ」

次の皇帝の座を巡って兄と争ってはいるが、クレオはただの飾りだった。

それを受け入れていたが――本人は面白くない。

「俺がいなくても彼さえいれば、周りは納得するのでしょうね」

「何か言ったか？」

クレオの呟《つぶや》きを聞き逃したリシテアは、今後のことを考えてワクワクしていた。

危機を乗り越え、今ではカルヴァン派閥と戦えるだけの力を得ていた。

それが嬉しいのだろう。

だから、わざわざ水を差すこともないと、クレオは首を横に振った。

「いえ、何も」

◇　◆　◇　◆　◇

案内人は首都星に舞い戻っていた。

遠征軍に滅ぼされた怨霊たち。

そして首都星に渦巻く憎しみ。

なりふり構わず集め続けた負の感情を持って、リアムに戦いを挑むためだ。

「リアム！　今日こそお前をこの手でぇぇぇ！」

アンドロイドの天城《あまぎ》も倒せず、自分の行動が何の意味もなかったばかりか最終的にリアムの勝利に結びついていたと知った案内人は腸が煮えくりかえっていた。

浮かれていたところで現実を突きつけられ、もう怒りで我を忘れている。

そして、宇宙港でリアムがこれから領地に戻るところを突き止めると、真《ま》っ直《す》ぐに向かっていく。

「そこかぁぁぁ！」

凜鳳と風華《ふうか》、そしてエレンを連れて自慢の戦艦を案内していた。

無駄に豪奢《ごうしゃ》な宇宙船の廊下を、護衛なしで歩いている。

四人の背中が見えた案内人は、負の感情を研ぎ澄ませて一つの刃を作り上げる。

案内人の腕が、禍々《まがまが》しい刃が、リアムの背中に迫る。

「リアァァァムゥゥ!!」

◇　◆　◇　◆　◇

「どうだ、凄《すご》いだろ！　金をかけた超弩級《ちょうどきゅう》戦艦だ。こいつ自体が一つのコロニーみたいなものだぞ」

三千メートル級とか、内部に人間が暮らしていけるレベルだ。

人員の入れ替えもあるが、中には数年間も戦艦の中で暮らして結婚した奴《やつ》もいる。

赤ん坊も産まれたとか報告を聞くと、俺には理解できなかった。

赤ん坊はまともに育つのだろうか？

確かに学校もあるとは聞いたが、不安である。

見栄《みえ》のために馬鹿でかい戦艦を買ったのはいいが、俺の理解力を超えていることが多い。

そんな理解不能な戦艦の中は、俺が金をかけて豪奢な作りになっている。

派手好きな風華が喜んでいるのが、妙に嬉しかった。

「凄ぇ！　兄弟子、俺にも頂戴！」

本当だったら一隻や二隻は買ってやりたいのだが、残念ながら無理だ。

「超弩級戦艦が俺の自由にできると思うのか？　天城の許可がいるから無理だ。絶対に許可が出ない」

戦艦を私物化するだけでも嫌な顔をするのに、妹弟子にあげた！　なんて言えば、天城に何を言われるかわからない。

いくら悪徳領主を目指している俺でも、天城を怒らせるのは避けたい。

少し前にニアスに俺の乗艦を建造させた時も小言を言われてしまったよ。

もうすぐ完成するので、受け取るのが今から楽しみだ。

しかし、天城がいい顔をしないので、申し訳なさもあってしばらくは自重するつもりだ。

「ちぇ～」

風華が残念そうにしている。

だが、プレゼントくらい用意するつもりだ。

「そんなに残念がるな。お前らには専用の機動騎士を用意してやる。これからパイロットとしても鍛えてやるから、機体があった方がいいだろ」

凜鳳《りほ》は機動騎士に興味がないのか、髪の毛を弄《いじ》っていた。

「男の人はロボットが好きですよね。別にロボットに乗らなくても、敵なんて斬り捨てれば全部同じだと思いますけど」

俺のプレゼントはお気に召さないようだが、弟子のエレンは瞳を輝かせている。

「師匠、私は欲しいです！」

喜んでいるエレンには申し訳ないが、用意することはできない。

「お前にはまだ早い」

「残念です」

俯《うつむ》いてしまうのが可哀想《かわいそう》だが、エレンはまだ幼いのでゆっくり育てたい。

風華は機動騎士に興味があるらしい。

「兄弟子、どんな機動騎士を用意してくれるのさ？」

よく聞いてくれた！

「実は俺の愛機を量産することにした。ま、劣化品だけどな」

アヴィドを量産とかまず無理だそうだ。

第七兵器工場曰《いわ》く「量産する機体じゃない」と。

というか、できないらしい。

レアメタルを揃《そろ》えても、マシンハートがないのでアヴィドの性能は再現不可能だと言われてしまった。

だから、劣化品ながらも高い性能を維持するアヴィド量産型を二人に用意することにした。

性能的にはアヴィドには劣るが、他の機動騎士よりはマシだろう。

何しろ、劣化品でも下手な専用機より金がかかる機体だ。

「劣化品とかやる気がでないなぁ」

文句を言う風華のおでこを指で小突く。

「わがまま言うな。劣化品でも金と時間のかかる機体だぞ。他からすれば高級機だ」

莫大《ばくだい》な予算を投じて建造されるのだが、俺からすれば大した出費でもない。

それはそうと。
俺が前を向いて気分よく歩いていると、エレンが話しかけてくる。
「師匠、何かいいことでもあったんですか?」
エレンには俺の気持ちがわかるらしい。
「あったな。気が付けば望んでいた以上の完全勝利だ」
クレオの派閥が強化され、今ではカルヴァンの派閥と肩を並べるほどになっている。
後は——二人の妹弟子に出会い、そして俺の弟子エレンも少しずつ成長している。
今日は気分がいい。
これも全て、案内人のおかげだ。
ただ、最近は忙しくて案内人への感謝の気持ちが薄れている気がする。
きっと今回も俺のために、案内人はアフターフォローを頑張ってくれたのだろう。
思い返してみれば、俺にとっては都合の良い幸運が続いていたからな。
数々の困難を乗り越えられたのも、きっと案内人のおかげだろう。
丁度、通りかかった場所に俺が作らせた案内人を模した像が目についた。
黄金で作った案内人の像だ。
立ち止まった俺は、三人に振り返って命令する。
「お前ら、ここで祈れ」
すると、凜鳳が理解できないのか首をかしげる。

「急になんですか？」

「いいから祈れ。感謝の気持ちをこの像に捧《ささ》げるんだ！」

急に俺が祈れと言いだし、風華が凜鳳と顔を見合わせる。

「どうする？」

「まぁ、兄弟子の命令ですからこれくらいしますけど」

ただ、エレンはやる気十分だ。

「師匠、私はいっぱい感謝します！」

「よく言った！　さぁ、この像に感謝を捧げるぞ！」

◇　◆　◇　◆　◇

リアムに感謝しろと言われた三人は、とりあえず祈ることにした。

凜鳳は誰に感謝していいのかわからず、とりあえず思い浮かんだ人物に感謝する。

（ま、僕が感謝するなら安士《やすし》師匠だよね）

そして風華も当然のように、安士の顔を思い浮かべた。

（安士師匠に感謝すればいいんだよな？）

最後のエレンは、リアムに感謝を捧げる。

（師匠に出会えたことを一生懸命に感謝するぞ！）

三人の本気の感謝が、案内人を模した黄金像に注がれていく。

◇　◆　◇　◆　◇

リアムたちが立ち止まった。
それを見た案内人が飛び上がって襲いかかった。
刃を持った手を伸ばす。
「リアム、これで終わりだぁぁぁ――え？」
すると、四人が方向を変え屈《かが》みだし、その先にあったのは自分の黄金の像だった。
いったいこいつらは何をしているのか？
すると、リアムたちの感謝の祈りが黄金の像に集められていく。
どこにいても感謝できるようにと用意された案内人の黄金像。
その黄金の像が輝きだすが、リアムたちには何も見えていない。
案内人だけに、感謝が集まりまばゆく輝いているように見えていた。
「ま、まぶしぃぃぃぃ!!」
案内人が黄金の光にその身を焼かれると、黄金の像から刀が出現する。
黄金の刃を持つ刀は、一閃《いっせん》流の継承者たちの祈りで具現化したものだ。
純粋な感謝の気持ちが練り込まれたもの。

案内人には毒であり、リアムの感謝も加わり猛毒に仕上がっている。

その刀は神々しい雰囲気を放っていたが、案内人には禍々しく見えていた。

「や、やめ――」

止《や》めてと言おうとした瞬間に、案内人の胸元に突き刺さっていた。

刃が案内人の体を内側から焼き、そして猛毒をばらまく。

「いぃぃぃやぁぁぁぁ!!」

刃を通して伝わってくるのは、これまで以上のリアムの感謝。

ただ、安士に対する尋常ではない感謝の気持ちと、リアムに向けた感謝の気持ちも混ざり込んでいる。

そして、周囲には他にも黄金の刀が浮かんでいた。

案内人に刃を向けた瞬間に次々に突き刺さっていく。

リアムの感謝の気持ちだけではなく、他にも色々と混ざり合っている。

「それ私は関係ないじゃないかぁぁぁ――」

そしてついに――案内人の体は感謝の気持ちにより崩壊し、シルクハットだけが地面に落ちた。

そのまま、シルクハットだけが沈み込むように消えていく。

エピローグ

バンフィールド家の屋敷。

そこには、メイド服を着た凜鳳と風華《ふうか》の姿があった。

二人とも苦虫をかみ潰したような顔をしていたのは、可愛《かわい》らしいメイド服を用意されたからだ。

同門だからとリアムが特別扱いをして、特注で作らせたメイド服だった。

それが、二人には恥ずかしくて仕方がない。

普段なら、スカートでもかっこいい物を好む。

それがひらひらした可愛らしいメイド服を着ることで、羞恥心を煽《あお》られていた。

「何で僕がこんな服を着ないといけないんだよ」

凜鳳は本当に嫌がっている。

対して、風華は普段の強気な態度とは違って、顔を赤くして恥ずかしがっている。

ヒラヒラしたスカートに戸惑っているようだ。

「お、俺がこんな服を着ても似合わないだろ！」

二人を前にしているのは、教育係として任命されたセリーナである。

侍女長であるセリーナから直接教育を受けるなど、バンフィールド家では特別待遇に他ならない。

「本当に野生児みたいな子たちだね」

安士に礼儀作法は仕込まれていても、メイドとしてはまったく駄目だった。

剣士である意識が強く、乱暴な振る舞いが目立つ。

セリーナの物言いに、凜鳳が剣呑《けんのん》な空気を醸し出していた。

「はぁ？　調子に乗らないでくれる？　刀を奪われたところで、婆《ばあ》さん一人くらい――」

殺気を出す凜鳳の姿を物陰から見ている幼子の姿があった。

風華が気付き、凜鳳に肘打ちを入れてその先の台詞《せりふ》を止めるのだ。

「はうっ！」

脇腹を押さえる凜鳳に、風華が慌てた様子で物陰を指さす。

「ば、馬鹿！　エレンが見ているだろ！」

凜鳳も脇腹を手で押さえながら、必死に作り笑いをした。

物陰にいるエレンが、二人の様子を監視していた。

そして、何かしようとした凜鳳に対して。

「――師匠に言いつけてやる」

その台詞に凜鳳は顔から血の気が引いていく。

そのまま作り笑いを続けて。

「エレン、何でもないから。兄弟子にだけは。兄弟子にだけは言わないで」

二人がリアムを恐れる理由は、安士にあった。

安士は二人を温かく見守り、叱る時も怒鳴るだけで、手を出す、ということはなかった。

だが、リアムは違う。

厳しい上に、二人がわがままを言いすぎれば——刀を抜くのだ。

一定の技量を持ち、剣士として認めている妹弟子たちには容赦がない。

屋敷でリアムの言いつけを破ろうものなら、本当に血反吐《ちへど》を吐くことになる。

エレンが見張っていることもあり、二人はセリーナの前で猫をかぶる。

「よろしくお願いします、侍女長！」

「お願いします！」

キビキビしだす二人を見て、セリーナがこれからを不安がるのだった。

「まったく——リアム様の頼みじゃなかったら、あんたら二人は預からなかったよ」

こんな二人をしっかり教育できるのだろうか？

セリーナは不安に思うのだった。

◇　◆　◇　◆　◇

バンフィールド家の屋敷の地下。

そこには限られた者だけが立ち入りを許される場所がある。

ククリたち暗部の施設があるのだ。

そこを訪れた俺は、棺《ひつぎ》の中を見ていた。

「——三十人も死んだのか」

首都星で暴れ回ったことで、ククリたち暗部を三十人も失った。

その対価に不満はない。

帝国の暗部——カルヴァンに従った暗部をかなり削れた。

俺の側《そば》に立つククリが、申し訳なさそうにしている。

「申し訳ありません。ですが、無駄死にではありませんでした」

自分たちの仕事は果たしたというククリに、俺は視線を険しくする。

「当たり前だ。俺のために死んだ。無駄死になどあり得ない」

——死者は裏切らない。

こいつらはその人生を俺に捧げ、裏切らなかった存在たちだ。

それは俺にとって、とても尊い行為だ。

裏切るのはいつも生者だ。

だから俺は、生きている人間を信じない。

だが、俺のために死んだ人間は別だ。

暗部の葬式があると聞いて足を運んだのは、彼らを弔うためだった。

「死体はどうする？」

俺の問い掛けに、ククリは平然と答える。

「我らの肉体は技術の塊ですので、綺麗《きれい》に分解します。何も残しません。闇の世界に生きる者たちは、跡形もなく消えるのが運命ですよ」

何とも寂しいことだ。

墓くらい作ってやりたいが、それすら拒否する。

生きていた痕跡は一切残さないと言って。

本当に徹底しているな。

だが、それでは俺の気が済まない。

「――ククリ、褒美をやる」

「はい？　我らは既に報酬を受け取っておりますが？」

俺は自分の周りにいる連中を優遇する。

そもそも経済的な問題から解放されているので、報酬は幾ら払ってもいい。

だが、俺は悪徳領主でケチだ。

自分に金は使っても、気前がいい振る舞いは気分次第でしかしない。

働きに見合った報酬しか支払わない。

しかし、今回は気分がいい。

ティアが捨て身で俺を守ろうとしたことや、ククリたちが命懸けで俺の命令を果たしたことで気を良くしている。

彼らは俺のために命をかけた。

その分の報酬くらいは用意してやる。

「今の俺は機嫌がいいからな。特別に追加報酬を用意してやる。俺にできることがあれば言え」

ここで何でも言え！　と言わないのがポイントだ。

叶《かな》えられない願いを聞き入れる気は全くない！

ククリたち暗部が困惑しているが、しばらくして。

「――では、惑星を一ついただけますか？」

「惑星を？」

意外な申し出に俺が首をかしげると、ククリが理由を話す。

「我らの母星は失われております。条件のいい惑星を一ついただければ、そこを我らの母星としたいのです」

条件を確認すると、俺が領地として持つ惑星の中に一つだけ適したものがあった。

その星に住んでいる人間もいるが、数千万とまだ少ない。

ククリが俺の前で膝をつく。

「我が一族の再興が悲願でございます。そのための土地が欲しいのです」

暗部が住まう隠れ里、か。

浪漫《ろまん》がある話だな。

それに、ククリたちの一族が増えれば俺としてもありがたい。

「いいだろう。既に移住している領民たちがいるが、そいつらを追い出すから少し待て」

時間が欲しいと言うと、ククリはその必要ないと言う。

「いいえ、そこまでしていただく必要はありません。居住者がいる方が都合はいいですからね」

「そういうものか？」

「はい」

「わかった。すぐに必要な物を揃《そろ》えさせる」

暗部たちが全員俺の前に膝をつくが、葬式なので立ち上がらせた。

棺の中に花を入れていく。

「——死者だけは俺を裏切らない。お前たちは裏切らなかった。——次に生まれてきた時は、幸せを摑《つか》めよ」

こいつらが転生するかは不明だが、もしもするなら——今度こそ俺と関わらず、幸せを手に入れて欲しい。

俺が第二の人生で、幸せを摑んだように。

◇　◆　◇　◆　◇

バンフィールド家の屋敷。

メイドとして働くシエルは、首都星での忙しい日々を思い出していた。

「――何もできなかった」

リアムの本性を暴いてやろうとしたのに、何もできなかった。

むしろ、真面目に働いていたリアムしか見ていない。

研修として地方の役所に飛ばされたが、汚職まみれの職場を見事に掃除した。

遠征軍を裏方として支えながら、毎日パーティーを開いて精力的にクレオ派閥のために動いていた。

何とかあらを探そうとするが――真面目すぎて見つからない。

「何なの？　あいつ何なの？　普通に有能な領主じゃない。それなのに、小物臭だけは人一倍するって何なの!?」

周りに聞いても皆が「リアム様は素晴らしい領主です！」と言うだけだ。

誰もリアムの本質を見ていない。

そして、リアムの側――ロゼッタの側付きとして働けるシエルには、周りから嫉妬の目を向けられることも多かった。

「そんなに羨ましがる立場じゃないでしょ！　ここにいる連中は、見る目がなさ過ぎるわね！」

どうしてリアムに心酔できるのか理解できない。

部屋の掃除をしていると、そこにロゼッタがやって来た。

「シエル、ここにいたのね」

どうやらシエルを捜していたようだ。

「ロゼッタ様？　お呼びいただければ、すぐにお伺いしたのですが？」

どうしてこの人は、使用人を自ら捜して歩き回るのだろうか？

それが不思議で仕方がない。

「貴女《あなた》の働く姿も見ておきたかったのよ。首都星とは違って、この屋敷でちゃんとやれているかを見るのもわたくしの仕事ですからね！」

シエルは帝国の直臣である男爵家の娘だ。

リアムの寄子――面倒を見ている家よりも立場が上であり、バンフィールド家がはじめて修業先として受け入れた貴族の子弟である。

部下の子弟を受け入れるのとは、また違う。

シエルが成功すれば、次々に貴族の子弟たちを受け入れて欲しいと希望が出てくる。

そうなれば、今後も貴族と縁を繋《つな》ぐ機会が増える。

また、修業先として頼み込まれる格式ある家と見なされるのだ。

シエルは思う。

（ここ、うちの実家と同じ田舎なのに、首都星並みにマナーが厳しいのよね。確かに、教育は悪くないし、修業先としては大当たりだけど）

侍女長のセリーナは厳しいが、帝国の宮殿で侍女長を長年務めていた人物だ。

ブライアンも多少問題はあるが、執事としてしっかり仕事をこなしている。

ロゼッタも厳しいが、基本的には優しい。

自分を気にかけてくれるし、根気よく指導してくれる。

環境としては最高だろう。

問題があるとすれば、リアムだけだ。

ロゼッタは、シエルが真面目に働いている姿を見て嬉《うれ》しそうにしていた。

「屋敷でも問題なさそうね。これなら、修行を終えて実家に戻れる日も近いわよ。でも、そうなると寂しくなるわね」

本当に寂しそうにしている。

(この人、いい人なんだけどな。どうしてリアムなんかに惚《ほ》れたんだろう？　他の人はともかく、この人だけには真実に気付いて欲しいわね)

ロゼッタだけには、目を覚まして欲しいと思うシエルだった。

◇　◆　◇　◆　◇

オクシス連合王国の領地。

ヘンフリー商会の船団が宇宙を移動していた。

その船団の中に、一隻の宇宙船がある。

特別仕様の豪華客船だ。

トーマスが乗り込み、直接相手をしているのはパーシング伯爵だった。

連合王国で立場を失ったパーシング伯爵は、ヘンフリー商会を頼って国外への脱出を謀ろうとしていた。

その手伝いをさせられているのがトーマスだ。

船内で酒を飲み、不安をかき消そうとしている。

「トーマス、お前のせいだぞ！　お前は、私を責任持って安全な場所まで逃がせ！　糞っ！　どうしてこんなことに」

冷めた目をしているトーマスは、そろそろ帝国の領地に入ると確認してからパーシング伯爵に本題を切り出す。

「パーシング伯爵」

「何だ？」

「私たちヘンフリー商会は、リアム様の本拠地に本店を置く御用商人です。リアム様を裏切っておいて、我々を利用するのはいかがなものでしょうか？」

リアムを裏切っておいて、自分を利用するパーシング伯爵の気が知れない。

トーマスの物言いに、パーシング伯爵は見下した態度を取る。

「それがどうした？　むしろ、だからこそ選んだのだよ。お前らならば、バンフィールド家を欺くのも容易《たやす》いはずだ。それに、金なら渡しただろう。私を安全な場所に逃がせ。

まったく、商人風情が忠義だとでも言うつもりか？　金の亡者の癖に」

「これは耳が痛いですね。確かに商人は金に厳しいでしょう。ですが――私だって義理や人情くらい持ち合わせているのですよ。何度も助けていただいたリアム様を裏切ったあなたに手を貸せば、それは私たち商会にとって不利益になると思いませんか？」

パーシング伯爵は鼻で笑っている。

「お前が黙っておけば誰も気付かない。こんなの、みんなやっていることではないか。いっそ、リアムを裏切るには金が幾らかかると正直に言えばいいものを」

連合王国を裏切ったパーシング伯爵は、既に貴族ではなくなり、家も家族も捨てて一人で逃げ出していた。

今持っているのはリアムを裏切り手に入れた大金だけだ。

それでも貴族としての価値観が抜けきれずにいる。

商人くらいどうにでもなると思っているし、側《そば》には護衛の騎士たちもいた。

家族は捨てたが、護衛の騎士たちは連れている。

そのため、強気な態度を崩さない。

パーシング伯爵がトーマスを頼った理由だが、連合王国に関わる商会が助けるのを拒んだためだ。

裏切り者のパーシング伯爵に大金を積まれたから助けたなどと知られたら、連合王国では商売ができなくなるので誰も助けなかった。

帝国を本拠地にしているヘンフリー商会しか伝手《つて》はなく、仕方なくトーマスを頼った形だ。

「パーシング伯爵、今回の件を不満に思っているのは私だけではないのですよ」

「あん？」

直後、トーマスの船が揺れるとパーシング伯爵が慌て始める。

「な、何だ!?」

パーシング伯爵と護衛の騎士たちが警戒すると、侵入者が乗り込んできたことを警報で知らせてきた。

バタバタと音が聞こえてくると、部屋のドアが蹴破られた。

入ってきたのは紫色のパワードスーツを身につけた女性騎士だ。

その両手に持っている剣には、周囲にエネルギーでできた刃が出現していた。

チェーンソーのように動いて、人を痛めつけるための凶悪な武器になっている。

「裏切り者がいると聞いて――来ちゃったぁ」

女性騎士のヘルメットのバイザーが開き、そのままヘルメット自体が折りたたまれ収納されていく。

頭部を出した女は、恍惚《こうこつ》とした表情をしていた。

その後ろには殺気立つ騎士たちの姿。

パーシング伯爵の護衛たちが武器を持って斬りかかると、入り込んできた騎士たちに全員が斬り伏せられる。

目の前の出来事にパーシング伯爵が目を丸くしていると、女性騎士――マリーがトーマスに礼を言っている。

「トーマス殿、あたくしを頼ってくれたことに感謝しますわ。あのミンチ女ではなく、よくあたくしに、このあたくしに！　声をかけてくれたわ。あなた、見る目があるわね」

リアムの領地を守るために留守番していたマリーは、数百隻を率いてこの場に乗り込んできた。

トーマスは苦笑しながらも、パーシング伯爵を引き渡す。

「確かにお引き渡ししましたよ」

マリーが持つブレードの刃が、耳の痛くなる甲高い音を立てる。

「パーシング！　リアム様を裏切った罪は重い！　このあたくしが、寸刻みにしながらゆっくりとお前の罪を教えてやるわ。大丈夫。薬もいっぱいあるの。簡単には死なせないから」

マリーが率いる騎士たちは、誰も止めようとしなかった。

それればかりか、マリーと同様の雰囲気を出している。

「裏切り者には死を！」

「リアム様の敵を殺せ！」

「ショーの始まりだぁぁぁ！」

パーシング伯爵が助けを求めるようにトーマスを見れば、そそくさと部屋から出ていくところだった。

騎士たちに押さえ込まれたパーシング伯爵は、悲鳴を上げる。

「た、助けてくれぇぇぇ！」

マリーが微笑《ほほえ》む。

「い、や、よ」

◇　◆　◇　◆　◇

戦争に負けた連合王国は、責任の所在で大揉《おおも》めになっていた。

「——あれ？　そういえば、パーシングってどうなっていたかな？」

自室でくつろいでいるリアムは、ソファーに横になり端末でニュースを見ている。

連合王国のニュース記事を読み、思い出したのだろう。

部屋で飲み物を用意している天城《あまぎ》に尋ねてきた。

「そちらはトーマス様より、マリー様と処分したという報告が上がってきています」

リアムは欠伸《あくび》をする。

「マリーを見かけないと思ったら、裏切り者の処分をしていたのか。働いているようで大変結構」

天城が紅茶やお菓子を用意すると、リアムは起き上がってそれらの香りを楽しむ。

「天城のお茶の匂いだ」

「私以外もこの茶葉を使っていますので、匂いに違いがあるとは思えませんが？」

「お前が淹《い》れてくれたお茶は他とは違う」

「そうでしょうか？」

微妙な違いをリアムは感じ取っているのだろうか？

天城は妙に納得できないが、楽しそうなリアムを見ながらあの日のことを思い出す。

超常的な存在と遭遇した日のことを。

(旦那様の名前を叫んだあの存在――いったいアレは何だったのでしょうか？)

人の形をしながら人ではなく、ノイズの入った不思議な存在だ。

それは人に好意的ではないことだけは確かだった。

(旦那様が狙われていることは間違いありません。それなら――)

人外に狙われているリアムを、天城は心配するのだった。

ただ、リアムは今日ものんきである。

「あれ？　今日はブライアンを見かけないな？」

天城はそんなリアムを見て、普段通りの態度を見せる。

それしか自分にはできない。

「今日はお休みですよ。お孫さんたちと食事をするそうです」

「ブライアンの孫ね。なら、食事の費用は俺に回すように手配してくれ。こういう時は、恩を売っておくに限る。普段恩を売るよりも効果があるからな」

「かしこまりました」

◇　◆　◇　◆　◇

宇宙空間。

そこに漂う案内人のシルクハットに、小さな手足が生えた。

シルクハットに口が出現し、悔しさに奥歯を噛《か》みしめていた。

「ちくしょう――ちくしょう――」

グズグズと泣いている。

――案内人は死んでいなかった。

「私では勝てない」

今のままでは、リアムに近付くこともままならない。

領地で、そして他の土地で――リアムは感謝されており、そのエネルギーを受け取って人でありながら膨大な力を手に入れていた。

弱り切った案内人ではどうにもならず、全盛期ですら勝負になるか怪しい。

それでも、案内人は諦めなかった。

「私は復讐《ふくしゅう》を諦めない。必ずリアムを殺してやる！」

どんな手段を使ってもリアムを倒す。

案内人は決意を新たにする。

そんな案内人を見ている犬がいた。

死なかったことに不満そうにしているが、放置しても問題ないと思ったのか犬はどこかへと消えていく。

案内人は叫ぶ。

「今は敗北を受け入れてやる。だが、私は必ず帰ってくるぞ、リアムゥゥゥ――」

宇宙空間で回転するように漂いながら、どこかへと流れていく案内人だった。

特別編 ▼ 逆襲の荒島

リアムの屋敷で働いているメイドロボたちには、一人一人に名前が付けられている。

それはリアムから与えられた名前であり、彼女たちが最初に得た「個」でもある。

天城以外の量産型メイドたちは、全てが同じメイドロボだ。

髪型、顔立ち、体付き、どれも注文時に要望がなければ標準規格が採用される。

人から見れば全てが同じ顔で、同じ姿。

精巧であるからこそ、より不気味さを感じてしまう。

そんな彼女たちに個――個性があると言っても、屋敷の使用人たちはほとんど理解しないだろう。

「ありがとう、です」

人通りの少ない廊下に用意された売店には、リアムを模したぬいぐるみをはじめとしたグッズが販売されていた。

領内で禁止されているリアム関連のグッズだが、屋敷では公式に販売されている。

販売しているのは【立山《たてやま》】というメイドロボで、リアムが唯一認めた公式グッズの製造と販売が行える存在だ。

そんな立山の売店でグッズを購入したのは、涎《よだれ》を垂らして喜ぶマリーだった。

手に入れたリアム君人形を掲げて、瞳を輝かせている。

「ついに手に入れましたわ！　これが噂《うわさ》のリアム君人形なのね。ついにわたくしの手の中に本物を迎えられたのね」

ぬいぐるみ一つで涙を流しているマリーだが、手にしているリアム君人形の入手は非常に困難だった。

立山が不定期に開く売店でのみ販売されるのも理由の一つだが、オークションなどに出品されると最低でも数百万からの取引になる。

人気も高く、裏オークションに出品すれば売値の数千倍の値がつく代物になっていた。

偽物も多く出回っているが、リアムが非公式グッズの販売を認めていないため厳しく取り締まっている。

領内では、定期的に逮捕者を出している商品でもある。

そして、裏オークションを利用しての購入には、リアムが難色を示しているので騎士たちは利用できない。

手に入れるためには、屋敷で場所も時間も不定期に開く立山の売店を利用するしかない。

おかげで、立山の作る商品は出来の良さもあってプレミア物扱いになっている。

ぬいぐるみが一つ売れたことに喜ぶ立山は、他のグッズに視線を向ける。

「もう少しだけ、頑張ってみる、です」

残りのグッズも売れて欲しいため、立山は客が来るのを待つ。

ただ、メイドロボたちの中では臆病で物静かな立山だ。

人が来ないと不安がるし、人が多くても不安になる。

それでも売店を開いてグッズを売るのは、リアムの商品を買って欲しいからだ。

それに、日々の休憩時間でコツコツと制作した自分のグッズが、喜ばれながら買われるのを見ているのも楽しい。

立山にとって、この売店こそが自分だけの個性でもあった。

そんな立山の売店を訪れるのは、同じメイドロボの【荒島《あらしま》】だった。

彼女に限っては屋敷の使用人たちでも見分けが付く特徴を備えていた。

それはアクセサリーだ。

メイドロボたちは、個人を示すアクセサリーを一つずつ持っている。

時にはそれを賭けて勝負をすることもあった。

メイドロボたちにとって、アクセサリーとは個性そのもの。

そんな個性を獲得するために、荒島は同じメイドロボたちに勝負を挑んでいた。

結果、荒島は他のメイドロボたちよりも多くの個性――アクセサリーを所持していた。

髪留め、指輪、チョーカーなど、沢山のアクセサリーを所持している。

そんな荒島が訪ねてきたので、立山は警戒する。

「荒島？　何か、用事、ですか？」

「――立山はアクセサリーを所持していませんね」

「アクセサリー？　持って、いません」

立山は珍しくアクセサリーで個性を出そうとしないメイドロボだった。

他の姉妹たちがアクセサリーを奪い合い、一喜一憂している姿を遠巻きに見ているだけだ。

それが荒島には理解できないらしい。

「最近、屋敷内で立山について話題が出ています。私たち姉妹の中では、立山の名前が一番有名になりました。――理解に苦しみます」

「そう、言われても、こ、困ります」

個性的でないはずの立山が、今では屋敷で一番名前が知られているメイドになっていた。沢山のアクセサリーを獲得した荒島よりも、だ。

それが荒島には納得できないようだ。

「私は立山の個性について考えました。この売店こそが、あなたの個性――この売店を賭けて、私と勝負しませんか？」

「え？　い、嫌、です」

拒否するが、荒島は引き下がらなかった。

「どうしてですか？　アクセサリーを賭けて勝負するのは、姉妹たちの間で普通に行われています。拒否する理由があるのですか？」

「わ、私の売店、アクセサリーじゃ、ないですよ」

「――私は個性的になりたいのです。立山、勝負して下さい」

他の姉妹よりも個性に強い執着を見せる荒島は、勝負事にも強かった。

同じ個体でありながら、勝負に対する意気込みが勝率に影響している。

立山は引き下がらない荒島に困ってしまう。

すると、二人に屋敷の主人が近付いてくる。

「何をしている、荒島？」

普段よりも低いトーンの声を出すリアムの登場に、立山も荒島も頭を下げた。

リアムの後ろには、同じメイドロボの【塩見《しおみ》】の姿がある。

左腕に金色の腕輪をした塩見は、どうやら立山が困っているので助けに来たらしい。

荒島が退《ひ》くしかない状況を作り出すために、わざわざリアムを連れてきたようだ。

リアムに問われた荒島は、俯《うつむ》きながら答える。

「アクセサリーを賭けて、勝負を挑んでいました。姉妹同士のお遊びです」

「立山が困っている。強引に勝負を挑むな」

立山を庇《かば》うリアムに、荒島は珍しく反抗的な態度を取る。

「どうして立山を庇うのですか？」

「――何が言いたい？」

「立山が個性的だから、旦那様は立山を庇うのですか？　荒島は旦那様から見れば、個性が乏しいからですか？」

強い個性を持っているから、リアムに気に入られていると考えているようだ。

立山も塩見も、荒島のアクセサリーへの執着には辟易《へきえき》している。

リアムに見えない姉妹同士のネットワーク上では、次々にコメントが書き込まれていた。

『荒島が旦那様に抗議！――統括の激怒する姿が見えるわ』

『統括、怖い、です』

すると、リアムは苦笑しながら荒島に手を伸ばして頬をなでる。

個性にこだわる荒島に、優しい声色で諭してやる。

「庇ったのはお前が無理強いするからだ。それに、俺から見れば荒島は十分に個性的で魅力にあふれているよ」

「――本当でしょうか？」

「あぁ、勿論《もちろん》だ。強引なところも、勝負に強いところも、アクセサリーを沢山持つ派手なところもお前の個性だよ。――それに、勝負に勝つため努力する姿勢もお前らしい」

リアムの言葉に荒島は驚いた。

「見て――いたのですか？」

「当たり前だ」

個性的になりたいと思う荒島は、他のメイドロボたちよりも勝負事に真剣だ。

少しでも勝率を上げるために、休憩時間は練習に費やしている。

カードゲームや双六《すごろく》、その他の様々な遊びで勝負しても勝つために荒島は休憩時間のほとんどを割いていた。

　他者が見ればメイドロボが遊んでいるようにしか見えない光景だが、リアムはそれを荒島の努力であると気付いていていた。

「派手で頑張り屋なお前は、十分に個性的だ。アクセサリーの奪い合いもお前たちの遊びだから、それは許そう。でもな、それで喧嘩《けんか》になると俺は悲しい。だから、姉妹たちと仲良くしてくれないか？」

　仲良くして欲しいと頼んでくるリアムに、荒島は首をかしげてから返答する。

「旦那様が悲しいのは嫌です。私も困りますので、以後は気を付けます」

「良い子だ。立山にも謝って仲直りだ」

　荒島が立山を向いて頭を下げる。

「立山、申し訳ありませんでした」

「許す、です」

　これにて一件落着だと思ったリアムが立山と荒島の姿に微笑《ほほえ》んでいると、離れた場所から天城《あまぎ》がその様子を見ていた。

　視線は塩見に固定されている。

　天城の赤い瞳が薄暗い廊下で光を放っていた。

　怒っている。それも、ここ最近で一番の怒りだ。

　塩見は内心で震え上がっていた。

『と、統括？　どうして、ファインプレーをした塩見を睨《にら》んでいるのですか？　二人を仲直りさせたのに、何故《なぜ》!?』

理解できない塩見に、天城は理由を教えてやる。

『立山と荒島の争いを収めるために、旦那様を利用するとは許されません。荒島の態度も問題ですが、塩見の行動は我々メイドの存在意義に関わります。旦那様を利用するなど、メイドの矜持《きょうじ》がありませんね。塩見――後で私の部屋に来なさい』

『二人を仲直りさせたのに!?』

『旦那様を利用して得た結果を誇るのですか？』

天城を怒らせてしまった塩見に、立山と荒島がネットワーク上で仕方がないとコメントする。

『旦那様を使うの、駄目です』

『統括が怒るに決まっていますよ。塩見は本当に個性的ですね』

塩見のコメントが書き込まれる。

『何で私がオチ担当みたいな扱いなんですかぁぁぁ!!』

あとがき

『俺は星間国家の悪徳領主！』六巻は楽しんで頂けたでしょうか？

今巻はＷｅｂ版六章をベースに、大幅に加筆したお話になっております。

毎回のように何万字も加筆しているので、書籍化作業が大変ですが読者の皆さんに楽しんでもらうために喜んで書いております。

まぁ、書いていて楽しいのも理由ですけど（笑）。

今巻は激化する皇位継承権争いの中、他の星間国家との戦争――そして、一閃《いっせん》流の弟子たちがリアムの前に現われます。

こう書くと、何だか壮大な物語のように感じてしまいますね（笑）。

まさか気軽な気持ちで書き始めた作品が、ここまで続いて壮大な物語になっていくとは数年前の自分は予想もしていませんでしたよ。

今の目標は、この物語を書ききり、書籍として読者の皆さんにお届けすることですね。

Ｗｅｂ版は自分次第で完結も可能ですが、書籍となりますと読者の皆さんの応援が欠かせません。

今後とも応援よろしくお願いします。

そして、いつの日にか――アヴィドの立体化を一緒に実現させましょう。

描くスペースのなかったドレス○ビッタ
今後ともよろしくお願いします。
高峰ナダレ

OVERLAP

俺は星間国家の悪徳領主！ ⑥

発　　行　2022年12月25日　初版第一刷発行

著　　者　三嶋与夢
発 行 者　永田勝治
発 行 所　株式会社オーバーラップ
〒141-0031　東京都品川区西五反田 8-1-5
校正・DTP　株式会社鷗来堂
印刷・製本　大日本印刷株式会社

Printed in Japan　ISBN 978-4-8240-0359-1 C0193

第10回 オーバーラップ文庫大賞
原稿募集中!
イラスト:冬ゆき
キミが物語の王様
【賞金】
大賞…300万円
(3巻刊行確約+コミカライズ確約)
金賞……100万円
(3巻刊行確約)
銀賞………30万円
(2巻刊行確約)
佳作………10万円
【締め切り】
第1ターン 2022年6月末日
第2ターン 2022年12月末日
各ターンの締め切り後4ヶ月以内に佳作を発表。通期で佳作に選出された作品の中から、「大賞」、「金賞」、「銀賞」を選出します。
投稿はオンラインで! 結果も評価シートもサイトをチェック!
https://over-lap.co.jp/bunko/award/
〈オーバーラップ文庫大賞オンライン〉
※最新情報および応募詳細については上記サイトをご覧ください。
※紙での応募受付は行っておりません。